SV

Band 1190 der Bibliothek S

Gesualdo Bufalino
Mit blinden Argusaugen
oder
Die Träume der Erinnerung

Aus dem Italienischen
von Marianne Schneider

Suhrkamp Verlag

Titel der 1984 erschienenen Originalausgabe:
Argo il cieco ovvero I sogni della memoria
© Sellerio editore via Siracusa 50 Palermo

2263

Erste Auflage 1995
© Suhrkamp Verlag Frankfurt am Main 1995
Alle Rechte vorbehalten
Satz: MZ-Verlagsdruckerei GmbH, Memmingen
Druck: Nomos Verlagsgesellschaft, Baden-Baden
Printed in Germany

Arge, iaces, quodque in tot lumina lumen habebas
extinctum est, centumque oculos nox occupat una.

Argus, da liegst du, und das Licht, das du in so vielen
    Lichtern hattest,
ist erloschen, und deine hundert Augen behaust eine Nacht.

Ovid, Metamorphosen, I, 720 f.

Für G.
zu seinem Heil

Der Programmzettel mit den Absichten. Kapitel 0.

Ein Schriftsteller, der aus Schüchternheit die Gelegenheit zum Sterben versäumt, beschließt in seinem Unglück, ein Glücksbuch zu schreiben. Nach althergebrachter Weise ersucht er die hundert Augen der Erinnerung und die Seligkeiten der Jugend um ein Thema. Je weiter aber die Erzählung fortschreitet, sich dabei Märchenschminke auflegend, und je festlicher die Lämpchen funkeln, um so schärfer bläst zwischen den Zeilen der schwarze Hauch der Gegenwart hindurch. Es bleibt dem Schriftsteller nichts anderes übrig, als seine Gesundheit auf unbestimmte Zeit zu vertagen, vergnügt, so ihm das Abenteuer bisweilen schmeichlerisch vorgaukelt, dies unwahrscheinliche Leben zu lieben.

Von dieser Hypothese ausgehen. Was dann geschieht, wird sich zeigen.

I

Zur Aufheiterung seines Sinns denkt der Verfasser
zurück an einstige Liebesfreud und verlorene Liebesmüh
in einem Städtchen, das es nicht mehr gibt.

Jung und glücklich war ich einen Sommer lang, den Sommer einundfünfzig. Weder vorher noch nachher: in jenem Sommer. Und vielleicht war es eine Gnade des Wohnorts, eines Städtchens, das die Gestalt eines aufgeplatzten Granatapfels hatte; in der Nähe des Meers gelegen, aber ländlich; die eine Hälfte auf einem Felsvorsprung zusammengedrängt, die andere Hälfte zu dessen Füßen ausgestreut; zwischen den zwei Hälften viele Stufen als Friedensstifter, und von dem einen zum anderen Kirchturm die Wolken am Himmel so atemlos wie die Sendboten der Königlichen Reiterei ... War das ein Geflatter damals, linnene Bettlaken und Leinwand für die Aussteuer in allen Gassen im Oberen und im Unteren Modica; und aus den Fenstern hingen Engel von Mädchen, alle mit schwarzem Haar. Die ich liebte, war die schwärzeste von allen.

Ein schlechter Tänzer war ich im Jahr einundfünfzig. Nicht daß ich je gut getanzt hätte, von Anfang an. Auf einen Tango oder eine Polka konnte ich mich trotzdem einlassen, dabei machte ich nur die Drehungen falsch. Jetzt aber, da aus den beiden Amerikas täglich dutzendweise neue Tanzschritte und Tanznamen an Land gingen, bekam ich Lust, vor dem Spiegel in meiner Pension zu üben, wozu ich mich mit einem verzagten Pfeifen begleitete, Lust schon ... Aber auf jeder Tanzfläche und in jedem Ballsaal, wo immer es sich traf, daß ich meine Beine wie eine Schere sinnlos auseinanderspreizte und zusammenklappte, galten jedes Lächeln und jeder Beifall der Menge einem anderen, Liborio Galfo, dem Meister des Buggiwuggi. Halb so schlimm, ich war schon um die Dreißig, ein bißchen drüber oder drunter; und aus einem Grund, den nur ich allein

weiß, war ich nie zwanzig gewesen. Jetzt war ich's, ein unverhofftes Geschenk jenes Sommers, stand mir ja schließlich zu.
Nun komme mir aber kein Neunmalkluger und sage, mit
zwanzig sei man nicht glücklich, so nachträglich und so spät
man es auch sein möge. Auch wenn man eine Schwarzhaarige
liebt mit einem Gesicht wie eine Olive, einem Körper wie ein
Schlänglein und einer Stimme, die glu glu macht, die Kehle hinauf und hinunter, und nicht wiedergeliebt wird; auch wenn sie
für den kurzsichtigen, lispelnden Poeten nur Verachtung zeigt
und das Feuer ihrer Augen nur der Konkurrenz zublitzt. Nein,
man ist nicht unglücklich, auch wenn man es lauthals verkündet und jeden zweiten Samstag, wieder zurück von den Tanzvergnügen in der Cava d'Aliga, vor dem Einschlafen weint und
dann seine zwölf Stunden durchschläft ... Man weint, man
schläft, man träumt. Und im Traum, da frißt man seine Rivalen mit Haut und Haar, man zerzaust ihnen die Löckchen auf
dem Kopf und den Schnauzbart im Gesicht, zerdrückt ihnen
die Bügelfalte über dem kreiselnden Bein. Im Traum, da läßt
sich ohne weiteres der schönsten Pirouette eine Mine à la Pietro Micca unterlegen und den zackigen Absätzen eine unwi-
derstehliche Bananenschale ...

Eine unerwiderte Liebe, glaubt es mir, ist die bequemste. Ohne
den Geschmack nach Asche und Essig, der ein kurzfristiges
Unisono stets begleitet. Das hatte ich aus den Büchern gelernt,
aber ich ließ es mir auch gern gefallen, kam es doch meiner Zurückhaltung, meiner Griesgrämigkeit und meiner etwas hoch-
näsigen Selbstgenügsamkeit entgegen. So trachtete ich niemals
nach einer passenden Begegnung oder einem vertraulichen Zu-
sammensein mit dem Mädchen. »Ich liebe sie, aber was hat sie
damit zu tun, das geht nur mich etwas an«, so hatte ich eines
Sonntags laut gedacht, als ich mich im Bad rasierte, und der
Satz hatte mir gefallen, ich hatte ihn mit dem Finger auf den
von meinem Atem beschlagenen Spiegel geschrieben, und von
da an sagte ich ihn mir gern immer wieder vor, als Gegengift,

das mich vor den Vipern der Eifersucht schützen und bewahren sollte. Maria Venera empfand nichts für mich? Um so besser: Das brachte mir eine Freiheit ohne Grenzen ein; was ich für sie empfand, gehörte nur mir allein, ich konnte in meiner Phantasie um sie spielen und sie gewinnen, wie es mir gefiel. Durch Mogeln womöglich: Bekanntlich gibt es kein selteneres Vergnügen, als beim Spiel gegen sich selbst zu mogeln ... Wenn mich aber jemand gefragt hätte, wie oft ich denn versucht habe, sie aus ihrer Gleichgültigkeit herauszulocken, hätte ich mit einem Achselzucken geantwortet. Oder vielleicht hätte ich zugegeben, daß ich sie einmal zu den Wirbeln von *An der schönen blauen Donau* aufgefordert, aber wie ein Pflug ihre Füße beackert hatte; oder daß ich ihr, als sie am Buffet einen Likör schlürfte, etwas von ihrem Haar, und wie schön es sei, vorgestammelt hatte; und gegen eine ironische Verbeugung gestanden hätte, daß ich einen Monat lang jeden Abend auf sie gewartet hatte und dann hinter ihr her gegangen war, um mich am Ende in einem Hauseingang zu verstecken; und zu guter Letzt, daß ich Verse für sie geschrieben hatte. Die sagte ich in der Abenddämmerung leise vor mich hin, bevor ich auf die Straße hinunterging und während ich noch durch die Ritzen der Fensterläden auf den Corso (den sogenannten »Salon«, der wie ein majestätischer Fluß großer Quadersteine zwischen den zwei weit auseinander liegenden Trottoirs dahinströmte) hinunterspähte und wartete, bis die städtischen Straßenlampen angingen und mit dem Ritual einer noblen Cour d'Amour die öffentliche Promenade einsetzte. Dank dem mysteriösen Wekker hinter meiner Stirn – es war noch der aus meiner Gymnasialzeit, der mir damals jeden Tag eine Minute vor sieben die Augen öffnete – wußte ich genau, um welche Zeit und bei welchem Schaufenster ich ihr begegnen und sie erglühend mit den Augen grüßen würde. Ich erriet auch, welches Kleid sie anhaben würde, das schwarze mit den Posamenten und dem Spitzenkrägelchen; das schwarze mit den Schößchen unter der Taille oder das schwarze perlenbestickte, das ihren Oberkörper unheimlich eng umspannte. Das erriet ich, was brauchte es schon dazu? Maria Venera war immer schwarz angezogen, außer bei festlichen Anlässen, da sahen wir sie in weißem Plissee unter den Laternen schreiten, und selbst ihr Gesicht war weißer als sonst, wohl wegen der tausenderlei Erwartungen, die ihr die Brust schwellen ließen ...

Eine unerwiderte Liebe, Gott bewahre uns davor! Ein Ungeheuer, wer sagt, es sei die bequemste. Man kaut dauernd Galle, verbeißt sich in Grillen und Gespenster, redet Unsinn, wird empfindlich gegen die harmlosesten Bazillen. Und der Himmel sei gepriesen, wenn nicht alles mit einer unbesonnenen Tat endet. Denn die Liebe hat bunte Flügel, so einen Vogel fängt man schwer ... Ach, wenn Maria Venera die *Habanera* sang und sich dazu auf dem Klavier begleitete und mir sieben spitze Nadeln eine nach der anderen ins Herz bohrte! Ja, sie hatte ein Klavier, Maria Venera, eines der letzten Überbleibsel ihres einstigen Reichtums, denn jetzt war sie verarmt, verwaist, als einzige Tochter ihrer verstorbenen Eltern mußte sie allein bei ihrem Großvater wohnen, und für die Sommerfrische war sie auf die Güte der Trubia-Tanten mütterlicherseits angewiesen. Und sie konnte es kaum erwarten, bis der Sommer kam: um ihre Sachen zu packen und das Tor des alten Palastes hinter sich zufallen zu lassen; das heruntergekommene Gebäude konnte nämlich immer noch einschüchtern mit all seinem Adelskram vom gemeißelten Giebel bis zu den barocken Masken unter den Stützen der Balkone. Ich ging jeden Tag daran vorbei und blieb, meiner Taktik getreu, mit Block und Bleistift in der Hand stehen, als wollte ich zeichnen oder mir Notizen machen. Hin und wieder nickte ich mir selbst zu und tat wie ein Kunsthistoriker oder ein Student, während ich die steinernen Grimassen betrachtete: komische Fratzen, derbe Schnauzen wütender Teufel, die ich mit aus der Schule entliehenen Namen Barbariccia, Calcabrina und Alichino nannte und zwischen deren Lippen üppig das Moos wucherte. In Wahrheit sah der ganze Bau, ein

Opfer der Zeit und der Nachlässigkeit, zum Erbarmen aus. Nur der Stein erschien dort, wo der Verputz verschwunden war, noch schön, unscheinbar und nackt wie eine Muschel. Geschwind erglühte er im Schein der Abendröte wie eine Wange. Es war ein Kalkstein aus berühmten Steinbrüchen, nur für adelige Häuser. Und adeligen Geblüts war Maria Venera, eine von denen, die aus unseren Dörfern aufs Konservatorium nach Palermo geschickt wurden. Verfrüht war sie von dort zurückgekommen, nachdem ihre Eltern gestorben und ihre Besitztümer verloren waren, behielt aber unverblaßt und liebevoll im Gedächtnis, was sie gelernt hatte, so daß wir es an Abenden mit Südwind zu hören bekamen, wenn es durch die offene Balkontür hinunterklang bis zur Karmeliterkirche, zum heiligen Georg und den zwölf Aposteln der Treppe von Sankt Peter, das Carmen-Potpourri aus dem Mädchenpensionat (Maria Venera, wo immer du auch sein magst, gebenedeit sei dein Name!).

Alvise war ihr Großvater, Don Alvise Salibba, er ging auf die Neunzig zu. Ein prachtvoller Mann – war er gewesen und war er in gewissem Sinn immer noch. Die Schuld an seinem fremd klingenden Namen gab er fröhlich einer lange vergangenen Hochzeitsreise nach Venedig, auf der sich seine Mutter von ihrem durch Rheuma kampfunfähig gemachten Ehemann eine Nacht mit einem blauäugigen Alvise, einem Gondoliere, eingehandelt hatte; auf dessen Namen sie nach neun Monaten aus Dankbarkeit und zur Erinnerung zurückgriff … Das war eine der vielen amüsanten zynischen Schnurren, die der Alte den Passanten gern zum besten gab, wenn er auf seinem Klappstühlchen, das er stets bei sich hatte, unter einer Akazie in der Allee saß, dem Bürgerverein gegenüber, den nie mehr zu betreten er geschworen hatte, nachdem er dort an einem Spieltisch seinen letzten Gutshof verjubelt hatte. Mit Panama und Gamaschen saß er da, gleich ob es Winter oder Sommer war, und mit dem Griff seines Stocks aus Nußbaum angelte er sich vorübergehende Knöchel von Freunden, Bekannten oder Fremden und zog sie gierig zu sich heran, Aufenthalt und Zuhörerschaft erzwingend. Mit der Zeit bildete sich ein Grüppchen, und Alvise gingen die Worte nie aus, und die Tage schleppten sich damals so träge dahin, und die Luft war so voll Licht, und es war so schön, in dem Licht zu stehen und einem Alten mit feierlichem weißem Haar zu lauschen, der von Lina Cavalieri und der Schönen Otero erzählte. In seinen jungen Jahren, so behauptete Alvise, habe er sie kennengelernt, als er einem Hispano mit einem Chauffeur aus Ragusa Ibla und einem polyglotten Koch, den er mit klingender Münze vom Hof der Grimaldi in Monaco entführt hatte, durch Europa fuhr. Seine Worte dufteten nach Kölnisch Wasser und Zigarren und enthielten alle Lichter und die Legenden eines Lebens, das für uns unerreichbarer war, als wenn es das Leben eines Bürgers von Samarkand oder Golkond gewesen wäre, und wiegten uns in einen süßen Traum. Er selbst knatterte übrigens im Wind als eine hochgeehrte Fahne, wenn es stimmte, was gemunkelt wurde, er habe nämlich noch gestern, und nicht allein, um sich wärmen zu lassen, die sechzigjährige Hausmagd in seinen Alkoven gebeten ...

Alvise redete und redete, und seine Stimme gab dem Licht zwischen den großen blonden und weißen Steinen der Paläste und Kirchen eine Würze, wurde zu einem überzeugenden Bescheid, den das vergangene Jahrhundert treulich für uns aufbewahrt hatte. Und das Licht war damals, in jenem Juni und in jenem Juli einundfünfzig in Modica, von seltener Schönheit, ein leuchtender Staub, desgleichen ich nicht mehr gesehen habe, und ich sehe es noch in leichten Luftzügen durch die wie von Geisterhand bewegten Fliegenfäden, die über der Schwelle hingen, in Don Cesares Lokal hereinfluten und sich als Heiligenschein um die Hüften der rundlichen Weinflaschen wölben. Selbst die Flecken und die fettigen Stellen im Muster des Wachstuches setzten sich hier gutwillig zum Alphabet einer freundlichen Sprache zusammen und murmelten etwas Liebes. Obschon der eigentliche verwunschene Ort weiter hinten in einer Ecke der Küche versteckt war, wo auf einem kohlschwarzen Gestell die Glaskugel mit dem Goldfisch stand. Dorthin wurde die Aufmerksamkeit der Gäste alle fünf Minuten gelenkt, denn das Zucken des Gefangenen schien launenhaft stumme Melodien ineinanderzuflechten, in denen das himmlische Ränkespiel der Sommerszeit sich abwechselnd bald enthüllte, bald verhüllte.

Unempfänglich für jede Spitzfindigkeit, blind für jedes Geheimnis, war Don Cesare damit beschäftigt, die zwischen den Tellern verbliebenen Brösel ins Aquarium zu streuen, ohne zu vergessen, zwischendurch ein militärisches »Suppe für alle« anzustimmen, das nach seinem Dafürhalten jedes Meereswesen, von der Sirene bis zur Seebarbe, verstehen mußte. Ihm erwiderte wie ein Echo die Köchin Mariccia oder Amapola, je nach dem Namen, den wir vorziehen, ihrem Taufnamen oder dem anderen, dem Decknamen aus ihren glorreicheren Tagen, als sie im Gefolge der Truppen als galante Söldnerin in Bengasi gelandet war, wo sie sogar in einem *alhambra* zu wohnen kam, dreißig Säle mit *azulejos* die Wände hinauf und hinunter, und in der Mitte mit einem riesigen Baldachin umgeben von Strahlen balsamischen Wassers. In dieser Szenerie wie aus Tausendundeiner Nacht mußte sie sich eines Tages, mit der Unterstützung eines noch nicht mannbaren arabischen Mädchens, in einem gewalttätigen Stelldichein zu dritt bewähren: Ein faschistischer Bonze war's (wahrscheinlich ein bärtiger Angeber), Italo wollte er heißen und verlangte, sie sollten ihn abwechselnd mit dem Riemen seines Koppels auspeitschen.

Das war lange her. Nun war Mariccia erschöpft, hatte eine winselnde Stimme, wackelige Zähne und Wallungen. Und von den einstigen Turnieren des Fleisches war ihr nur mehr eine so nebelhafte Erinnerung geblieben wie einem Steuermann im Ruhestand, der auf einer Bank im Hafen sitzt, von den Schiffbrüchen seiner Jugendzeit. Aber lieb war Amapola und hatte für die Umtriebe des Herzens und der Sinne allezeit ein teilnehmendes, frommes Gefühl, dem sie unbedingt durch Herzklopfen, Staunen und Ängste freien Lauf lassen mußte, bald indem sie sich über die Seiten der Salani-Bibliothek, Vorkriegsausgaben, beugte, die sie in ihren viellebigen Koffern in Faszikeln aufbewahrte, bald indem sie (weitaus besser) meinen Ergüssen zu Ehren Maria Veneras lauschte. Ich redete nämlich tagtäglich unaufhaltsam von ihr. Mündlich mit Mariccia; zu Hause schwarz auf weiß in frohlockenden Stoßgebeten, die ich mit vier Reißzwecken an die Wand heftete und auswendig lernte wie ein Einbrecherlehrling die Topographie einer Bank.

Ich unterrichtete damals in einer Mädchenschule. Nicht an meinem Heimatort, sondern in einem anderen Städtchen; dort wohnte ich bei Amalia, einer Witwe mit abwesender Tochter (im Pensionat), als Untermieter und zugleich allwöchentlicher Nutznießer von der Witwe begehrlicher Leibesfülle. Jedesmal löste ich mich verdrossener aus ihren Armen und eilte voll Sehnsucht auf mein Zimmer, um, von der anderen schreibend, Buße zu tun. Und das war um so schlimmer, wenn ich vergaß, mit dem Schlüssel abzuschließen, und mich die Witwe, von ihrem kleinen Buchladen im Erdgeschoß heraufschleichend, auf frischer Tat ertappte, mit gezückter Feder, Marke Perry, mit heißem Kopf und heißem Herzen und tränenüberströmten Wangen (ich weinte immer sehr tränenreich, wenn ich Liebesgedichte schrieb).

Zu guter Letzt ging ich aus dem Haus und setzte mich ins Café, ganz allein an einen Tisch, wo, sobald ich aufschaute, dienstbeflissen und vielfältig der Film der Stadt vor meinen Augen ablief. Einen besseren Schreibtisch und Salon, eine bessere Loge und Verbrüderungsgelegenheit hätte ich nirgends finden können; und keine bessere Ablenkung vom Liebeskummer. Bald besuchte mich der Hornist der Stadtkapelle, der auch gern außerdienstlich auftrat und, durch meine Beifallspantomime ermutigt, mit dem Eifer eines Infanteristen zum Sturm auf die uneinnehmbarsten hohen Töne ansetzte ... Bald kamen friedlich und sanftmütig die einheimischen Geistesgestörten, jeder mit seinem einsamen Dorn im Herzen, dem nur ich Glauben und Trost schenkte ... Oder es gingen, untergehakt und mich aus der Ferne grüßend, Donna Tònchila Canigiula und 'gna Ninfa Scacciaguerra, die zwei Zauberinnen, Freundinnen und Rivalinnen, vorbei, an deren Türen ich später noch klopfen sollte, weniger neugierig auf Rauch und Qualm und Hexenkünste als auf ihre unbeschwert todesdüsteren Spötteleien ...

Aber besser gefiel mir die Gesellschaft (von meinen gewöhnlichen Freunden erzähle ich dann später) der Meister seltener Handwerke wie Carmine *'u ciarmavermi*, der Meeresalgen verkaufte als Wurmkur für Kinder, oder Cicirè, der Ehevermittler, und die Gebrüder Malanova, umherziehende Stimmenfänger und Trödler ...

Das Städtchen war ein Theater, eine Bühne aus rosarotem Stein, ein Fest voller Wunderdinge. Und wie stark es gegen Abend nach Jasmin duftete. Ich könnte immer weiterreden und zurückkehren, um mich zu spiegeln in dem zarten fernen Blendwerk; mich dort wiederzusehen, wie ich morgens aus dem Haus ging, den Wechselfällen des Lebens entgegen, dem ganzen Leben ausgeliefert mit seinen fallenden Würfeln, mit seinen Lachsalven und seiner Tränenflut und dem Konzert der Kirchenglocken. Wieviel Glockengeläute gab es damals in Modica zu Hochzeiten, Taufen, zur Komplet und zum Angelus aber vor allem zu Begräbnissen, wieviel wurde in Modica gestorben, jede halbe Stunde hörte man, ohne sich bedrängen zu lassen, das ermutigende silberne Gebimmel des Todes durch die Luft schallen ...

Ich könnte immer weiter reden, ein altes Kind war ich damals, durch das Leben und die Bücher gealtert, aber immer noch ein Kind. Wie jemand sein mag, der beim Erwachen seine Pupillen vor Überraschung sperrangelweit aufreißt.

II

Litanei der schönen Nächte. Und wie es geschah,
daß es über wechselnde Jahreszeiten und wechselnde
Hürden des Gefühls zu jenem Sommer kommen konnte.

O Glückseligkeit, mein uralter Himmel; o Nächte, mein Paradies …

O blaue Stille der neugeborenen Nacht, wenn über den schwachen Schirm der Mauern hinweg von der Straße her ein einsamer Schritt (ein Betrunkener unterwegs, eine Hebamme auf dem Heimweg, ein eifriger Hundefänger, der donnerstägliche Ehebrecher) zu unseren Kissen heraufhallt, aber sofort wieder leiser wird und erlischt und dieses Siegel den Tag beschließt wie eine Hand, die einen Vorhang sanft sinken läßt …

O schwarze Glocke der Nacht um eins, in die die Serenaden eingeworfen werden … Und in der die Stimmen, so welche laut werden, wie mit zartfühlenden Schalldämpfern geknebelt erklingen; oder sollten sich dort unten auf der Bank, wo zwischen Blumenbeeten das übliche Kriegerdenkmal steht, ein paar Schatten ein Stelldichein geben …

(Ist euch nie aufgefallen, daß in der Entfernung jedes Wort seinen Körper abstreift und sich mit den verschiedensten Geräuschen mischt? Mit dem Rauschen der Brunnen, dem ruhigen geschäftigen Tagewerk der Hausdiener, mit einem Windhauch zwischen den Häusern …)

Da steht man vom Bett auf und horcht angestrengt: Unter den bloßen Fußsohlen fühlen sich die Falten des Backsteinbodens ergreifend kühl an. Man kommt nicht mehr dazu, den Fensterladen ein wenig anzulehnen, denn schon ist es zu spät, drunten ist nur noch kohlschwarze Nacht und Friede, tiefster Friede; wenn man sich hinausbeugt, sieht man nur noch flüchtig, wie ein Tier, ein behaarter Mephisto, auf leisen Pfoten über die Straße schleicht, und einen Augenblick huscht nahe am Boden die Phosphorspur der Augen, ein flüchtiges Zickzack …

O Nächte, Nächte voll Sommer, auf dem Heimweg von der Sorda, nach einem Tanzvergnügen, über dem Land und seinen Öl- und Johannisbrotbäumen hängt noch die Mondsichel und übersät alles mit weißen Flicken wie zuckrige Nonnenkräglein, und die Paare, die Mädchen Arm in Arm mit ihren Kavalieren, zeichnen zwischen die Hecken noch einige ungewohnte Tanzfiguren, die sich bald verschlingen, bald voneinander lösen in einem zärtlichen und satten Kommen und Gehen, das am Eingang ins Städtchen in Schwatzen, Abschiednehmen und heimliches Händedrücken ausläuft; und die schrecklichen Mütter, die an den Fenstern warten, spüren nun, wie der gelinde Schaum des Schlafes sie ermattend vergeben läßt ...
O Mädchen, ich hab euch geliebt. Maria Venera, Angela, Ines. Heute noch genügt manchmal ein Aufenthalt an einer Bahnschranke, und während der Zug, auf den ich durch sein Pfeifen schon gefaßt war, im Regen und im Dunkel verlorengegangen zu sein scheint, wiegt mich die winzige leuchtende Fratze des Autoradios in Schlummer, und meine Gedanken gleiten, wie so oft, verzaubert in eine Ekstase ... nicht mehr als ein Aufenthalt von zehn Minuten; dazu das weiche kupplerische Klopfen der Regentropfen auf die Windschutzscheibe; und ein Süßholz raspelndes Saxophon irgendwo zwischen Hilversum und Monteceneri; und schon schneide ich mir aus dem Brei der Geräusche ein rauchiges Bullauge aus, an dem eine nach der anderen die Mädchen meines Lebens erscheinen ... o Sommer von einst, o Lauben auf Hügeln, Pfade zwischen niedrigen Birnbäumen, Sand von Pietranera ... Eine Hand schüttelt den gelben Sand aus einer Sandale. Eine ungeheure Feuerwolke erhebt sich. Dann fahren dunkle Flöße in sie hinein. Ja, der Mann hatte schon recht: Der Ball, den ich als Junge beim Spielen im Park hochgeworfen habe, ist noch nicht wieder auf den Boden gekommen. Und wieder verbergen sich wichtige Geheimnisse auf der Rückseite einer Briefmarke; ein Anhänger reißt ab, rollt unter eine Kommode ... Blutleere Mundsicheln, Motive aus alten Liedern ... Venera, Assunta, Isolina: rosige Scharen,

Endstationen des Herzklopfens. Wer weiß, wo ihr seid, wo sind *les belles d'antan*, Flora, die schöne Römerin, und Taide und Adalgisa, die Kassiererin der Splendor-Lichtspiele, die verächtliche, wer weiß, wo sie ist, wie viele Kinder sie hat, wie viele Krähenfüße am Hals und Krampfadern an der unvergeßlichen Wade! ... Und meine seidene Krawatte, die mit den grünen Elefanten und den Pagoden, wer weiß, in welcher Küche sie als Lappen liegt oder in welchem Faß als Stöpsel steckt ... *Eheu, fugaces, Postume, Postume* jammere ich wie ein Gymnasiast, und nach Postumus kommt mir Marcel in den Sinn. Denn alle diese Stimmen und die Gesichter meiner Mädchen wiegen eigentlich zusammen kaum ein Gramm Staub, und die Krawatten und die Kassiererinnen entfliehen, ach, wie die Jahre ...

Ja, aber schön ist es doch, hier auf meinem Fahrersitz, während mir die Heizung meine armen Knöchel wärmt, vergeblich und schön, Venera, Ada, Corrada, euch hier vor mir auftreten zu lassen! Euch auf diesem beschlagenen Bildschirm erblühen und verblühen und aufs neue erblühen zu sehen bei jedem Impuls des Scheibenwischers ... Bis dann der Zug kommt und seine blinde Masse euch ins finstere Land hinausscheucht, danach bleibt ein grauer Hundegeruch, ein kurzer, feiner Sprühregen, das Aufschimmern eines Augenblicks, fast einem Jahrmarktlicht ähnlich, das erlischt, oder einem Glühwürmchen, das ein Absatz versehentlich zerstäubt ...

Die anderen drei Jahreszeiten vor dem Sommer, weder traurig noch froh, waren schnell verflogen. Der Herbst legte ein paar dünne Nebelstreifen hinter die Fensterscheiben des Klassenzimmers, und die hartnäckigste Fliege verschied zappelnd zwischen zwei Seiten des Klassenbuchs. Die letzte Oktoberfeige schrumpfte ungepflückt in Süßigkeit an einem vor Kälte starren Ast, auf den Feldern standen nur noch die Disteln wie eine grämliche Abordnung von Kapuzinergerippen. Dann verloren die Maulbeerbäume in den Höfen allmählich ihre Blätter, es begann jeden Tag von halb neun bis neun zu regnen, vorsätzlich, als wären die Sterne neidisch auf den ersten immer wieder versprochenen und immer wieder verschobenen Ausflug des Schuljahrs. Mit einem dünnen Päckchen Bücher, das sie am rechten kleinen Finger hängen hatten, kamen die Mädchen in die Schule, in der Hoffnung, sie könnten es in den Riemen geschnallt auf der Bank liegen lassen, um schon in aller Frühe reihenweise die Rampen des Monserrato hinaufzusteigen. Illusionen! Kaum kam das Schultor in Sicht, da hörten sie den Direktor Biscari schon das alte Sprichwort sagen, das er sich in liebevollem und unerschütterlichem Spott für sie ausgedacht hatte: »Ist der Himmel geschuppt wie ein Fisch, bleibt uns allen die Schule gewiß.« Noch wütender wurden die Mädchen, wenn ein Windstoß von Norden, kaum daß sie in giftigem Vorwurf die Augen zum Himmel erhoben hatten, unversehens unter sie fuhr, ohne Rücksicht, schmerzlich zu sagen, auf ihr Schamgefühl. Da wurden zum Erstaunen der Umwelt die finsteren Röcke ihrer achtzehn Lenze gleich Fahnen gehißt; da blitzte es unvorhergesehen von feisten Fleischhügeln, glorreiche schattige Buchten und bisweilen nicht ganz unbescholtene Dessous kamen ans öffentliche Licht ...

Zuletzt erschien Gertrude oben auf der Treppe und glich Pallas Athene. Hochgewachsen, großartig, souverän und düster gebot die Hausmeisterin Gertrude ihrem Volk durch ein Zeichen einzutreten. Aus dem nun schon unaufhaltsam strömenden Regen kamen die Störrischen herein, im Gänsemarsch die Brüste zusammengedrängt zwischen zwei Reihen listiger Ellbogen, und auf mein schüchternes, ungebändigtes Herz das Harz ihrer Blicke tropfend.

»Könnt ich doch zu dir kommen, Geliebte,
heimlich wie ein Dieb, und niemand würd' mich sehen ...«
begann ich sofort, nachdem ich sie alle aufgerufen, indem ich die momentane Stille ausnutzte, aber keine schien zuzuhören, geschweige denn zu verstehen: Sie spähten grimmig durch die Fenster, wo sich um ein Viertel nach neun die Luft erhellte und

durch einen Riß in der Wolkenwand ironisch ein Sonnenstrahl brach und ins Klassenzimmer tanzte.

Also »Schule gewiß«; aber jede Nichtigkeit brachte sie vom Wege ab: wenn galant ein Autobus hupte, je nach der Frechheit und der Jugend des Fahrers mehr oder weniger gebieterisch; oder wenn nun statt des Regens die Spatzen nicht viel anders ans Fenster klopften, eher asylbedürftig als neugierig auf Pier delle Vigne; oder weil sie das Muster meiner Krawatte studierten und ein Haar sahen, das zwischen gestrigen Schuppensaaten von meiner Schulter herunterhing, ein glattes, langes, wohl, so argwöhnten sie, nicht mein eigenes, sondern von einem anderen Kopf. Da dachte ich, wie bald sich nun für sie der Reigen der Tränen durch die Jahreszeiten drehen würde: die Tränen jeder erst neulich im August Verlassenen; jeder im Oktober neu Verlobten, aber schon Schmollenden und Grollenden; jeder häßlichen, zur Einsamkeit der Klassenprima verdammten Streberin; jeder mitgiftlosen Schönen ohne neue Kleider für die Silvesternacht; die Tränen aller anderen schließlich, die großherzig um die Wette mitschluchzten.

Und ich dachte im Vergleich dazu an mein weitaus erwachseneres Liebesleben und war's zufrieden, es in jener Art Halbschlaf gezähmt zu wissen: Hier stand ich, in mich selber eingesperrt mitsamt meinen Chimären und Hirngespinsten, dort sie, Maria Venera, in der Ferne, verschanzt hinter undurchdringlicher steifer Würde und höchst adeligem Stein. So dachte ich, und die Elfsilbler der Dichter erstarben mir von selbst auf den Lippen. In dieser Schweigepause konnte ich aus dem Geflüster von zwei Schwatzbasen, die der plötzliche Waffenstillstand überrumpelt hatte, die langgezogene, nicht schnell genug verschluckte Silbe eines Adjektivs aufschnappen, dessen männliche Endung nur den Zweifel offenließ, ob es sich auf einen jungen Mann oder auf ein Kleidungsstück bezog.

So verging Woche um Woche, während das Wetter sichtlich düsterer und kühler wurde. Als Thermometer hatte ich meinen Jackenkragen, den ich immer höher über den Hals zog, wenn ich in der Pause schnell auf ein Getränk ins Café Bonaiuti ging und die Windstöße zu spüren bekam, die der Felsvorsprung, jener kahle Vogel mit den großen Schwingen, hoch oben hokkend und über das unveränderliche Zeremoniell der Stadt wachend, von seiner Höhe zu Tal jagte. Von nun an würden wir vertrauensvoll auf den abendlichen Geruch der gerösteten Kastanien warten, würden unseren Schlaf vom Rauschen der Autoreifen auf dem nassen Asphalt erbitten, würden uns daran gewöhnen, vom Lehrerzimmer aus zu beobachten, wie der Zeitungskiosk auf dem Gehsteig gegenüber immer nässer wurde und im Regen schwamm und wie, ein paar Schritte weiter, das Riesenpissoir auf dem Gehsteig den Streifzügen des Windes ausgesetzt war, nicht anders als eine Ruine unter dem freien Himmel von Herculaneum oder Pompeji. Vielleicht hätte nur ich als Zugereister am Abend des Jahrmarkts, ich und sonst keiner, es fertiggebracht, nicht mit einem *Flobert*-Gewehr ein »sie liebt mich, sie liebt mich nicht« gegen die Gipspfeifen einer menschenleeren Schießbude zu spielen.

November, Dezember: feuchte letzte Zuckungen des Jahres neunzehnhundertfünfzig. Jetzt hat der Winter seinen Höhepunkt erreicht, und Frost und Hochwasser und Katzen mit nußbraunen Augen ihre äußerste Melancholie. Ich hatte einen Geburtstag ohne Geschenke, hätte ja auch keine verlangt von den Kollegen, die zugleich meine Freunde waren und, wie ich, in der Fremde mit ihrem kärglichen Gehalt sparsam hausen mußten; und doch immer geneigt waren, sich Ferien, studentische Vergnügungen und dörfliche Kurzweil auszudenken, trotz der paar Kröten, die sich gegen Phantasien sperrten. Ich mochte sie gern, aber lieber war mir nachmittags das Kino mit den schönen Schlägereien in den Filmen der Warner Brothers und mit meinen Lieblingsschauspielerinnen, den Liebhaberinnen zweiten Ranges wie Ann Sheridan und Ida Lupino ... oder abends die Konzerte der Philharmonischen Gesellschaft mit dem tränenreichen Chopin, besonders in dem Stück, in dem man unter den unerschrockenen Fingern von Frau Tuvè, der

Lehrerin, die nikotingelb und so dürr waren wie die Stöckchen eines Tambourmajors, den Tropfen fallen hörte.

Von diesen Zusammenkünften versäumte ich keine, nicht einmal an regnerischen und windigen Abenden, wenn ich notgedrungen unförmige Überschuhe und von der Kälte aufgerissene, lächerlich mit Kakaobutter eingefettete Lippen (die Kälte, auch die geringste, hat mir immer schon zu schaffen gemacht) der Öffentlichkeit preisgeben mußte. Aber dort saß vor mir in der ersten Reihe auf einem Strohstuhl und mit der Schmollmiene der vermeintlichen Kennerin eine gewisse Maria Venera: die Knie unter dem Plisseerock aneinandergepreßt, die Hände im Schoß gefaltet, den Oberkörper steif aufgerichtet wie auf einem Podest im Museum die Büste der Nofretete.

Am Ausgang erwarteten mich, wenn es zu regnen aufgehört hatte, grinsend meine melophoben Freunde. Ich hatte keine andere Wahl, als ihnen auf gut Glück in die abgelegensten Viertel zu folgen. Eingemummt in unsere gewendeten Wintermäntel, streunten wir herum, ich schimpfend, denn es widerstrebte mir, selbst beim witzlosesten Unsinn ihren Handlanger zu spielen: etwa die Riegel der Patrizierhäuser mit Dreck der schimmsten Sorte zu beschmieren; auf leisen Sohlen den Anklebern der Wahlplakate zu folgen, um in ihren Taschen, wenn sie einen Moment unbewacht an einer Straßenecke standen, die zwei Hälften der gegnerischen Plakate zu vertauschen, so daß dann ein Mischmasch aus falsch zusammengesetzten halben Sicheln, Kreuzen, Fackeln und Hämmern an den Mauern klebte. Beim Davonlaufen fiel man dann dem Nachtwächter Miciacio in die bestürzten Arme (»Aber Sie hier, Herr Professor ...«). Oder wir versuchten, uns als Bausachverständige aus Palermo auszugeben, die eine Bestandsaufnahme der baufälligen Häuser machen sollten. Wir wagten uns in die gefährlichsten Meeresengen wie die Via Sant'Acconsio, den Ronco Albanese, wo der Raum zwischen zwei Steinhütten schmaler ist als ein Korridor und von den brennenden Kochflammen ein abgefeimt mafioser Sardinengeruch hochsteigt. Wir prahlten mit zu installierenden Kloaken und Restaurierungen; wenn wir weggingen, folgten uns ein Chor männlichen Staunens und vieler Segenssprüche und ein paar verlockende weibliche Blicke ...

Aus solchem Holz waren meine Freunde, frisch aus dem Krieg zurück, und um das zu vergessen, trieben sie grausame Kinderspiele. Saro Licausi, Pietro Iaccarino ... heute Schatten.

Gegen Saro Licausi verlor ich die romantische Wette, wer die erste Mandelblüte an den Abhängen von Idria, unseres sonntäglichen Ausflugsziels, entdecken und pflücken würde. Selbst auf die Gefahr hin, sich seine Schuhe zu ruinieren, wollte er die Wette gewinnen, und er kletterte mit der Vorsicht eines Wilderers dort hinauf, wo er aus der Ferne den willigsten Baum erkannt zu haben glaubte, bis sich seinem Blick zwischen Laubwerk und Rinden eine unantastbare Perle, ein rosiger Tautropfen, ein Falter enthüllte, der, eilig nächtens ausgebrütet, sich gerade am Zweig öffnete.

Ich verlor die Wette, bezahlte aber nichts. Wir wetteten um alles, aber niemand bezahlte damals die verlorenen Wetten. Sobald das Wetter schön wurde, bekamen unsere Spaziergänge einen floristischen Anstrich, mir wurden die Blumennamen beigebracht: Das ist eine Anemone, dies eine Azalee. Aber ich taufte jede Blumenart mit einem Namen aus der B-Quarta, während ich umgekehrt in der Schule allen Mädchen, die in den engen Schulkitteln wie schwellende Knospen in den Bänken saßen, Blumennamen gab. Die Tauben auf den Dächern vermehrten sich von heute auf morgen, und der Küster traf sie mühelos mit seinen Steinwürfen. Schon hatte sich der Himmel gewandelt, porzellanblau und von Licht strotzend wie ein zu volles Gefäß, das abtropfen mußte, und so ergoß sich Licht aufs Geratewohl in jede Vertiefung und jeden Mund ringsum, in Lerchenkehlen oder in Glockenstuben. An die hundert Kirchen waren in Modica und ebenso viele Glockentürme, von

Sankt Peter bis Sankt Josef und zur Jesuskirche, hundert Kirchen, jede hatte ihre eigenen Frommen, deren Atem sich mit dem Mörtel vermischt hatte wie der Schweißgeruch mit der Kluft des Arbeiters. Kirchen von einem schönen fleischlichen Barock mit runden aufrechten Säulen, aufs Haar die Beine von Maria Venera; Kirchen mit großen Kuppeln und mit kleinen Kuppeln, die meine Freunde an die warme Fruchtgelatine in den Tonformen von Caltagirone erinnerten, in mir aber eine andere ergreifendere Ähnlichkeit anklingen ließen: die nämlich mit Veneras leuchtenden Brüsten hinter dem halb zugeknöpften Mieder ...

Ostern fiel früh in jenem Jahr. Für die österlichen Kuchen mußte man sich rechtzeitig in den Höfen des Hochlands mit Käse und Molken versorgen. Widerwillig machte sich der Gastwirt Don Cesare mit seiner Kalesche dorthin auf. Was er mitbrachte, war ein Andenken an Schaf- und Rinderdreck unter den Schuhsohlen und (so beschwerte er sich) in den Nasenlöchern den säuerlichen Geruch der 'gna Tura, der sonnverbrannten Kuhhirtin, die in der ganzen Gegend berühmt war, weil sie jedem männlichen Wanderer, den ihr das Geschick zuführte, einen Liebeszoll abverlangte.

Von den Flanken des Monte Tabbuto, den Höhlen von Pantalica und von Ispica her schüttelte sich schließlich die ganze Erde im Tal von Noto, samt Miozän und Pliozän, Spalten, Geschiebe, Saaten und Tierhöhlen, Wasseradern und Erdbebenrissen, und öffnete unmerklich die kalkigen Lippen zu einem Lächeln. Ein Skorpion zwischen zwei Steinen rieb schmachtend seine zwei Scheren aneinander, ein Eidechsendämchen streckte, hinter einem Grashalm verschanzt, einen Augenblick die Schnauze hervor, zog sie wieder zurück, streckte sie wieder vor. Don Alvise zog die langen Wollunterhosen aus, und es war Frühling.

III

Flucht des Mädchens und Komödie der Wiederfindung.

Frühling, wie man so sagt, denn der Frühling mausert sich in diesen Breiten sofort zum Sommer, laue Lüfte sind hier nicht zu Hause. Aus der kindlichen Sonne wird im Handumdrehen ein großes brüllendes Gestirn. Genauso ist es mit den Mädchen: Noch gestern hast du sie als Kinder gesehen und gestreichelt, und heute schieben sich unter ihren dünnen Kleidchen zwei eherne Brustwarzen nach vorne, und unter der Stirn leuchten zwei dunkle Augen.

Wer hätte von jetzt an noch geschlafen in Modica! An einem Abend hörte man den Gitarren und Mandolinen zu, die unter den Balkonen ihre Serenaden spielten; an einem anderen waren alle in Donnalucata, um an den Ständen der Fischer den frisch gefangenen Fisch zu kaufen; wieder an einem anderen, ach, wurden mit roten Augen und enttäuschten Fingern die trügerischen Asse eines Pokers überprüft … Und zum Glück waren die Nächte im Nu vorbei, schienen nur kurze schwarze Rauchsäulen zwischen dem glühenden Scheit des Sonnenuntergangs und der weißen Fackel der Morgendämmerung …

In einer solchen Nacht riß Maria Venera aus, und um die Mitte derselben Nacht nahm das Märchen meines glücklichen Sommers seinen historischen Anfang.

Wir saßen also nach dem Abendessen vor dem Damebrett (zum Glück waren nicht die Karten dran an jenem Abend). Nur Iaccarino und ich, denn Donna Amalia war schon seit einer Weile schlafen gegangen, uns war nur der Geruch der Räucherkerzen geblieben zum Schutz gegen die Mücken. Iaccarino spintisierte vor sich hin wie gewöhnlich, teils um sich nicht zu langweilen, teils um mich zu stören, während ich mir einen Zug überlegte: »Ergib dich, Gano!« sagte er. »Bitte um Erbarmen!« Oder nachdenklich: »Heute abend fühle ich mich überflüssig. Ein Gerstenkorn, ein Stäubchen im Auge des Schöpfers. So, der Stein gehört jetzt mir ...«

Er war von den zwei Kollegen, die ich schon genannt habe, mein näherer Freund, der schon vierzigjährige Dichter und Philosoph Pietro Iaccarino. Vielleicht mehr und vielleicht weniger als ein Freund: so etwas wie ein völlig treuloser Doppelgänger. Denn, wenn er auch meine launischen Gefühlsausbrüche und meine plötzlichen katatonischen Zustände nachmachte, so gab es doch keine Gesellschaft, die schlechter zusammengepaßt hätte als wir zwei: er, ein Mann des Verstands, ein geselliger Gaukler und Spötter, und ich, eine schöne Seele, dem einsamen Laster des Träumens und Sinnens verfallen. Nimmer hätten wir uns vertragen können, wenn wir nicht stillschweigend bei unserer gemeinsamen Bücherliebe, beim Geschmack an Streitgesprächen, am Nonsense, am literarischen Jargon und den literarischen Späßen angesetzt hätten, waren wir doch beide gleichermaßen rebellisch und geduldig dem Lesen verschworen. Nicht zufällig waren wir als Mieter bei Madame gelandet (Licausi wohnte lieber im Hotel): beinahe eher um die Stühle in der Buchhandlung zu ebener Erde abzunützen als die Matratzen in der Beletage. Iaccarino hatte, besonders seit er die Planstelle bekommen hatte und nicht mehr zwischen dem Brenner und Lilibeo herumgeschoben wurde, zwischen den Bücherregalen sein Quartier aufgeschlagen und lungerte ständig dort herum, ohne, soviel ich mich erinnere, je mehr als ein paar Lire für einen Reisekrimi ausgegeben zu haben; und das, nachdem er ihm – zack! – den letzten Sedezbogen abgerissen hatte, so daß der Täter in der Schwebe und namenlos blieb. Er wollte ihm – so drückte er sich aus – in einer Welt, wo man von der Majestätsbeleidigung bis zum Halteverbot für alles büßen muß, einen Notausgang offen lassen.

Mit Madame verstand er sich sofort, es war Sympathie auf den ersten Blick: trotz der Spottgedichte und der zahllosen kleinen Racheakte, die dieser Sympathie ständig auflauerten. Wenn

Madame ihm vorwarf, er würde zuviel trinken und zuviel reden, rechtfertigte er sich, er mache das nur, um sie nicht anhören zu müssen. Daher kam es wohl, daß er manchmal, wenn es dicke Luft gab, auf der Straße herumtrödelte und das Haus erst betrat, wenn sich die Witwe schon in ihre Gemächer zurückgezogen hatte und die Luft rein war. Dann erst entschloß er sich, die Haustür aufzustoßen, wobei er seine Nase vorausschickte, um mir auf dieselbe Art und Weise, wie er es mit dem faulsten Ladenschwengel gemacht hätte, eine Partie Dame auf dem Tischchen des Verstorbenen vorzuschlagen. Hager, olivenfarben und kurzsichtig saß er mir gegenüber, dicke Augengläser auf einer Boxernase nie ganz geklärten Ursprungs: War eine unerfahrene Hebamme am Werk gewesen oder hatte ein Ehemann zugeschlagen? Die Nase war jedenfalls sein Kreuz (»Das soll ein Gesicht sein? Eine Gasmaske ist es!«), und er jammerte unaufhörlich darüber, machte sie zwischen zwei Damezügen sogar dafür verantwortlich, daß es mit seiner Karriere als Filmschauspieler oder Komiker im Gefolge Cimaras nicht geklappt hatte, weitaus mehr aber für die wenigen Niederlagen, die er in seiner langen Dienstzeit als Frauenheld erlitten hatte. Diese wuchs in seinen Erzählungen auf die epische Breite des napoleonischen Italienfeldzugs an, dürfte sich aber in Wirklichkeit auf einige rasche Nahkämpfe in Abstellräumen beschränkt haben, zu ungunsten irgendeiner altjüngferlichen Sekretärin oder reiferen Kollegin oder sommersprossigen Vertretungslehrerin. Er deklamierte sein Register, ohne sich um meine entschiedene Unaufmerksamkeit zu kümmern, die er mir aber heimzahlte, indem er seinen Kopf schläfrig zwischen die Damesteine krachen ließ, wenn ich an der Reihe war zu ziehen und meinerseits das Klagelied des *mal-aimé* anstimmte. Das mir freilich an jenem Abend im Hals steckenblieb: denn an jenem Abend stürzte, als wir mitten im Spiel waren, Don Alvise durch die aufgerissene Drehtür ins Zimmer wie ein Baß, der Sopran und Tenor miteinander überrascht. Erklärungen waren überflüssig: Es war sofort klar, wenn der Alte um diese

Zeit ohne Stock und Hut außer Haus war, sein Gesicht eine so häßliche Mineralfarbe wie Steingutgrau oder Schiefergrau hatte und er auf unsere forschenden Blicke nur mit krampfartigen Handbewegungen antwortete, dann mußte ihm etwas Schlimmes zugestoßen sein, so daß ein sofortiges SOS gerechtfertigt war. So waren wir denn auch mit einem Satz neben ihm, Iaccarino und ich, gerade noch rechtzeitig, um ihn zu stützen, während Madame, lauthals gerufen, mit dem Riechsalzfläschchen und in einem aufreizenden Negligé gelaufen kam, um ihm zu helfen, ihn auf den nächsten Stuhl zu setzen, nicht ohne ihm vorher die breite schwarze Seidenkrawatte über dem faltigen Hals aufzubinden.

Als Don Alvise imstande war zu sprechen, erstaunte er uns. In seiner Stimme nämlich hörte man hinter der Empörung, die den Ton bis zum Falsett verzerrte, deutlich ein leises glucksendes Lachen, so daß man denken konnte, was er uns erzählte, würde ihn ebenso erheitern wie schmerzen … Und das Unglück hatte ihn, nachdem es ihn so unverhofft getroffen, zunächst zwar zu Boden gestreckt, aber gleich darauf in eine zukkende Marionette verwandelt.

»Liborio Galfo!« hob er an. »Diese Ölsardine, dieses aufgeweichte Arschloch! Mehr will ich nicht sagen aus Rücksicht auf die Dame …«

Hier wurde Madame bereits giftig, da sie eine Ironie argwöhnte, aber er brachte sie ungeduldig zum Schweigen.

»Einer, der nichts in der Hose hat«, fuhr er fort und rollte dazu mit den auslaufenden hellblauen Pfützen, die er anstelle der Augen hatte. »Einer aus dem Unteren Modica«, wiederholte er, als könnte er's nicht glauben oder als hätten wir an seinen Worten gezweifelt. Er hielt inne, und unerwartet zog er aus seinem Westentäschchen eine riesige Roskorpf hervor und begann sie aufzuziehen.

»Was hat er Euch denn angetan?« fragte ich vorsichtig, nicht sicher, ob er sich diese Frage erwartete. Die Antwort kam sofort und stürzte mich in die schwärzeste Trostlosigkeit: »Was er mir angetan hat? Was sie mir angetan haben!! Ausgerissen sind sie, hihi!« Und aufs neue fing er an, ärgerlich kollernd zu lachen, und zwar so ausgiebig, daß die anderen (ich nicht) sich aus Höflichkeit verpflichtet fühlten mitzulachen. Nachdem er in Fahrt gekommen war, erzählte er uns von seiner Entdekkung, und daß er wegen der Hitze nach ein paar Stunden aufgewacht sei, er, der um neun ins Bett gehe und schlafe wie ein Stein, und, um sich ein wenig zu erfrischen, auf die Terrasse hinausgetreten sei, und zu seinem Entsetzen sieht er den Topolino dieses Kerls, des Schnösels, mit eingeschaltetem Motor und offenem Schlag, und einen Augenblick später, bevor er's noch kapiert und schreien kann, steigt das Mädchen in den Wagen, in jeder Hand einen Koffer, und dann geht's krachend auf und davon in die Finsternis. Man müsse sie also verfolgen, den Skandal vermeiden, eine berühmte Jungfräulichkeit retten (obgleich er seine Zweifel hätte, daß sie mit einem Schlappschwanz wie dem überhaupt in die Verlegenheit kommen würde).

Als ich das hörte, stieg mir vor Eifersucht die Hitze in die Wangen. Ich mochte mir noch so oft sagen, das könne mir doch gleichgültig sein, aber schon allein der Gedanke, Maria Venera in der Hand dieses Pomadejünglings, dieses Windbeutels zu wissen, war mir zuwider. Es war etwas anderes, wenn ich sie mir vorstellte, wie sie sich strahlend bei Walzermusik in seinen Armen drehte, als mir denken zu müssen, daß sie tête à tête mit ihm in der Nische eines Alkovens in hochzeitlicher Wärme und Weichheit lag. So war ich, gewöhnlich ein Schaf und kein Held, nach einem neidischen Aufzucken meiner Nerven nun der erste, der zu handeln versuchte. Der Nachbar, der Alvise herbegleitet hatte, war schon wieder weg, aber vor der Tür stand Iaccas kleines Auto; da die Flucht wahrscheinlich nach Norden ging, bogen wir, auf Gott vertrauend, in die Staatsstraße nach Noto ein.

Die blinde Verfolgungsjagd auf den schnellen geraden Strek-ken verursachte uns keinen anderen Nervenkitzel, als daß wir jeden roten Punkt, der vor uns auftauchte oder verschwand, das Licht eines nächtlichen Fuhrwerks oder das Biwak eines Diebs auf der Durchreise, für das Rücklicht der Flüchtigen hielten. Am Steuer saß ich, auf der Rückfahrt sollte mich Iac-carino ablösen, so war es abgemacht, und ich raste kopflos da-hin. Eine Kurve wurde mir schließlich zum Verhängnis. Der Wagen geriet ins Schleudern, drehte sich zweimal um sich selbst und kam wie durch ein Wunder wieder zum Stehen, wurde aber durch einen Kilometerstein blockiert. Ich merkte es nicht. Sofort beim ersten Aufprall war mir ein Berg (Tam-bernicchi wohl, aber wahrscheinlich auch Pietrapana) auf den Kopf gefallen.

Als ich wieder zu mir kam und, indem ich mit der Hand blind das *opus incertum* meines Gesichts abtastete, in Erfahrung gebracht hatte, daß kein schlimmerer Schaden angerichtet war, spürte ich, bevor ich die Augen öffnete, den solidari-schen und unversehrten Atem meiner zwei Reisegefährten über meiner Stirn und konnte gerade noch den Ausruf hinun-terschlucken, der mir schon fast die Lippen bewegte: »Ve-nera, Venera!« ...

Mit der Hilfe der beiden versuchte ich aufzustehen, die Ge-lenke hielten stand, also los, vorwärts Savoia! Es war jedoch nicht nötig, denn Iaccarino zeigte schon mit dem Finger auf das Schild eines Gasthofs, nur ein paar Meter weiter, und da-neben sah man unter einer Laube mit dem Anspruch eines Parkplatzes das unbewegte Hinterteil des verfolgten Topolino. Also dankten wir Gott für den Unfall, ohne den wir vorbeige-rast wären.

Meine Kräfte kehrten bei diesem Anblick zurück, aber es gab mir auch einen Stich in die Brust, aus Angst vor der Haupt-szene, die ich mir nun erwartete, vor dem *consumatum est* der beiden drin im Haus: vor dem Käfer auf der Kamelie. Als wir aber näher kamen, ermutigte mich ein erleuchtetes Fenster im zweiten Stock, und die Tanzmusik, die herausströmte, klang meinen Ohren wie Engelsgesang: Wenn man dort oben das Licht noch nicht ausgelöscht hatte, sondern Schlager aus dem Radio hörte, war das Schlimmste vielleicht noch nicht geschehen. So wartete ich nicht ohne Gottvertrauen darauf, das Tor möge sich auf unser Klopfen hin öffnen und das Gesicht eines Wirts darin erscheinen. Mit einem Blick hatte ich ihn wiedererkannt, ich war ihm als Junge schon auf den Abbildungen zur *Schatzinsel* begegnet. Nur daß er damals John Silver hieß und der Schramme über der Lippe und dem seeräuberischen Hinken noch eine schwarze Augenbinde hinzufügte ... Wir schoben ihn zur Seite, waren schon auf der Treppe in Richtung auf das *Surriente d'e' 'nnamurate*, das durch die geschlossene Tür schallte, und ... welches Schauspiel, als sie meinen und Iaccas Schultern nachgab, das Teano zwischen Venera und Alvise: Venera war noch angekleidet und kraulte ihrem Entführer, der auf dem Kanapee saß, die entkleidete Brust; Alvise keuchte vor Anstrengung und Zorn, einen wütenden Riemen in der Faust und ein halb ersticktes Lachen in der Gurgel ... Nachdem er dies herausgelassen, marschierte er augenrollend nach Stummfilmmanier auf die beiden zu, als wollte er sie zermalmen wie eine Betonmischmaschine.

Galfo hatte sich unter den Schlägen erhoben und bewegte sich, ohne sie abzuwehren, rückwärts auf die Tür zu, wo ihm aber Iaccarino lapidar und heldenhaft wie Leonidas bei den Thermopylen den Weg versperrte. Xerxes schob ihn mit einem Arm beiseite, so daß er auf den Boden rollte; dann geht er, ohne ein Wort zu sagen, sein Hemd in der Hand, durch die Mitte ab. Das Mädchen blieb, stolz hinter dem Radiotischchen verschanzt, während das Radio weiterträllerte, als wäre nichts geschehen. Aber da trat ich auf den Plan, stellte mich zwischen sie und die Peitsche, deren letzten Schlag mit meiner Nase abfangend, dann umschlang ich sie mit meinem Arm und zog sie, der plötzlich die Tränen kamen, mit mir fort.

Als wir aufs neue an dem Hinkefuß vorbeigingen, der zwar

verblüfft war, aber deshalb nicht weniger aufdringlich den Schaden bezahlt haben wollte, wunderte ich mich nicht wenig, auf seiner Schulter einen ebenfalls stevensonschen Papagei sitzen zu sehen, dessen Abschiedsbeschimpfung wir alle aus Anstand lieber ignorierten.

Auf der Heimfahrt saß Alvise schweigend vorne neben Iaccarino, ich aber hatte das Glück, hinter ihnen sitzend, an meiner linken Hüfte die Wärme des Mädchens zu genießen. Ich hörte hin und wieder die Molltöne ihres Weinens, die wie Spionagebotschaften durch die doppelte dünne Mauer unserer sommerlichen Kleidung hindurch auch meine Haut erreichten, und auf dem ganzen Weg hatte ich für nichts ein Ohr als für dies immer wieder abreißende Schluchzen. Alvise schwieg, ich schaute auf die Lichtmasten, die uns entgegenkamen und sofort wegstoben, es war, als würden wir unser privates Targa-Florio-Rennen fahren; so wie es früher einmal war: als es nachts beim Licht der Milchstraße über die mühseligen Saumtierpfade und die Lehmstraßen von vor dem Krieg ging. Jedes Loch, und es waren ihrer viele, warf ihren Brusteinsatz auf mein Herz, Mousseline auf Alpaka; ebenso die Feuchtigkeit ihrer Tränen und die Blumen ihres Atems. Da mußte ich ihr allmählich übers Haar streichen, behutsam, wie man es bei einer alten Hauskatze macht, und dann über das ganze Gesicht, so wie ich es in der Dunkelheit erriet und dann auswendig lernte: die weite weiße Stirn über den schlauen und zugleich geheimnisvollen Augen, die so starrsinnig und gesättigt in die Welt blickten, als hätte der Kopf, zu dem sie gehörten, nur einen Gedanken und wollte ihn mit niemandem teilen; dann die so unverschämt schmale Nase, die Lippen, die miteinander zu kosen schienen ... Davon wurde mir, soll ich es sagen?, ganz flau und wirr zumut ... Gesualdo, was ist los mit dir?

Alvise drehte sich von Zeit zu Zeit um, eine Formsache wohl, denn es war stockdunkel. Er hatte übrigens nach dem Krawall seine Ruhe wiedergefunden, wäre nicht sein gewohntes Gelächter gewesen, das hin und wieder in der Finsternis des Wageninneren aufgluckste. Allenfalls Iaccarino war wachsam und düster geworden: Wachhund und Posten vor einer Pulvermühle. Und mit seinem Nacken schien er mein Beben wahrzunehmen, es argwöhnisch und besorgt zu verfolgen. Um so stärker trat er aufs Gaspedal, um bald nach Hause zu kommen, womöglich vor Tagesanbruch, wie es der Alte verlangte. Nichts zu machen, schon tagte es, viel zu früh, dem frechen Auge des Milchmanns und der weitsichtigen Neugierde der Donna Rosita Pitoncia, die das Stück Gehsteig vor ihrer Tür putzte, würden wir nicht entgehen.

Mir war es gleichgültig, ich schaute mir den Sonnenaufgang an, seit wie vielen Jahren hatte ich ihn nicht mehr angeschaut. Indem ich Maria Veneras Taille umschlang, die wie ein Kind an meiner Brust schlief, und indem ich mir mit der Nase einen Weg durch ihr Haar bahnte, hatte ich mich umgewandt, um durch das Heckfenster nach den ersten Scharmützeln des Lichtes im Osten einen riesigen Schmetterlingsflügel entstehen und wachsen zu sehen. Nun fuhren wir schon zwischen den Häusern, die noch nächtlich waren, aber hinter uns beleuchtete die Sonne vom besten Standpunkt aus einen schönen frühen Monet, eine strahlende Ebene an einem Sommermorgen. Und der riesige Schmetterling spannte seine Flügel über ihr aus, von einem Ende des Horizonts zum anderen; Wasserpfützen glänzten wie Pupillen darin; zwischen der Küste und den Weinbergen wand sich blitzend das Asphaltband, das in diesem Licht in den weichen Windungen eines Flusses zu strömen schien. Ringsum Pinien, Zypressen, Erdbuckel und Abhänge, bläuliche Stümpfe uralten Gesteins; links die grüne Bucht von Punta Scalambra. Noch eine Minute, und ich würde weinen.

III (ZUGABE)

Der Verfasser zweifelt zum erstenmal an dem Buch,
das er gerade schreibt.

Aber halt, wohin treibt es mich da? Die Geschichte entgleitet
mir, die Erinnerung narrt mich hinter meinem Rücken. Desgleichen die Wörter: verdreht, geschminkt, höhnisch; süßsau-
res Zeug, dazu angetan, eine minderjährige Erinnerung in mir
zu verderben, so wie man einen kleinen Jungen verdirbt ...
Kunststück, jetzt, wo ich alt bin, mich lustig zu machen über
damals, als ich jung war, mich als schlauen Regenmagier bezahlen zu lassen für die Wettervorhersage, die ich vor fünf
Minuten am Radio gehört habe. Kunststück ... Jetzt weiß ich
alles über mich, weiß, worauf die schiefen Linien meines Geschicks, die verliebten Triebe des Blutes hinauswollten. Aber
warum soll ich dem Lehrling von damals meine heutige Anma-
ßung zur Last legen? Was soll aber andererseits eine Maus in
der Falle tun? Den Speck fressen, wie mir im September 1981
ein Herr im Zug geraten hat, zwischen Sapri und Salerno.
Also?
Also, lieber Leser, laß mich einfach so gehen, indem ich meinen
Körper, diese auf Ungehorsam programmierte Juke-box der
Erinnerungen auf gut Glück weiterschiebe. Und erwarte dir
von mir nichts, das irgendeiner Lektüre gleicht, die dir bis jetzt
gefallen hat. Keinen Roman wie Geigen- oder Pfeifenklang;
kein Märchen von Tusitala, nicht den Spiegel, den man sich
auf die Promenade mitnimmt, und nicht Alices Spiegel, *specu-*
lum in aenigmitate; keinen Roman wie Opium, keine schöne
Lüge, keine Verkündigung des Engels, keinen Einsiedler von
Sankt Helena, kein leichtes Blatt der Sibylle ... Nein, sondern
das offene Geheimnis eines königlichen Dummen Augusts,
dem Schilf eines Baches zugeflüstert, eine moralische Operette
mit der Musik von Offenbach, ein Gespräch zwischen einem
Physiker und einem Metaphysiker, mit einem Pataphysiker als

Schiedsrichter ... eine Schwindelei mit anderen Worten, eine komische Bagatelle, die sich als Schleier zwischen mich und jene uralte, dir bekannte Versuchung legen möge und mir die Lust am düsteren, finsteren Nichts gründlich verderbe; und mir die Mühe ausrede, mir alle vier Monate ein klein wenig die Pulsadern aufzuschlitzen ... Nenn es meinetwegen eine Schnulze oder wie du sonst willst, Hauptsache, es kann ein Ersatz sein für das Leben. Eine Prothesenkunst, was hältst du davon? Ein künstliches Gelenk, kunstvolle Kunstprothese selbstverständlich und nicht nur des Zungenbrechers wegen, sondern weil ich es wirklich nötig habe: als Surrogat für das Leben am Tag und ein Surrogat für den Schlaf, wenn ich abends nicht einschlafen kann. Wie du weißt, reicht ein Nichts, und schon kann ich abends nicht einschlafen. Wenn ich mich aber daran gewöhne, statt der Schafe Gestalten zu zählen; wenn ich es schaffe, mich als seliger Sklave jeder metrischen und rhetorischen Regel, die als (Verkehrs-)schutzmann den Verkehr lenken möchte, auszuliefern, wer weiß, ob ...

Soll ich also weitermachen? Ich mache weiter.

IV

Geistige Liebe zum Abenteuer.
»Impromptu« des Philosophen Iaccarino und
Bericht über den ersten Besuch bei Venera.

Dem Abenteuer und seinen Läufen habe ich in meinem Leben
immer die Kraft einer heilsamen Gymnastik zugeschrieben.
Wieviel gesünder ist es, etwas klopfenden Herzens zu tun als
schweren Herzens oder gar mit gebrochenem Herzen. Als
Kind suchte ich mir, wenn ich mich recht entsinne, zum Trau-
bennaschen in den Weinbergen stets eine Vollmondnacht aus
und die Rebstöcke in der Nähe eines eingeschlummerten
Wächters: Mit Schrecken und Wonne saugten dann meine Lippen an den Trauben wie an großen, dunklen Brüsten!
Später hatte ich eine Vorliebe für verdächtige Gäßchen, finstere Genossen, Geschichten mit Untaten und Messerstichen.
Gern blätterte ich im Speicher in den alten Romanbeilagen der
Zeitungen herum, ob nicht vielleicht ein Blinder, der an einer
Straßenecke Schmiere stand, Alarm schlagend seine Zither hören ließ; es hätte mir auch gefallen, eines der Geheimnisse von
Paris in Fleisch und Blut mitzuerleben, einmal Russisches Rou-
lette zu spielen, einen Brief der Schwarzen Hand zu bekommen
mit einem Kreuz als Unterschrift. Noch immer fühle ich mich
von allem angezogen, was eine Drohung enthält. Selbst mein
Hang zum Phantasieren, mein Theater hinter geschlossenen
Augenlidern, erfreut mich um so mehr, wenn ich es in ein gei-
stiges Risiko ausarten lassen kann. Fast als wollte ich, ohne
mich von der Stelle zu bewegen, mit einem Schlafwandler, der
auf einem schmalen Fensterbrett spazierengeht, wetteifern und
seine fatale Betäubung nachmachen ...
So erklärt es sich, warum ich den eigentlich banalen Zwi-
schenfällen jener Nacht unbedingt eine romanhafte Verwick-
lung abgewinnen wollte und selbst beim Schreiben nachträglich mit einer Art seßhafter Begeisterung alles noch einmal

genieße, wenn ich das Gemisch aus Leidenschaft und Distanz, aus dem sich mein Gefühl zusammensetzt, so nennen darf. Dem wäre noch hinzuzufügen, daß es mir Spaß machte, in einer leicht oder stark gefälschten Handlung, in einem ironischen Wortspiel aufzutreten, auf einem Kupferstich zu erscheinen, der von der Säure des Möglichen noch kaum geätzt war, das heißt, in einem der zahllosen Puppenspiele des haßliebenswerten Lebens Puppe und Puppenspieler zugleich zu sein ...

An dem Tag kam ich zu spät in die Schule. Bei meiner Heimkehr im Morgengrauen war ich am Küchentisch tief, aber kurz eingeschlafen, umgeben von einer Versammlung leerer Krüge und Flaschen, die beinahe wie eine schlechte Kopie eines Bologneser Meisters des 20. Jahrhunderts aussahen. Madames doppelte Ration Kaffee reichte nicht aus, mich vollends wieder herzustellen, also betrat ich die Klasse im Leichenwagentempo, aber dafür mit einer intellektuellen Miene, wie sie die Müdigkeit selbst der ausdruckslosesten Physiognomie verleiht.
Es war eine der letzten Stunden des Schuljahrs, und die Schlußprüfungen rückten in bedrohliche Nähe, weswegen ich mir von den Mädchen Stille und etwas Aufmerksamkeit erwartete. Sie hatten dagegen nur Lächeln und Lachen für mich übrig. Im ersten Moment verstand ich nicht, ich brauchte eine Zeitlang, bis ich merkte, daß sie mich anders ansahen als sonst, als würden sie mich auf einer Wolke wandeln oder wie einen Drachen über ihre Köpfe fliegen sehen. Da sah ich erst, daß sie jetzt stolz auf mich waren, da sie sich mit mir in einem Liebesgeheimnis verbündet fühlten. Die Nachricht von der schlimmen Nacht und meiner Rolle bei der Heimholung des Schäfchens hatte sich nämlich mit Windeseile verbreitet und war mit nichtvorhandenen heldenhaften Einzelheiten ausgeschmückt bis in die Cafés gelangt, wo die Mädchen auf dem Schulweg Brötchen zu essen pflegten, und in die Schreibwarenläden vorgedrungen, wo sie sich Federn gekauft hatten. Also betrachteten sie mich verstohlen, wohlgefällig, wissend, unvermittelt und liebevoll

untertänig. Soviel vermochte über ihre unbesonnene Phantasie der Duft des Skandals, der sich vom Katheder über sie ergossen hatte, wobei sich augenblicklich jegliche Solidarität mit der Flüchtigen in nichts auflöste und ich zum Helden und Beschützer avancierte. Mit dem Veilchenblau unter meinen Augen und dem Pflaster an der unerschrockenen Schläfe, die ich mir angeschlagen hatte, mit meinem zerknitterten, noch von *ihr* getränkten Hemd fühlte ich mich meinerseits jeglicher einstigen Schüchternheit ledig und als ein heiliger Georg, ebenso unbesiegbar wie der in Stein gehauene in Ibla, der mit seiner langen Lanze den Drachen aufspießt.

Ich war so unverfroren, daß ich trotz meines frohen Gemüts eine gewisse Catalfamo Esther und eine gewisse Vacirca Lucia in der letzten Bank quälte, indem ich das mit Bleistiftzeichen gespickte *Paradies*, das sie in der Hand hatten, gegen meinen kleinen roten, notizenlosen Dante austauschte. Aus Großmut gab ich keine Note, aber ich entließ sie mit dem Gehabe eines Königs, der eine Begnadigung unterzeichnet. Darauf ließ ich die entsprechende Predigt folgen, die Pflichten der Jugend betreffend, die mir aber, ich weiß nicht wie, zu einem *Carpe diem* gedieh, das einen unerhörten Erfolg hatte. Freigesprochen durch das Wortspiel, mit dem ich schloß: »Unglück in der Schule, Glück in der Liebe«, lachten sie aus vollem Hals: Nun waren sie Wachs in meinen Händen.

Ein ganz anderer Ton herrschte freilich beim Direktor, der uns, Iaccarino und mich, beide gleichzeitig zu sich rufen ließ. Keine Vorwürfe selbstverständlich, wir hatten ja einer heiligen Sache gedient, eine böse Tat vermeiden helfen. Aber trotzdem war der gute Name der Schule im Auge zu behalten. Es gehörte sich für Seelenärzte nicht, sich in weltliche Dinge einzumischen. Selbst nicht mit den besten Absichten. Auch wenn man mit sauberen Händen daraus hervorging. Das sollten wir bedenken, beim nächsten Mal.

Wir widersprachen nicht, Direktor Biscari war ein sehr mathematischer und wenig schöngeistiger Ehrenmann, so schlicht wie ein Avemaria. Er hatte Gelbsucht, und seine Gesichtsfarbe war so gelb wie die eines chinesischen Krawattenverkäufers. Er hätte es nicht verdient, daß wir ihn mit unserem Zorn behelligt hätten. Ebensowenig verdiente er, wir wollen gerecht sein, die Unterstellungen Iaccarinos, für den es immer ein gefundenes Fressen war, wenn er ihn ungestraft mit falschen Zitaten und Autoritäten überschwemmen konnte. So wie jetzt, als die Rede auf Galfo und seine mutmaßliche Insuffizienz (Alvise *dixerat*) kam: »Es fehlt ihm etwas«, kommentierte er, wozu Biscari verlegen nickte, »und es handelt sich um eine bedeutende Lücke. Dieselbe, von der Schwester Marianna Alcoforado mit Abaelard in den *Briefen einer jungen Nonne* spricht.«

Ich täuschte ein Gähnen vor, um mein Lachen zu verstecken, und es wurde noch schlimmer. »*Errando discitur*«, kommentierte Iaccarino nun und übersetzte sofort: »Durch Gähnen wird man klug«, wodurch er beim Direktor einen schüchternen Protest hervorrief.

Dann gingen wir weg, aber ich spürte, daß mit Iaccarino, obwohl seine Erregung abgeflaut war, etwas nicht stimmte. Es passierte immer öfter, daß er mit den Worten herumgaukelte und gleich darauf finster wurde. Um ihn abzulenken, fragte ich nach dem Schaden an seinem Auto und erbot mich, ihn in Raten abzuzahlen, aber er schien mich nicht verstanden zu haben, denn er verkroch sich noch mehr in seine mageren Junggesellenknochen. »Ich hab manchmal ein Gefühl«, sagte er endlich, »da zieht sich mein Herz zusammen: Wenn ich etwas ganz Gewöhnliches mache, eine Zigarette rauche, ›ciao‹ sage, ein Lied höre, dann denke ich auf einmal, wer weiß, vielleicht ist es zum letzten Mal, daß ich rauche, höre, jemanden grüße ... und eigentlich sind wir alle am Sterben, und *sterben* ist ein inchoatives Verb wie *leben* ...«

Er schwieg einen Moment, zündete sich eine Zigarette an, warf sie nach dem ersten Zug weg: »Alt werde ich, mein Alter, siehst du das nicht?« stieß er hervor. »Wo ist der Pietro von einst, der schöne Page des Herzogs von Norfolk? Ich habe eine Nacht nicht geschlafen, und das spüre ich; ich habe eine schöne Entführung platzen lassen, und das bereue ich. Liborio, glaub mir, wird verleumdet. Glaub mir, er und Venera, er ist dumm und sie ist dumm, wären miteinander glücklich geworden. Nein, sag nicht nein, du bist genauso dumm.« Er erhob die Augen zum Himmel: »Ich glaube an die Ordnung«, sagte er, »und deine Liebe ist etwas Unordentliches. Das heißt eine reine Fatamorgana. Denn jegliche Unordnung auf der Welt ist eine Lüge, Sand in unseren Augen, damit wir uns nicht mehr auskennen. Sieh mal, Gottvater, dieser Taschenspieler, ist nicht nur geschickt, sondern er mogelt. Aber der kleine Pietro fällt nicht darauf herein, der hat seine Spürnase nicht umsonst, und wittert Seine Spuren im Sand, auch wenn er sich zu seiner Wehr die Schuhe verkehrt herum anzieht ...«

Er putzte sich kräftig die Nase. »Alles ist Ordnung«, schrie er. »In der Natur gibt's keine Schrullen und keine Mißtöne, die sich nicht durch ein Alphabet, eine Mercalli-Skala oder eine Schulgrammatik ordnen ließen. Selbst meine Nase, siehst du, dieser Kohlkopfstrunk, diese flammende Hämorrhoide, selbst sie ist nicht zufällig so, ist kein orthographischer Ausrutscher eines betrunkenen Abschreibers, sondern eine erklärende Unterschrift zu meinem Geist, eine bespielhafte Ausstülpung meines Wesens: zur Aufklärung der Kurzsichtigen, der Einäugigen, der Schielenden und der Blinden ...«

»Ja schon, aber was habe ich damit zu tun?« fragte ich ungeduldig. »Du hast damit zu tun, weil du dumm bist«, sagte er, nicht gerade logisch folgernd. »Dumm und verliebt, eine der vielen auffälligen und unechten Verwirrungen des Kosmos, deren Genehmigung ich ablehne. Wolken seid ihr alle, ihr Verliebten. Wolken, die den Himmel in Unordnung bringen ... Siehst du die zwei weißen, schaumigen, dummen Wolken am Gipfel des Monserrato? Siehst du die dritte, die dunkle, dumme, die die beiden anderen stört, sich vor sie hinstellt und sie anbellt wie ein Köter? Die zwei da oben sind Venera und Liborio, die da unten, das bist du: ein dummer Wattebausch, ein Windstoß schon kann dich in der Luft zerreißen ...«

Ich strengte mich an, aber mein guter Wille verwandelte sich in Ärger. »Dumm zu sein, mein Lieber, gehört zu den bekanntesten Menschenrechten, steht sogar im Zwölftafelgesetz ...«

Er ließ mich nicht ausreden: »Du Kindskopf, du Milchbübchen. Einen ganzen Winter lang bist du ohne Erfolg hinter ihr her, und dann kommt einer mit einem Schnurrbärtchen und zwei flinken Füßen ...«

Ich wandte mich von ihm ab, er lief mir liebevoll nach. »Nimm's nicht so ernst«, sagte er: »Das sage ich nur, weil ich dich mag, und manchmal rede ich ja zuviel. Aber ich habe dich im Auto dermaßen schmachten sehen, und das Mädchen kommt mir so verwirrt vor, daß ich mir von deinem Überschwang nichts Gutes erwarte. Da war es vorher besser, als du noch insgeheim deine Liedchen für sie geschrieben hast. Und überhaupt, was erhoffst du dir, was willst du eigentlich?«

Unverhofft dankbar drückte ich seinen Arm, es freute mich, daß mein Freund nach soviel Lärm um Chaos und Gesetz sich herabließ, ganz leise ein wenig mit mir zu sprechen, daß er sich eine Weile bescheiden für mich interessierte. Wenn es auch nicht dauerhaft war, so doch eine Entschädigung für den ausgebliebenen Überschwang der Jugend, für die kaum genossenen Vertraulichkeiten unter Gleichgesinnten auf den endlosen Gängen von der Haustür des einen zur Haustür des anderen, wo man sich jedesmal wieder verabschiedete. Und außerdem, wäre er, Iaccarino, nicht ein so menschlicher Narr gewesen, hätte ich ihn dann so gern gemocht?

»Jetzt liebe ich sie auf eine andere Weise«, gestand ich ihm. »Jetzt haben wir eine gemeinsame Erinnerung.«

»Eine Schande meinst du. Sie wird es dir nicht verzeihen, daß du sie in der Lage überrascht hast.«

»Im Gegenteil«, behauptete ich. »Oft beginnt eine Liebe mit dem Geheimnis einer gemeinsamen Schande.«

Er schnitt eine Grimasse: »Du wirst schon sehen, die geht wieder mit dem anderen durch.«

»Man stelle sich vor, jetzt, wo sie ihn in Unterhose und Socken gesehen hat.«

Ich hakte mich bei ihm unter, wir gingen unter den Arkaden des Corso, es war beinahe zwei Uhr, und das Städtchen schien unbewohnt, alle waren beim Essen oder Schlafen, die Sonne stand gleichsam still, ging nicht vorwärts und nicht zurück.

Wie warm und gut, dachte ich, ist dieser Augenblick der Jugend. Ich will ihn langsam, Schluck um Schluck schlürfen. Wie warm und wie gut ist das Leben.

Am Sonntagnachmittag ging ich hinauf zu Alvises Palast, nachdem er mich hatte rufen lassen: durch den jungen Vincenzo, das Findelkind mit der sarazenischen Hautfarbe, der in den fetten Jahren im Haus des Alten bedienstet war und sich jetzt durchschlug, indem er zu Fuß als Kurier zwischen den beiden Modica hin und her lief, als Konkurrenz der kostspieligen Taxis. Sein Name war Vincenzo, aber er war mit mindestens drei Spitznamen dekoriert: *Zichitiniellu*, was das heißt, weiß ich nicht; *Scappalegghia* oder leichter Schuh; schließlich ein gelehrterer, nach einem Vorschlag von uns Professoren, Puck: sei es wegen der koboldmäßigen Löckchen rund um sein Gesicht, das nicht verschmitzter und phantastischer hätte sein können; sei es wegen seiner besonderen Art zu erscheinen, zu verschwinden, Schwindeleien auszuhecken, Botschaften zu vertauschen … Jedesmal lachte er mit einem Triller, der künstlich schien, aber es nicht war, er kam nämlich wirklich von der Freude, jegliche Angst vor dem Schicksal mit einem kristallenen Triller zur rechten Zeit überwinden zu können.

Nun kam Vincenzo zu mir und sagte, im Palazzo würde man mich erwarten, und schlüpfte lachend davon, mit seinem Trinkgeld in der Hand, während ich reglos und unschlüssig an der Ecke des alten Passo Carrafa stand, hinter dem die Straße aufwärts führte.

Wie viele Stufen und wieviel Puste, bis man endlich oben war und vor dem Palazzo stand, wo unter den Mauerkränzen aus weichem, im Lauf der Zeit verwittertem Stein der einstige Verputz kaum mehr auszumachen war. Calcabrina, Barbariccia und Alichino würdigten mich keines Zeichens, als ich zu ihnen heraufblickte, außerdem hätte ich nicht schwören können, ob das Stück Stoff, das ich dort oben hinter einer Fensterscheibe hatte vorbeihuschen sehen, von einem Kleid oder einem Vorhang stammte. Zu klopfen brauchte ich allerdings nicht, das Tor öffnete sich geräuschvoll von selbst.

Oben, nach den sechsundzwanzig Stufen, erwartete mich nicht die Magd Anita, sondern Alvise höchstpersönlich: mit eingefallenem Gesicht, die wachsbleiche Haut spannte sich wie eine hauchdünne Zwiebelschicht über die Kieferknochen; ein wehrloser komischer Heiliger, so sah er aus, bereit, sich sofort zur Reliquie befördern zu lassen. Von dem Tempelherrn mit Stock und Blume im Knopfloch, der noch gestern auf allen Gehsteigen große Reden schwang, war nichts mehr übrig. Und ich fragte mich nicht, ob der Kummer über den Zwischenfall oder das Fehlen seines Gebisses ihn so entwürdigte; aber überzeugt war ich, daß das Haus, dieses Gerippe von einem Haus, alle Bewohner und Besitzer durch Ansteckung sich selber gleichmachte. So bekam ich Angst, selbst Venera könnte mir von einem Moment auf den anderen zwischen den Türflügeln als Totenschädel oder als ähnlich fleischloses und plattnasiges Geschöpf erscheinen ...

Nicht im entferntesten: Venera strafte mich augenblicklich Lügen, und ihr Schädel, wenn wir so sagen wollen, prunkte, wie eine rosige Blume aus dem weißen Plisseekrägelchen aufblühend, mit liebreizenden Wangen und Lippen.

Zum erstenmal konnte ich sie mir nun richtig ansehen. Die anderen Male, beim Tanz, im Konzert, bei der Überraschungsszene im Hotel, auf der Rückfahrt im Auto, immer war ein Hindernis dabeigewesen; ein Licht zuwenig oder eins zuviel;

die Hektik oder die Lähmung meines Herzens hatten mir ihren Anblick getrübt. Nie hatte ich mich in der Lage eines Betrachters oder eines Richters befunden, immer in der weitaus weniger geruhsamen eines Spions oder Angeklagten. Diesmal war es anders: Ich war um eine Unterredung gebeten worden; sie stand auf der Schuldnerseite, und mir kamen die Privilegien des Gläubigers zu. Daher betrachtete ich sie wie von einem Platz in der ersten Reihe aus. Zentimeter um Zentimeter, von der zurückgekämmten und zu einem faustgroßen Knoten zusammengefaßten Haarpracht zur olivfarbenen Stirn, den kantigen Backenknochen, den zarten, von einem nervösen Tick bewegten Nasenflügeln. Glu glu machte ihre Stimme die Kehle hinauf und hinunter. Glu glu. Aber als erster sprach Alvise, während seine Enkelin hin und wieder zustimmend nickte, ohne daß man erkennen konnte, wieviel daran Ausdruck eines echten Gefühls und wieviel der Wirkung der Medikamente zuzuschreiben war, die man ihr zur Stärkung verabreicht hatte. Wie dem auch sei, es war eine neue Venera, die entschieden und zugleich so fügsam Alvises Worten zustimmte und unter der Blässe der Entehrten den einstigen Trotz einer bewaffneten Judith verbarg, denn mehr als jeder anderen Gestalt war sie mir dieser ähnlich erschienen. Eine neue, sehr vernünftige Venera, obwohl unter ihrer Stirn zwei widerspenstige Pupillen ab und zu unruhig blitzten, so daß das Eis auf eben dieser Stirn zu knistern begann.

Der Alte sprach mit schwacher Stimme und quetschte dabei die Quaste seines Käppchens, das er abgenommen hatte, in der Hand zusammen. Die Kommentare in der Stadt seien ihm gleichgültig, sagte er, nur auf einige wenige komme es ihm an, auf die Achtung dieser wenigen ... Er blickte mich dabei bedeutsam an, wodurch er mich zu einem geflüsterten »Danke« zwang, das nur Venera vernahm. Ja, es sei ein Streich gewesen, eine Ferienreise von zwei Kindern, fügte er hinzu. Aber nur eines zähle: Dem Mädchen sei kein Ärgernis geschehen.

Ich wich ihrem Blick aus, versteifte mich auf eine Glasglocke, wie man sie früher im Süden, wächsernen Jesuskindern übergestülpt, auf den Kommoden stehen sah. Hier befand sich in Wahrheit eine etwas frivolere Beute darunter: ein Paar schwarze Lederschühchen, die von einem Paar Damenstrümpfe umwickelt waren.

Alvise folgte meinem Blick, grinste dazu wie gewöhnlich: »Ein Erinnerungsstück«, sagte er, während Venera glutrot wurde. »Die Geschichte damals in Baden-Baden, du weißt schon, es stand in allen Zeitungen, vor einem halben Jahrhundert.« Ich tat so, als hätte ich verstanden, war aber doch erstaunt über die Spaltung, die ich in seinem Verhalten zu erkennen glaubte: Je mehr er, was seine Vergangenheit betraf, den gewandten europäischen Lebemann spielte, um so mehr erniedrigte er sich, was seine Enkelin betraf, zur Figur des sittenstrengen einheimischen Vormunds, so daß er mich sogar wissen ließ, es sei seine Absicht, Venera solle ihre abgebrochene Schulbildung wieder aufnehmen, nicht auf dem Konservatorium, das habe keinen Sinn mehr, sondern die bescheidenere und praktische Gymnasialausbildung, und zwar privat. Wer weiß, ob sie nicht mit drei Monaten Lernen im Herbst die Reifeprüfung schaffen könnte und so auf eine Anstellung hoffen, *lejos, muy lejos de aquí.* Und ob ich da nicht mit einigen Nachhilfestunden, selbstverständlich gegen Bezahlung ...

Ich stimmte von Herzen zu, die Vorstellung eines Entgelts, wie er sich erwartete, zurückweisend, wofür ich Danksagungen und Artigkeiten gesagt bekam, während Maria Venera schwieg und unter reuigen Wimpern zuschaute. Sie saß mir gegenüber, schien aber zu knien und zu beten, so voll Reue war ihr Blick, wenn sie von ihrem niedrigen Stühlchen aus zu mir aufsah.

»Morgen könnt ihr anfangen«, sagte Don Alvise. »Nun macht etwas aus, ich bin schon im Verzug mit meinem Mittagsschläfchen.« Und sein sonst unbewegtes, einem Schuhlöffel aus Horn gleichendes Gesicht zu einem Zwinkern verziehend, schlurfte er von dannen.

V

Es folgt ein Duett mit Maria Venera.
Ein Überbringer einer schlechten Nachricht.
Indiskretionen über das Haus Trubia.
Bei Venera, noch einmal: ›Parthenia, parthenia ...‹

Allein mit Maria Venera. Zwischen uns ein Tischchen, darauf
Bücher, ein weißes Heft und ein Tintenfaß mit grüner Tinte.
Ein Tischchen: eine Entfernung. Ungefähr so groß wie ein
Schritt, mit dem die Duellanten den Abstand abzumessen pfle-
gen, bevor sie sich umdrehen. Obwohl unser Verhalten nichts
mit Krieg zu tun hat, sondern mit der Etikette, wird niemand
den ersten Schuß abgeben.
Meine Stimme klingt merkwürdig, wie immer, wenn ich mit einer Frau zusammen bin. Sie ist zuckersüß, aber falsch, eine un-
zuverlässige oder mißtrauische Gastgeberin. »Ein Schnäps-
chen, einen Nußlikör? Den machen wir selbst.« Nie wieder, bei
den Hitzen, die mir die Wangen hinauf und hinunter steigen.
Außerdem weiß ich nicht, ob ich sie siezen oder duzen soll. Da
traf sie die Entscheidung für das Du.

Allein mit Maria Venera: mit meiner allerneuesten zurückhal-
tenden und scheinheiligen Schülerin. Sie redete mit Anstand
von Lehrplan und von Schulbüchern, die sie hatte, die sie nicht
hatte ... Da es so schnell gehen mußte, würde vielleicht ein Bignami genügen? Was das Griechische betraf ... und so weiter
und so fort. »Bis Oktober könnte ich es schaffen«, hauchte sie
zum Schluß, als würde sie meinem Ohr ein Schuldgeständnis
oder die Losung einer Verschwörung anvertrauen.
Versteh ich nicht. Das sollte die Rebellin sein, die sich gerade
noch im Arm ihres Tänzers zum entscheidenden Paso doble ihres Lebens anschickte? Und warum salbte sie alles, was sie
sagte, mit dem Öl einer so tückischen Liebkosung? Das bringt
mich aus der Fassung, denn in meinem Gedächtnis steckt noch

wie ein eingewachsener Zehennagel das Schauspiel des über-
raschten Paares im Hotel, und außerdem erscheint mir eine so
rasche Einsicht nicht glaubwürdig. Galfo werde verleumdet,
hatte Iaccarino behauptet. Ein wenig weibisch mag er ja sein,
aber so sind doch viele, und machen dann Kinder wie ein Kar-
nickel! Im übrigen ist hier in den Dörfern jeder, der ein wenig
schwächlich aussieht und nicht eine pralle Männlichkeit zur
Schau trägt, solchem Verdacht ausgesetzt, den das Leben fast
immer geflissentlich Lügen straft. Aber sie, sie hat ihn sich
doch ausgesucht, trotz allem, wie kann es sein, daß sie jetzt
nicht mehr daran denkt und in aller Ruhe, mit glattem Gesicht,
ohne ein Beben und ohne Gewissensbisse von Lehrplan und
Gesuchen redet …

Diese Dornen stachen mich so sehr, daß ich nicht mehr an mich
halten konnte und sie ein wenig herausforderte:

»Hast du mir nichts zu sagen?«

Sie schwieg, blickte zu Boden und spielte mit einem kleinen
Ring, den sie sich abwechselnd vom Finger nahm und wieder
ansteckte.

»Ich kann dir helfen, ich mag dich gern.« Das sagte ich ein wenig holprig, leicht stammelnd, indem ich versuchte, meine Lie-
beserklärung als ein harmloses brüderliches Motto einzu-
schmuggeln. Aber sie versetzte mich in Staunen, machte drei
Dinge, eins nach dem anderen: Sie begann zu weinen, ihre Tränen waren große Hagelkörner; dann warf sie sich mit gesenk-
tem Kopf an mich, blindlings wie jemand, der sich umbringen
möchte, wobei sie mit ihren geöffneten Lippen meine Lippen
suchte; schließlich, nach einem flüchtigen, feuchten Zungen-
kontakt, entzog sie sich mir, hielt mir mit der einen Hand den
Mund zu, während sie sich mit der anderen wild auf die rechte
Wange schlug. »Ich Schamlose, alles ist hin«, stöhnte sie und
kam mir inzwischen wieder näher, überflutete mich mit ihrem
Duft, bog sich aber wieder zurück, um mir Widerstand zu leisten, sobald ich versuchte, ihren Überschwang zu unterstüt-
zen, und um mir gleichzeitig unter Tränen zuzulächeln.

Dies Weinen, diese zurückgehaltene Hingabe (jedoch nicht so, daß die Zurückhaltung Weigerung hätte bedeuten können), verstörte mich schließlich. Sollte es etwa eine List sein, um mich zu entwaffnen und als Bundesgenossen für ihre Absichten zu gewinnen? Oder gehörte es einfach zu ihrer Katzennatur, jegliche Bewegung der Gliedmaßen und des Herzens mit dieser unschuldigen Geilheit zu überpudern? Das war der Zweifel, der mich aufwühlte, und es war, als hörte sie mich diesen Zweifel herausschreien.

»Morgen erkläre ich dir alles«, sagte sie und brachte sich in Ordnung, wodurch sie mich zwang, in meine Hauslehrerrolle zu schlüpfen. Um so mehr da ich sah, daß sich an der gegenüberliegenden Tür leicht die Klinke drehte ...

»Manzoni sagt«, deklamierte ich aufs Geratewohl, »in seinem *Brief an Monsieur Chauvet* ...«, und schon stand Alvise im Zimmer, gerade noch rechtzeitig, um sich von den Silben des ausländischen Namens ein feuchtes Licht hinter den Augenlidern anzünden zu lassen, wodurch wie in einem ovalen Zauberspiegel vor seinem Auge Erinnerungen erstanden an ferne Wasser und Thermen, an Sonnenschirme, Gärten, Schleierhütchen, *aigrettes*, Versprechungen unsterblicher Liebe hinter einem Fächer ...

»Schowè hast du gesagt? Im Jahr einundzwanzig oder nein zweiundzwanzig war ich ...«

Als ich erklärte, daß es sich nur um einen gleichlautenden Namen handeln mußte, sah er mich einen Moment grollend an, brach aber seine gerade begonnene Erzählung mittendrin ab. Und so erfuhr ich damals nicht und werde wohl nie mehr erfahren, was im Juni einundzwanzig oder zweiundzwanzig bei den Wassern von Vichy zwischen ihm und einer gewissen Mademoiselle Marie-Edvige Chauvet geschah noch wer diese Dame überhaupt war ...

Als ich wegging, begleitete mich Venera an die Tür. »Die Adresse steht drauf«, flüsterte sie mir zu, während sie einen mit Siegellack versehenen Umschlag in meine Tasche gleiten ließ, mir aber nicht die Zeit ließ zu fragen, was für eine Mission sie mir anzuvertrauen gedachte. Es erfolgte ein kurzes Duell zwischen der Alarmglocke, die mir in das eine Ohr schrillte, und dem Alleluja, das mir triumphierend ins andere läutete. Ihr Händedruck beim Abschied war genug, um das Alleluja siegen zu lassen, das mir glorreiche Gesellschaft leistete, während ich vom Oberen ins Untere Modica mehr laufend als gehend die alte Schlange der Stufen hinunterstieg.

Sowie ich im »Salon« angekommen war, den eine doppelte Reihe brennender Kugeln taghell erleuchtete, und meine Erregung nachzulassen begann, gab es mir einen Stich ins Herz, als ich die Adresse auf dem Umschlag entzifferte: Liborio Galfo hatte ich erwartet und las Rosario Trubia. Trubia, ausgerechnet der, ein Vetter Maria Veneras, der Weiberheld Sasà Trubia! Da begann mir die Bescherung in den Fingern zu brennen. Ach, es waren nicht, wie ich gehofft hatte, die Briefe, welche die Entführte ihrem Entführer zurückgab, sondern ... aber was war es eigentlich? Wäre ich nicht der Gentleman gewesen, der ich eben war, so hätte ich nach allen Regeln der Kunst schleunigst die Hülle sondiert, so wie man eine Wassermelone ansticht oder eine Bohrprobe im Boden oder eine Biopsie bei einem verdächtigen Geschwür macht ... Ich aber quälte mich ab, ohne mich entschließen zu können, ob ich sie aufbrechen oder einwerfen sollte.

»Vor meinem Großvater keine Silbe davon«, hatte sie mich an der Tür gebeten und mir fest die Hand gedrückt. Noch ein Grund mehr für die Annahme, daß der Eingeschlossenen dieser postalische Verkehr sehr am Herzen lag, wandte sie sich doch nicht an den kleinen *Zichitiniellu*, sondern an einen erwachsenen Tölpel, einen Vasallen, der in sie verliebt war. Wenn ich dann noch bedachte, daß in Sizilien die unvergeßliche erste Liebe jeder Cousine der Vetter ist ... Genug, alles deutete darauf hin, daß ich zwei Rivalen hatte und daß der zweite weitaus gefährlicher war als der erste.

Sasà Trubia, den kannte ich gut. Einer von Veneras vielen Vettern, die alle mit Nachnamen Trubia hießen und die Söhne der Schwestern Severa und Prudenzia waren, die Venera jedes Jahr in die Sommerfrische einluden. Die häßlichen, reichen Schwestern hatten nämlich beide am selben Tag, der sich dann als der Tag des Vertrags von Versailles herausstellte, die zwei reichen Brüder Trubia, die sich vor dem Krieg gedrückt hatten, geehelicht, während sie Grazia, ihre kleine Schwester, in ihrer Verliebtheit einem Legionär von Fiume nachrennen ließen. Dieser hatte, bevor er starb, mit Feuereifer sein Scherflein zu Maria Veneras Geburt beigetragen und mit noch größerem Feuereifer und im Verein mit Don Alvise hatte er dafür gesorgt, ihre Mitgift, sowohl die gegenwärtige wie die zukünftige, zu verprassen.

Über die beiden, Schwiegervater und Schwiegersohn, war in Modica eine Legende entstanden, deren letzten Schimmer ich nach Jahren gerade noch mitbekam, man munkelte nämlich von einem flotten Leben jenseits der Alpen, von plötzlichen Abreisen ohne Gepäck, von Zwangsrepatriierungen, was sich mehr oder weniger jede Saison wiederholte und wozu auch regelmäßig das Bild der verlassenen Donna Grazia wiederkehrte, die im Wartezimmer irgendeines Wucherers oder eines Urteile spuckenden Richters auf dem Armesünderbänkchen saß. Dahingegangen waren so alle Besitztümer, dahingegangen war auch sie, Grazia, die süße *garçonne* mit dem Bubikopf, die mir aus einem ärmlichen Rahmen auf Maria Veneras Tisch entgegenblickte.

Anders war Severas und Prudenzias Los gewesen: eine Schar Kinder, Gesundheit, Wohlstand. Die beiden Ehemänner Trubia waren lange Zeit als emsige Ameisen im Baugeschäft tätig gewesen, hatten Straßen, Schulen, Bauernhäuser gebaut. Nicht ohne die Hilfe der faschistischen Partei, als deren eifrige Anhänger sie sich bekannten, und anderer finsterer Ehrenmänner oben in Rom, wohin sie jedes Jahr zum Neujahrstag pilgerten, wohl versehen mit dem »Ölkrug« oder der »Kugel«, wie sie eine dicke, blasebalgähnliche Brieftasche nannten, bestens geeignet zum Schmieren jedes schmierbaren Rads. Nun, da der eine der beiden Brüder verstorben und der andere verblödet war, hatten sich die Witwe und die Halbwitwe ihren »ernsten« und »klugen« Taufnamen zum Trotz zu heillosen Spekulationen und unbesonnenen Ausgaben hinreißen lassen. So führten sie jeden Sommer in Sorda ein gastliches Haus, in der Hoffnung, wie es hieß, ihre noch ledigen Söhne so gut wie möglich an die Frau zu bringen; diese schienen jedoch keine Eile zu haben, sondern trugen eher dazu bei, den letzten Rest des Familienbesitzes durchzubringen.

Sasà war von den vier Vettern der am wenigsten schöne, aber der raubgierigste, hart und schwarz stand ihm der Bart auf der Kinnlade, stolz ragte die Nase hoch, wie wilde Wappentiere blitzten die Augen. Dazu ein Hauch Exzentrik, er kleidete sich nämlich wie ein Kunstmaler, oft kletterte er mit einem Samtbarett und einer Lavallière auf seiner Vespa die Feldwege von Ammazzanuvole hoch, vorbei am muhenden Staunen der weidenden Herden: eine Staffelei auf dem Rücken, einen in allen Regenbogenfarben glänzenden Malkasten auf dem Gepäckträger. Wahrscheinlich reines Theater, da niemand je ein fertiges Bild von ihm gesehen hat, wohl aber böse Zungen von seinen Zusammenkünften mit der Tochter eines Goldschmieds zu berichten wußten, der dort oben eine Villa hatte.

Mir war der junge Mann sympathisch, denn wir hatten beide eine Vorliebe für Negermusik, tauschten täglich Schallplatten und Begeisterung aus. Es ging mir also gegen den Strich, ihm in der Gestalt eines verschwimmenden Nebenbuhlers wiederzubegegnen, der hinter dem vorgeschobenen Galfo kaum sichtbar wurde, noch dazu mit der Aussicht, selbst zu seinem Postillon d'amour zu werden. Der Umschlag zwischen meinen Fingern wurde bleischwer, doch konnte ich nicht aufhören, ihn immer wieder abzutasten und zu beriechen, wobei ich mich fragte, welche Gedanken und Leidenschaften er mit der Luft in sich aufgesaugt hatte, wie es den Gegenständen oft geschieht, und ob es mir vielleicht möglich wäre, ihn zu deuten. Selbstverständlich fürchtete ich, die Gefangene (denn das war Maria Venera nun, da sie mit sieben Siegeln ins Haus eingeschlossen war und abwarten mußte, bis der Skandal verrauchte) könnte ihm ein Liebespfand schicken und heimliche Verabredungen mit ihm hinter dem Rücken Alvises und meiner selbst treffen. Ich fühlte mich ausgeschlossen und gedemütigt, da sie mich so bedenkenlos verwendete, um irgendeinem wahrscheinlichen Verehrer irgend etwas zu bestellen, und mit gleichgültiger Dreistigkeit meine Gefühle überging. Und schließlich: Wenn es so war, was sollte dann zum Teufel die Flucht mit Galfo bedeuten? Da spürte ich im Herzen den Stich des Unwillens, den mir jedes Rätsel verursachte. Und über die Stimme, die Tag und Nacht in mir sagte: »Venera, ich liebe dich«, legte sich eine zweite, die sagte: »Venera, geh ins Kloster!«

Aus dieser Verlegenheit konnte mir Licausi nicht helfen, den ich vor der Apotheke des Ehepaars Fratantonio herumlungern sah, wo er mit dem einen Auge pro forma die Kinoplakate studierte und mit dem anderen, dem schärferen, achtgab, ob nicht zwischen den Töpfchen und Fläschchen im Schaufenster das schöne Gesicht Isolinas, der Apothekerstochter, kurz auftauchte. Da ich es nicht ausgehalten hätte, mit seinen Betrachtungen in Konkurrenz zu treten, trug ich lieber meinen Zwiespalt weiter mit mir herum, bis ich mich zuletzt entschloß, den Umschlag heimlich wie ein Dieb in den Briefkasten an der Rathausecke zu werfen.

Aber als ich, wieder zu Hause und der Fürsorge Donna Amalias entronnen, die Tür hinter mir geschlossen hatte, da grüßte mich erneut von der gewohnten Papiertafel, die mit Reißzwecken an der Wand befestigt war, ironisch mein jüngstes Loblied auf Venera: AN MARIA VENERA stand als Titel in großen Druckbuchstaben darüber. Und wo das große Blatt noch einen freien Raum hatte, da fügte ich in einem impulsiven Glaubensakt AN DIE JUNGFRAU MARIA hinzu, ebenso in Riesenlettern

und parallel, wie zwei Bauern beim Notar ihre Namen unter-
einander unter eine Ehrenverpflichtung setzen.
Gleich darauf entführte mich der Schlaf.

Dieses Vertrauensmandat mußte ich vierundzwanzig Stunden
später durch einen Federstrich widerrufen, nach der zweiten
Unterredung mit Venera nämlich, bei der ich in der Anthologie
der frühen italienischen Dichtung die Seite von Cielo d'Alcamo aufgeschlagen hatte, die mir für eine Verführung besonders glückverheißend erschien.
»Ich bekomme ein Kind«, begann sie gnadenlos. Dann in einem Atemzug: »Es ist nicht von Galfo, es ist von einem anderen. Der will mich nicht, der weiß es nicht und den will ich
nicht mehr. Der würde mich schon heiraten, wenn er's wüßte,
aber ich ihn nicht.«
»Mein Gott«, stammelte ich in der besten Tradition der Ro-
mane, die Mariccia las. Und es schoß mir durch den Kopf, wie
gerührt wohl die reinliche Amapola wäre, wenn sie, hinter
dem zerschlissenen Brokatvorhang stehend, gehorcht hätte.
Ich stammelte zwar, spürte aber, wie sich in meinen Kummer
eine merkwürdige Genugtuung mischte. Nicht nur, weil mir
eine Sicherheit besser erschien als tausend Zweifel, sondern
weil ich, wenn auch in einer Nebenrolle, selbst in die Intrige eines so überschwenglichen Theaterstücks verwickelt war. So
weit ging damals meine Sehnsucht nach einem Liebestheater –
das sage ich mit der Einsicht des Alters – statt nach einer echten
Liebe …
»Was sagt Galfo dazu?« fragte ich, indem ich mich diszipliniert in das Amt des Vertrauten fügte. »Galfo weiß alles, er war
der einzige, der es erfahren hat, und er hat mir sofort vorge-
schlagen, zusammen auszureißen und zu heiraten.« Eine zarte
Glut hatte ihr die Wangen gefärbt. »Die Vaterschaft, mit der er
nichts zu tun hat, hätte er mit Freuden übernommen. Weil er
gut zu mir ist, aber ich glaube auch aus Rache, um zu widerle-
gen, was man ihm nachsagt …«

»Zu Recht nachsagt?« entschlüpfte mir läppisch, und ich schämte mich augenblicklich dafür. Aber sie zuckte die Achseln: »Ist doch gleich, ob zu Recht, oder sogar besser.« Wieder ruhig und weiß im Gesicht sagte sie dann mit einem Anflug einfältigen Hochmuts, der ihre Stimme entschieden klingen ließ: »Galfo ist ein guter Mensch, und ich hab ihn gern. Und außerdem brauchte ich einen Vater für das da« – und sie schlug sich mit der Faust auf den Bauch – »und einen Mann für mich, mit dem ich nach der Messe Arm in Arm unter dem Balkon des anderen vorbeigehen konnte …«

Sie verbarg ihren Mund hinter dem Handrücken, aber nun war das Wort schon gesagt, und zu verstehen, um welchen Balkon es sich handelte, war ein Leichtes, denn der Kirche gegenüber war nur der Balkon ihrer Verwandten, der Trubias.

Zu ihrer Pantomime der Verschwiegenheit mußte ich trotzdem lächeln: als wäre die Adresse auf dem Päckchen nicht ein augenscheinliches Zeugnis gewesen … Und außerdem, wenn sie mir schon anvertraute, was geschehen war, wozu dann den Verantwortlichen verheimlichen? Aber so war Maria Venera, das sollte ich erst mit der Zeit lernen und im näheren Verkehr mit ihr verstehen: Schamlosigkeiten und Scham, überflüssige Lügen und impulsive Bekenntnisse, ein Kalkül, das sich an das Ticken einer Zeitbombe hielt, und leichtsinnige Achtlosigkeit in Worten und Gesten fielen bei ihr wirr durcheinander. Ein geradezu babylonisches Mädchen, in dem hundert Sprachen durcheinander klangen, die eine kam von ihren unbezähmbaren Sinnen, eine andere von ihrem gierigen und glühenden Verstand, wieder eine andere von der Eitelkeit, eine weitere vom Stolz und noch eine andere von der Angst …

Heute weiß ich, daß man sich erzählt, sie führe an dem Ort, wo sie jetzt lebe, *lejos, muy lejos de aquí*, ein frommes gottgefälliges Leben, und wenn sie noch auf eine Stimme hört, muß es die des Himmels sein. Aber damals, mit welcher Süße gehörte sie da dem Teufel an, wie viele Bande, fuchsschlaue und taubensanfte Tücken, hielten sie an ihn gefesselt.

Aber loszusprechen war sie trotz allem. Loszusprechen, was immer sie sagen oder tun mochte. Weil sie der Welt großmütig ihre übermäßige Schönheit zum Geschenk machte und weil ihr Herz wehrlos war und sie sich willig und verliebt dem Licht hingab, wie ich, wie jeder Mensch. Wen würde ich nicht lossprechen auf dieser Welt, welchen Judas oder Kain, wo doch jeder unter der Sonne so armselig, so wehrlos, so verliebt in sich selbst ist, so in der Schwebe und so nahe daran (in einem Jahr, in einer Minute), aus seinem Sonnenrahmen in die Finsternis zu stürzen! In Wahrheit erlöst uns das Sterben, das Sterbenmüssen von jeglicher Schuld, und außerdem gibt es keinen Lebenden, und sei es der Schuldloseste, dem am Ende die Todesstrafe erlassen würde!

Ich sprach also Maria Venera los; reichte ihr sogar noch einen Köder hin.

»Galfo kannst du ja immer noch heiraten, wenn du willst.«

Sie sah mich schmerzlich an: »Das kann ich nicht mehr, das will ich nicht mehr. Nach einer halben Stunde im Auto bereute ich es schon, ich bin nur aus Anständigkeit weiter mitgefahren. Jetzt möchte ich dieses Kind loswerden und alle anderen auch. Dem anderen habe ich schriftlich den Laufpaß gegeben. Liborio mußt du's sagen.« Sie setzte eine so streitbare Miene auf, daß ich keine Widerrede wagte. Trotzdem hätte ich ihr gern gesagt, daß ich ihr nicht alles glaubte, daß sie es auf den Trubia immer noch abgesehen habe.

Aber nun ging ihr schon der Mund über: »Ich möchte ihn loswerden. Ihn umbringen, diesen Samen, der in mich gefallen ist. Wie wenn ich den Vater umbringen würde.«

»Was sagst du da?« lehnte ich mich auf, aber nur schwach. »Und abgesehen davon, wie willst du das machen?«

»Für die Kosten hab ich den alten Schmuck von Mama. Für alles andere deine Hilfe, du hast ein gutes Herz. Ich weiß eine Frau, die solche Sachen macht. Man braucht nur nach Catania zu fahren, die Adresse hab ich …«

Ihr gesenkter Blick fiel auf den Text, den wir vor uns liegen hatten. *Dies läßt sich schneller tun, als ein Ei gar gesotten ist*, las sie zufällig und mußte so heftig lachen, daß sie Alvise aufschreckte, der unter uns in seinem Studio vermutlich mit Hingabe in seinen Alben blätterte. *Paris s'amuse. Ludovic Baschet, éditeur.*

Er klopfte und schaute herein: »Was ist denn los?« »Nichts«, antwortete ich. »Nur daß ich dieser Tage auf einen Sprung nach Catania muß, und Venera möchte gern mitkommen, nach der langen Klausur, und sich die Auslagen anschauen. Dürfen wir?«

VI

Indiskrete Blicke von einem hohen Balkon aus.
Brief an den Engel und Erzengel.
Galfo als sein eigener Sekundant.
Plauderei über anonyme Briefe.

Am Anfang des Nichts
war das Denken und das Licht,
Palimpsest, dunkles
Mischmasch des Geistes,
Erschaffenes,
das sich selbst
ununterbrochen
erschafft ...

Ich lag auf meinem Bett und zerbrach mir den Kopf, wie es
weitergehen sollte, als Madame

O Mimose, o Mimose,
in deinem Lächeln welche Melancholie ...

anstimmte und sich dabei kämmte und in den unzuverlässigen
Scheiben meines Fensters spiegelte. Mit dieser ihrer Gewohn-
heit hatte ich von Anfang an auf Kriegsfuß gestanden, aber sie
konnte dadurch, zweierlei, eine Pflicht und ein Vergnügen,
gleichzeitig befriedigen: die morgendliche Toilette und, durch
ein natürliches Bullauge zwischen zwei Blumenkrügen mit Petersilie blickend, ihre Neugier für die Geschäfte ihres Nächsten. Zielscheibe war das Haus gegenüber, ein Bau, der viele
Anblicke bot und in dem nicht nur am frühen Morgen, sondern vierundzwanzig Stunden lang pausenlos gratis Theater
gespielt wurde. Von meinem Belvedere aus konnte man die
verschiedensten privaten Entwicklungen des Lebens, Streit
und Versöhnung, Geiz und Verschwendung verfolgen; zählen,
wie viele Wäschestücke wie oft gewechselt wurden; tausend-

undein Kochgeheimnis, Auftreten und Abtreten von Lieferanten, Schuldnern und Gläubigern, den Verlauf eines Sterbens und den Anfang einer Pubertät erspähen. Ich muß gestehen, daß ich mich an manchen Vormittagen, wenn Amalia mit der Ausrede, sie müsse mich wecken, in meine Behausung eindrang, von ihr mitreißen ließ und gemeinsam mit ihr hinüberspähte. Um Stoff zu sammeln für die Bücher, die ich später einmal schreiben würde, meinte ich protestierend; allerdings ließ sich mit dem eben genannten Anspruch nicht die Aufmerksamkeit rechtfertigen, die ich den feinen Spitzen und den schwarzen Schmetterlingen am Balkongeländer der kleinen Isolina widmete. Diese begann nämlich, kaum war sie aufgestanden, in Pantöffelchen und Morgenrock mit einem Teppichklopfer einen Teppich zu bearbeiten und sich mit dieser Musik in meinen Halbschlaf einzuschleichen. Sobald ich auf den Beinen war, nahm ich das Marinefernglas zur Hand, das ich Madames Eifersucht entrissen hatte, und beschattete das Mädchen von Zimmer zu Zimmer, sah sie zwischen Bad und Eßzimmer hin und her gehen, mit zugleich heimlichen und matten Bewegungen phlegmatisch eine Frucht schälen, phlegmatisch Kaffee kochen, rauchen und gähnen. Schließlich sah man sie um acht Uhr achtundzwanzig schon fertig, man weiß nicht wie, die wilden ziegengleichen Glieder in den engen Schulkittel gezwängt, aus dem Haus springen und im Nu um die Ecke der engen Gasse verschwinden, hinter der der »Salon« jäh anstieg.

Isolina, die Lehrerin werden wollte, besuchte die Schule, in der ich unterrichtete, war aber nicht in meiner Klasse. Licausi, der eine Schwäche für die Schülerinnen im allgemeinen hatte, hatte sich nach und nach für sie erwärmt, nachdem er ihr immer wieder auf dem Gang begegnete, er hatte aber, um sie auch nachmittags zu sehen, bis jetzt noch nichts anderes unternommen, als öfter denn nötig in der Apotheke ihrer Eltern zu erscheinen, wo er sich bereitwillig immer wieder hinten anstellte und die anderen vorließ, bis er wenigstens ein Tütchen Bikarbonat verlangen mußte, zumeist ohne das Mädchen auch nur von ferne gesehen zu haben. Er nahm es aber nicht so tragisch, denn er hatte sich bis jetzt nur ein klein wenig für sie erwärmt. Licausi nämlich war oder schien ein vorsichtiger und eher kühler Mann, in dessen Herz die Gefühle auf Zehenspitzen eintraten und viele Monate brauchten, bis sie aufflammten.

Ich hatte meinerseits Isolina als meine Nachbarin von gegenüber schon eine Zeitlang bemerkt und ihr auch zugelächelt, an dem Sonntag nämlich, als Madames Kater, genannt Quo vadis? unter lautem Wehklagen in einer alten engen Dachrinne steckengeblieben war und alle Nachbarn von Balkonen und Loggien aus das Schauspiel genossen. Quo vadis? hatte, nicht in der Lage, sich umzudrehen, lange unter Fauchen und Schnauben vor dem Abgrund gezögert, dann aber beherzt beschlossen, sich hinunterzustürzen, und war dann gefallen wie ein Amboß ins Meer, um jedoch gleich darauf ohne einen Kratzer aufzustehen und, nachdem er sich ein wenig den Staub aus dem Fell geschüttelt, ruhig und gelassen nach Hause zu gehen. Da lächelte ich Isolina zu, während ich das Tier am Schlafittchen hielt und dem Beifall des Parketts vorzeigte. Und sie hatte zurückgelächelt.

Madame erklärte also auf meine Frage, *Mimose* sei ein Schlager, der vor dreißig Jahren modern gewesen sei und den ihr Vater in ihrer Kindheit immer gesungen habe. In ihrer Kindheit? Da konnte ich nur grinsen, ich hegte zu viele Vorurteile über ihr Alter, um ihr diese Rechnung abzunehmen. Wenn ich andererseits bedachte, wozu sie mir dienlich war, schadeten ihre Leibesfülle und ihre Reife keineswegs; es wäre gefährlich gewesen, die Aufgabe, mir die Adern zu leeren, unreiferen Reizen zu übertragen. Ich war damals in fleischlichen Dingen leicht zufriedenzustellen und schwierig zugleich. Und in dem Vorstadtpuff, wohin mich meine Freunde unbedingt mitnehmen wollten, suchte ich mir die wenigen Male, die ich mitging, unfehlbar die Unscheinbarste, Älteste und Armseligste aus, da ich

Angst hatte, daß mich jede andere irgendwie gebremst hätte. Sogar die lockende Zoë, die Vertreterin der Puffmutter, die dem gemeinen Volk nicht zugänglich war, aber der feineren Kundschaft stets zur Verfügung stand, wies ich zurück. Nein, nein, Zoës Reize, obschon durch den beruflichen Gebrauch ein wenig zerknittert, schüchterten mich immer noch ein, und ich hielt mich daher an die Wandernüttchen mit Zweiwochenturnus. Außer ich griff zu guter Letzt auf Höhe, Grabhügel und Tempel in Madames heiligem Schlafgemach zurück. Weiterhin die *Mimose* ansingend, wies diese nun mit ihrem Kamm, den sie voller Haare durch die Luft schwang, auf die allmorgendliche Ablösung unten: Der Ehemann ging mit bäuerlichen Schaftstiefeln aus dem Haus; an seine Stelle trat Scillieri, ein ehemaliger Abgeordneter der qualunquistischen Partei ...

Ich hatte nur ein kurzes Lächeln dafür übrig, denn ich war in Eile, ein prall gefüllter Tag erwartete mich: der letzte Unterricht in der Schule und der Besuch bei Maria Venera, um übereinzukommen, wie in ihrer Notlage nun vorzugehen war; ohne zu zählen, daß dazwischen das Mittagessen bei Don Cesare lag, wo die Opposition ihre Einsprüche erheben würde. Ich stürzte also los, aber auf der Schwelle meines Klassenzimmers reichte mir Gertrude zusammen mit dem Klassenbuch einen parfümierten Brief, der mit der Morgenpost eingetroffen war.

Ich bekomme sehr gern Post, eine gemäßigte Trunkenheit erfaßt mich, wenn ich in einen Sessel sinken, mir ein Plaid auf die Knie legen und einen Brieföffner zur Hand nehmen kann, während neben mir eine Tasche voll schöner praller Umschläge liegt. So schön, bevor ihnen ihr Inhalt entnommen, wie häßlich und zerrissen hinterher, nachdem sich dieser beinahe immer als unverschämter Steuerbescheid, Rundschreiben für alle Hausbewohner oder vielleicht als so ein berüchtigter Kettenbrief entpuppt hat. Nur ein- oder zweimal im Jahr sprießt aus dem weißen Bauch eine Blume hervor: zum Beispiel dieses Blatt, rosa Bütten mit Veilchenduft, das ohne Umschweife so beginnt: »O Engel, o mein Erzengel!«

Erzengel, versteht ihr! Mit Großbuchstaben! Einer der Thronen, der Herrschaften! Einer von denen, die zwischen den Wolken fliegen! Es bestand kein Zweifel, der Brief war an mich gerichtet, es stand ja da in weiblich verschnörkelter und doch entschiedener Schrift so unumstößlich wie der Schritt der thebanischen Legion!

Es wird ein Scherz sein, dachte ich, sicher ist es ein Scherz. Aber lesen wir erst, was drin steht. Und sofort flogen meine Augen zur Unterschrift. Wo sie aber, ach, nur einen gordischen Knoten fanden: einen ausgeklügelten Schnörkel als Unterschrift eines anonymen Briefes.

Endlich, als die Mädchen ihre Köpfe über den Aufsatz gesenkt hatten, konnte ich ihn lesen, er lautete:

O ENGEL, o mein ERZENGEL! Ich muß es Dir also sagen: Ich liebe Dich! Und halte mich nicht für schamlos, Du wirst nie erfahren, wer ich bin. Aber ich bebe, obwohl ich anonym, also unbestrafbar bin. Zehnmal habe ich die Feder zur Hand genommen, bevor ich mich entschließen konnte. Schließlich mußte ich es tun, das Geheimnis wurde mir zu schwer. Außerdem geht das Schuljahr zu Ende, es ist Zeit, Abschied zu nehmen, Zeit, sich das Herz zu waschen. O ENGEL, o mein ERZENGEL! Bevor ich Dich kannte, fürchtete ich das Glück. Du hast eine andere aus mir gemacht, Du hast die Trauer von meiner Seele genommen. Das sollst Du wissen, mein schöner Liebster. Und Du sollst wissen, daß in meinem Schultagebuch zwischen dem 21. und dem 22. Juni, zwischen dem heiligen Paulus von Nola und dem heiligen Ludwig Gonzaga, die Dich beide beschützen mögen, Dein Bild liegt, das, auf dem wir alle in der Turnhalle sind, wo Du neben dem Direktor stehst. Ich bin nicht zu sehen, ich habe mich versteckt, um Deinen Nacken anzuschauen, das kleine Muttermal, das Du am Nacken hast. Wie schön, mein schöner Gemahl, ich weiß, daß Du dichtest. Schreib ein Gedicht für mich, für die unbekannte Schöne (denn schön bin ich!), die Dich liebt! Ich küsse Dich auf beide Augen.

Ein Scherz, das war klar. Von Iaccarino. Nur er war imstande, sich eine solche Moritat zusammenzureimen, womöglich, um mich von Maria Venera abzulenken. Aber auch wenn diese Zeilen wahrscheinlich nicht echt waren, stimmten sie mich werkwürdigerweise doch zärtlich, und wer auch immer sie geschrieben haben mochte, ich war ihm dankbar dafür, daß er sie mir geschrieben hatte. Noch mehr: Sie kamen im richtigen Augenblick, während ich mich anschickte, mich zu Veneras Helfershelfer zu erniedrigen, ohne auf mehr als ein Danke hoffen zu können. Wenn es ein Spiel war, hoffte ich, es möge nicht aufhören, und der Briefwechsel möge weitergehen: so sehr sehnte sich mein Herz in jenen Tagen nach einer Liebesillusion. Mochte Venera, das Idol Venera, aus ihrem durchlöcherten Weihrauchfaß ihren Weihrauchduft auf andere ausströmen, es lag mir nicht mehr viel daran! Der Duft einer anderen Frau, gleichviel, ob wahr oder erdacht, hatte außer dem ihren meine Nasenlöcher gekitzelt!

Ich stieg also vom Katheder und ging zwischen den Bänken auf und ab, wobei ich nach rechts und links blickte, man kann nie wissen. Dann und wann nickte ich auf eine imaginäre Frage, wohlgelaunt durch das günstige Los und das leichte Lächeln des Glücks, das ein unverhofftes und äußerst anmutiges Getümmel in mein Leben brachte.

Man muß nämlich wissen, daß ich Jahre vorher durch Blut und Tränen gewandert war und meine Beine mich immer noch schmerzten. Ich habe meine Jugend versäumt, wie man einen Zug versäumt, und an ihrer Stelle war ein tiefer schwarzer Riß in meinem Sinn geblieben, den ich vergeblich mit Laub verband und mit Blumen kaschierte. Ich wußte, sie war immer da, die Narbe des Ungeschehenen, die Spalte des Ungelebten, und jeden Abend spürte ich es auf meiner Wange brennen, schlimmer als eine Schmarre Zorros. Nun aber schien sich das Rad andersherum zu drehen. An der Schwelle der Dreißiger war ich zu meiner Überrraschung jung unter anderen, die auch jung waren, und spielte im Licht der Verwunderung das nie gespielte Spiel der Liebe und des Zufalls.

Und es ging weiter. Als ich, die Aktentasche mit den Aufsätzen in der Hand, belustigt und verwirrt aus der Klasse kam, erwartete mich Galfo düsteren Blicks im Korridor. Ich selbst hatte ihn durch einen Anruf in der Pause hergebeten. Im Auftrag Veneras mußte ich ihm sagen, er solle nichts mehr von ihr erwarten, aber er kam mir zuvor, er wußte, daß ich dem Mädchen Stunden gab, und sagte, ich machte ihr schöne Augen, das habe aufzuhören. »Du mußt aufhören«, sagte ich. »Venera will weder dich noch mich. Was das Kind betrifft, das wird schon irgendwie ins reine gebracht werden.« Er wurde blaß, dann rot, und seine Fäuste gerieten in die Nähe meiner Nase. Mein Gelächter ließ ihn ungerührt, er wolle sich mit mir duellieren, zischelte er. Mit nackten Fäusten heute abend oben auf dem Pizzo, außer ich wolle zu einer anderen Waffe greifen; er sei unfehlbar im Erlegen von Wildtauben und Schnepfen. Ich beobachtete ihn beim Sprechen, und er tat mir leid. Er war sehr aufgebracht und zugleich traurig, unentschlossen, hilfsbedürftig. Da ich nicht wußte, was ich ihm antworten sollte, erwiderte ich zum Schluß, ich wolle weder Schüsse noch Fäuste, das seien für mich spanische Dörfer, höchstens auf eine Partie Dame könne ich mich einlassen, wer verliere, müsse dem anderen einen Kaffee bezahlen. Da hielt er sich nicht mehr zurück, seine ruckartig erhobene Hand, mit der er mich praktisch ohrfeigen wollte, blieb zum Glück zwischen Klassenbuch und Aktentasche stecken, die ich zu meiner Verteidigung hochgehoben hatte; und für die geschwind herbeigeeilte Gertrude war es ein Leichtes, uns zu trennen und ihn untergehakt ins Hausmeisteramt abzuführen. Wohin auch ich mich sofort begab, um ihn zu trösten und ihm mit dem Taschentuch die reichlich fließenden Tränen der Verzweiflung zu trocknen.

Zum Mittagessen kam ich zu spät, aber Iaccarino und Licausi waren im Gasthaus geblieben und hatten auf mich gewartet, und als ich eintrat, sah ich sie mit vom Wein und von der Verdauung erhitzten Gesichtern noch am Tisch sitzen und mir mit freudig blitzenden Augen entgegenblicken. Sie waren im Bann einer deutlich spürbaren Erregung, und selbst der Fisch schien etwas davon abbekommen zu haben, denn er verdoppelte die Kopf- und Schwanzstöße gegen die Glaswand seines Gefängnisses. Selbstverständlich erwarteten sie sich von mir ausführlichere Auskünfte sowohl über meine gestrige Begegnung mit Venera wie über den heutigen Zusammenstoß mit Galfo, der sich schon herumgesprochen hatte und dessen Kunde vor mir hier eingetroffen war. Ich ließ sie zappeln, zuerst wollte ich in aller Ruhe essen, wozu ich mir als eine private Anspielung die dünnsten Spaghetti, das sogenannte Engelshaar, bestellte. Nachdem dann auch Mariccia in den Rat einbezogen war, da der letzte Gast das Lokal verlassen hatte, erzählte ich alles von A bis Y, verschwieg nur das Z der beginnenden Schwangerschaft.

Wie vorauszusehen war, rührten die Leiden des Tänzers Liborio keinen, über den Ehrenhandel machte sich das Auditorium schamlos lustig. Es kamen mehrere Vorschläge: Ich solle ihm oben auf dem Pizzo mit Mambrinos Schüsselhelm und Holzschwert entgegentreten und dabei schon von ferne die alte Mafia-Weise *Messer raus und in den Bauch gestochen* anstimmen; sie wollten mir, mit weißen Bettlaken angetan, folgen und plötzlich »Huh, huh« schreiend vor uns erscheinen; man solle wie für eine Hochzeit in der Druckerei Matteo Baglieri Einladungen zum Duell drucken lassen und öffentlich an Junker und Damen verteilen ...

Diese leichten Reden nahmen mir ein wenig Wind aus den Segeln. Ich hatte selbst über Galfos Aufforderung gelacht, und trotzdem hätte es mir insgeheim gefallen, wenn meine Freunde sie ernst genommen hätten. Ein *sforzato*, ein paar Fanfarenstöße hätten mir jetzt gut getan. Einige Tage lang vom Boden abheben, das schwebte mir vor. Ein Leben wie Gesang, freilich eher eine komische Oper als eine ernste, aber auf jeden Fall als Heldentenor. Aber statt Beifall bekam ich dieses Gewitzel serviert. Und außerdem kränkte es mich, daß mir meine Freunde für meine Liebe zu Venera weder die Solidarität noch die Bewunderung zollten, die mir gebührt hätten. Sie wußten es genau: Venera würde mich nur zum Ziel ihres Spottes machen, schlimmer noch, mich als Liebespostillon einsetzen. Sie sei ein Schlauchen ohne Stil, behaupteten sie, habe Lust auf Männer, aber im Kopf ein wirres Durcheinander. Das alles sagten sie, und eine Minute lang gab ich ihnen recht, dann aber wurde Venera für mich wieder der Madonna von Gulfi ähnlich, die übers Meer gekommen war und die keine drei Joch Ochsen von dem Platz wegzubewegen vermochten, wo sie bleiben und einen Altar haben wollte. Dieser Platz sollte für Venera, daran war nicht zu rütteln, mein Herz sein!

Noch stärker traf es mich, daß mich keiner von ihnen einer liebevollen Zuneigung für würdig hielt. Sogar der Brief an den Engel und Erzengel war ein Beweis dafür, sogar wenn er nur ein Streich war (und er konnte nichts anderes sein): denn solche Streiche spielt man keinem Don Giovanni, sondern nur einem Leporello ...

Um mir die Wahrheit von all dem zu beweisen, holte ich das mit Veilchenduft getränkte Blatt aus der Tasche, las es ihnen zweimal vor, nicht ohne vorher jeden daran riechen zu lassen, so wie man den Polizeihunden eine Unterhose der verschollenen Maid unter die Schnauze reibt. Ihr Kommentar beschränkte sich schließlich auf einen halb bewundernden, halb spöttelnden Ausruf. Den überging ich und griff entschieden Iaccarino an, dem ich ein Geständnis entlocken wollte: »Den Brief hast du geschrieben!«

Ich erwartete mir keine direkte Antwort, denn bei Iaccarino artete jede Antwort in einen Wortschwall aus; besonders wenn er beim Essen allzuoft in sein Glas Cerasuolo geblickt hatte, pflegte er, sobald man ihm ein Thema gegeben, die Köchin auf den Schoß zu nehmen und, während er ihr mit der Hand das alte drahtige Haar zerzauste, mit den Wörtern spazierenzugehen. So war es auch diesmal, und seine Plauderei aus dem Stegreif lautete mehr oder weniger so:

»Auf vielerlei Art und Weise, mündlich und schriftlich, läßt sich ein Gedanke vermitteln, aber die altehrwürdigste und ehrenwerteste ist der namenlose Brief. Unbeleckt von jeglichem Ehrgeiz des Verfassers steht er als wahrhaftige Stimme des Abgrunds dem Wort Gottes am nächsten.«

»Du vergißt den Donner«, warf ich ein, »*coelo tonantem* ...«, während Licausi, der bei unseren Konzerten die Stimme des plebejischen Gegengesangs zu übernehmen pflegte und den Iaccarino daher »meinen Sancho« nannte, nur mit den Lippen »Bumm!« machte.

Mariccia lachte, ohne etwas zu verstehen, worauf Iaccarino die Geduld verlor und sie unwirsch abschüttelte. Dann sagte er pädagogisch:

»Den vergesse ich nicht. Und ich bin auch der Ansicht, daß die Schöpfung nichts anderes ist als ein »BUMM!‹, ein fürchterlicher Krach aus dem Bauch von wer weiß wem. Ein Krach wohl, aber für meine Nase auch ein heimlicher Bauchwind, ein leiser Furz, ein Kode für den Hades, ein anonymes Delikt, ähnlich wie die, welche eure Sherlock Holmes mit ihren elementaren Anstrengungen aufdecken möchten. Mit anderen Worten, nicht weniger als das Bild eines unbekannten Meisters oder das Findelkind auf der Türschwelle ist der vaterlose Brief ein relativ sublimer Bastard, der sich in verschiedene Gattungen einteilen ließe ...«

Da hielt er dreist inne und wartete ab, ob wir ihm zu widersprechen wagten. »Reden kannst du wirklich!« schmeichelte ich ihm statt dessen und schenkte ihm noch ein Glas ein.

»Man wird«, dozierte er weiter, »bei den anonymen Schriften drei verschiedene, wenn auch miteinander verschwisterte Arten unterscheiden. Deren erste soll einschüchtern und bezichtigen, und sie geht aus einem Wutanfall hervor. Sie behauptet kurz und bündig, verwendet karge Worte, MANE THEKEL PHARES oder WER DAS LIEST, IST EIN ESEL. Die zweite weidet sich an ihrem eigenen Tremolo, plaudert Wünsche und Hoffnungen aus, trieft von abschweifenden und seufzerreichen Launen. Ein Beispiel dafür hast du in der Hand, und es riecht nach Veilchen. Die dritte aber, die verdienstreichste, verkündet bittere, heilsame Wahrheiten, öffnet den Richtern und vor allem den Ehemännern die Augen ...«

Seiner Zitierwut und den Grillen seiner Sprache entgegenkommend, hinter denen sich, wie ich wohl wußte, die Bitterkeit und die Traurigkeit seines Herzens verbargen, deklamierte ich: »Othello! Othello! Weißt du, was Desdemona tat, während du dich im Arsenal mit schwarzem Pech schwarz färbtest?«

So ließ ich ihn gewähren, damit er sich selbst verriet. Aber nicht, daß ich deshalb darauf verzichtet hätte, ihn in den Pausen zu bestürmen: »Hast du den Brief geschrieben?«

Er achtete nicht auf mich, denn er war in Fahrt gekommen: »O Depesche, die du uns beim Morgengrauen erreichst, mit dem leichten Schritt des Briefträgers, und nach seltenen Essenzen duftest und dich im Schatten verbirgst, nicht quakst, sondern zischelst, nicht verkündest, sondern einfließen läßt ... verdienstvoller Floh im Ohr, Lampe des Bergmanns, hilfreicher Stab des Blinden! Du hebst den sauberen Stein auf und bringst das Gewimmel der Tausendfüßler darunter ans Licht; du sagst Caesar ungehört die Iden des März voraus, du ... Auf jeden Fall geschieht es nicht ohne Grund, wenn als dein Vater der Meister Rabe, das weiseste aller Tiere, gepriesen wird!«

»Einspruch! Ich bin dagegen, Euer Ehren«, unterbrach ich ihn. »Denk an die Reime aus unserer Schulzeit: *Maître Corbeau sur un arbre perché* ...«

»Einspruch zurückgewiesen«, antwortete er. »Auf einen einzigen verblödeten Raben, der mit offenem Schnabel auf einem Baum sitzt und frißt, kommen tausend andre, weisere, die sitzen und fasten auf Büsten von Göttinnen und heißen Nimmermehr ...«

Mariccia, die bei derlei Gelegenheit nach drei Minuten genug hatte (genau drei Minuten später als ich), versuchte den Redefluß einzudämmen: »Ich weiß nicht, von was für Raben ihr da redet, aber laßt mich eins sagen, dieser Brief stinkt. Wie kann eine Frau, auch wenn sie kein Hirn mehr im Kopf hat, den da« – und sie deutete etwas geringschätzig auf mich – »einen Erzengel nennen. Wenn sie ehrlich ist – was ich nicht glaube –, dann muß sie sich ja schämen, eine so kuriose Zuneigung mit Vornamen und Nachnamen zu gestehen ...«

»Die Frauen«, sagte grinsend Licausi, »verstecken sich hinter dem Schleier ihres Hütchens, wenn sie auf dem Markt Zwiebel kaufen müssen.«

Sie waren alle gegen mich, da schüttelte ich den Arm des Blinden, der gerade hereingekommen war und jeden Tag mit seiner Ziehharmonika der Peristaltik der Tischgenossen auf die Sprünge half. Aber Iaccarino hatte noch nicht aufgehört zu lodern. Mit einem Schrei erschreckte er den Armen, der schon sein *Sciuri sciuriddu* angestimmt hatte, und befahl ihm, still zu sein. Darauf dozierte er:

»Wenn ich auf eine einsame Insel müßte, würde ich nur ein Wörterbuch mitnehmen, kein anderes Buch. So viele Rufe und soviel Musik sind in seinem schwindelerregenden Gedärm zu hören. So ist auch wahrscheinlich, daß alle auf der Welt verstreuten anonymen Briefe einzelne Wörter aus einem einzigen anonymen Brief sind und daß sie von einer einzigen Hand, einem einzigen verborgenen Raben, geschrieben werden, der einen absoluten Sinn in sie hineinlegt. Dein Briefchen allein ist nicht mehr als eine der abertausend Scherben, in die der Zeus des Phidias zerbrach, aber wenn du versuchst, es mit den anderen, den einzelnen verlorenen Gliedmaßen zusammenzusetzen, dann wirst du sehen, daß es antwortet. Denn die ANTWORT gibt es als Schatten des WORTES, der unter den Silben von Babel überlebt hat. Oder auch als momentane Inkarnation des Proteus ... Weißt du, wie viele Gesichter Proteus hat? Unzählige, und das eine leugnet das andere, ist Proteus und ist es wiederum nicht. Da frage ich mich und frage dich: Wo ist der wahre, der ungeteilte Proteus?«

Obwohl seine Worte noch leidenschaftlich klangen, war es klar, daß er nun nur noch vor Betrunkenheit und Melancholie so dahinredete. Also wandte ich mich fliehend in Richtung Tür, schließlich wurde ich von Venera und ihren Schwangerschaftssorgen erwartet. Aber um meinen Kopf leichter zu machen, überrumpelte ich ihn noch, als ich schon auf der Schwelle war. »Ich weiß schon, den Brief hast du geschrieben!« Worauf er sich endlich entschloß zu singen, indem er mich nachäffte: »Ja, ja, Copyright by Iaccarino«, was ein Geständnis sein konnte, aber auch nur eine letzte Fopperei.

VI (ZUGABE)
Bildnis des Künstlers als junges Pfeifchen.

Noch eine Pause, bitte. Nun muß ich mich so vorstellen, wie ich damals war, was vielleicht bis jetzt noch nicht hinreichend geschehen ist. Ich war ein Pfeifchen mit nicht mehr als zwei Noten, damals. Leicht zu blasen zwar, wollte aber trotzdem gelernt sein. Zwei Noten, wie gesagt, die eine für die Traurigkeit, *uì, uì, uì,* wie wenn ein Hund geprügelt wird; die andere für die Freude, *trallalà, trallallera,* die kam von einem gewaltigen Hunger auf jegliches dampfende rote Ragout des Lebens (nicht einmal dreißig Jahre Zangen und ausgerissene Finger- und Fußnägel hatten ihn abtöten können). Zwei Noten: und ich hörte, wie sie sich je nach Jahreszeit von meinen Lippen pfeifen ließen. In den Äquinoktialmonaten dachte ich ans Sterben, gab mir selbst den Spitznamen *Der verlassene Gingolph* nach dem Titel eines Romans aus dem Verlag Sonzogno von werweißwelchem Verfasser, ich fragte mich jeden Morgen beim Aufwachen, was ich denn überhaupt sei, wenn nicht ein Einsiedlerkrebs, eine leere Patronenhülse, ein Quentchen Abfall, das im Strom der Jahrtausende trieb, was konnte das winzige Gute oder Böse, das ich tat, dachte oder erlitt, wem bedeuten, was wem das unendlich winzige Zittern aus Tugend oder Laster, das meine Nerven einen Augenblick vibrieren ließ … Denn, wenn man es hatte ausrechnen können, und unendlich annäherungsweise konnte man's, glaube ich, auch, wie viele Menschen bis jetzt auf der Erde gelebt hatten und durch wie viele Todesarten sie wieder von ihr gegangen waren: durch Schwindsucht, Fallsucht, Wechselfieber, Lustseuche, Pest, Geschwüre und Aussatz; von einer Maus, einem Drachen, einem Raben, einer Hyäne gebissen; durch eine Schnitt-, Stich- oder Feuerwaffe; durch Schlucken von Salzwasser, durch brennende Reisigbündel, durch Stürze von Felsen, Zirkustrapezen und aus Prager Fenstern; durch Apoplexie, Siechtum, Seuchen;

oder weil ihnen plötzlich das Herz brach ... und wenn man erst die Gefühle und die Empfindungen eines jeden aller einstigen Lebenden hätte zählen können, und ihr zahlloses Beben: den Neid, die Sehnsüchte, das Weh, die Ängste und das Erbarmen ... und wenn man alle menschlichen Paarungen und jegliches Liebesgeflüster in Grotten, Alkoven, Séparées und Automobilen mit Liegesitzen registriert hätte ... dann mußte man zuletzt doch sagen, daß mit der Zeit alles zu nichts, zu nichts und wieder nichts geworden war, während sich in mir ein Blitz rasch aufflammenden Lichtes noch einmal sinnlos wiederholte ...

Bei diesem, dem letzten Gedanken kamen mir die Kraft und die Güte der Sonnenwende, ihre Glorie, ihre herben Meeresbrisen zu Hilfe. Eines Tages ging ich, *trallallà trallallera* singend, aus dem Haus und spürte, wie es mich in die Nase und in die Adern zwickte. Wo waren sie, der Rückzug und die Düsternis von Gestern? Vom Abend auf den Morgen war ich ein völlig anderer Mensch geworden, und es gab keine Mauern, die mich hätten zurückhalten können. Eine Geisterbeschwörung hatte genügt, um mich zu heilen, die Sonne hatte mir ein Wörtchen ins Ohr geflüstert. Und wie eine Schlange, die in der Abgeschiedenheit ihres Winterquartiers zu sich kommt, fand ich den Trichter jedes Baus zu eng für meine Windungen.

Wenn ich mich auf den Fotografien von damals (sechs mal neun, billige Kodaks) anschaue, sehe ich in meinem Blick eine joviale Beunruhigung, in der die beiden Wesenszüge, die zwei Noten, die zimperliche und die leichtfertige, die weinerliche und die sangesfreudige, zusammenpfeifen. Ich kann mich noch erinnern, daß Iaccarino einmal zu mir sagte: »Eines Tages wird einer von uns beiden vom Tod des anderen erfahren. Dann wird diese Minute, die wir jetzt miteinander erleben und an die wir uns beide einmal erinnern werden, solange wir leben, halbiert, zu fünfzig Prozent durchgestrichen sein. Später wird die schwarze Woge alles zudecken, was geblieben ist. Und niemand wird mehr wissen, daß wir uns am 13. Juli des Jahres einundfünfzig um dreizehn Uhr dreißig vor dem Zeitungskiosk Turco-Colosi mit demselben Streichholz zwei Serraglio-Zigaretten angezündet haben ...«

Er redete zwar so lange um den heißen Brei herum, um mir eine Zigarette abzuluchsen, aber ich war trotzdem verstört, denn ich lernte damit das gemeinsame Gedächtnis von dem eines einzelnen unterscheiden, und auch, daß wir jeden Tag sterben mit dem Tod dessen, der sich an uns erinnert, und daß wir jeden Tag die anderen töten, indem wir sie vergessen.

Das ist lange her. Wenn ich jetzt zu pfeifen versuche, zischt es durch die Lücke, wo mir zwei Schneidezähne fehlen, und das bedeutet nichts Gutes. Meine Freunde sind weg, meine Geschichten sind alle, ich komponiere nur noch Arien aus Wörtern und Ränke aus Wörtern, um den Tod hinzuhalten. Ich schreibe für dich, *desocupado lector*, du lautloses, blindes Gesicht, du weißer Nebel vor meiner Reiseschreibmaschine, aber in Wirklichkeit liebe ich dich nicht, ich möchte nicht, daß mir jemand zusieht, wie meine Beine beim Narrentanz von Sfessania immer mehr erschlaffen. Fricasso, Scaramucia, Frittellino, Brüder in Christo ... ich bin der dumme August auf Stelzen im Hintergrund, der aussieht, als würde er gleich umfallen, und in wenigen Augenblicken umfallen wird.

Probieren wir's noch einmal: *Uì, uì, trallallà* ... Wieder einmal endet alles mit einem Hustenanfall, der Papageno, der ich einmal war, bläst knabenhaft, aber vergeblich seine Wangen auf. Ich schreibe, ja, ja, aber ich lebe nicht. Ich schreibe Anfänge von Büchern, die ich nicht fertigschreiben werde. Einsätze à la Hellzapoppin' ... kommen mir immer wieder, die Schrullen eines Verzweifelten: »Ignacio Sanchez ging um fünf Uhr zum Tee«, »Die Marquise ging um fünf Uhr zum Stierkampf«, »Um fünf Uhr ging die Marquise mit Ignacio aus« ... Ich schreibe unbeteiligte Lobeshymnen auf den Tintenfleck an meinem rechten Daumen; ich schreibe an Gott, aus Diskretion sag ich nicht was; ich schreibe an Caesar: »Göttlicher Caesar, dein Netzfechter schreibt dir. *Ave, Caesar, scripturus te salutat*« ... Ich schreibe an die Wolken von Ammazzanuvole, an den Wind, der sie mitgenommen hat ...

Aber wenn es mir wenigstens Spaß machen würde, das Schreiben! Ich ziehe die Feder nach wie ein lahmes Bein, durchfurche das Papier als bittere Arznei und zur Buße. Das Wunder, mit einigen Klängen und Zeichen eine Blase geschwätzigen Nichtseins zu schaffen, wie sollte es mir nicht schließlich als Untat und als Schuld erscheinen. Und obwohl ich es in Scherz und Zeitvertreib umzuwandeln versuche, damit die Minuten, die über mich verhängt sind, schnell verstreichen; obwohl ich anstelle jeder Erinnerung nun schon eine Schnurre oder einen Traum erzähle, ist der Geschmack, der mir davon zurückbleibt, immer der eines Giftes. Wie in Grocks Zwiegespräch mit dem Arzt: »Machen Sie mich gesund, Herr Doktor, ich bin so unglücklich«, »Gehen Sie in den Zirkus und schauen Sie sich Grock an«, »Das geht nicht, der bin ich selber« ...

Alas, poor Grock! O weh, armer Gesualdo! Vielleicht sollte ich nur Namen und Stammrolle angeben, mich weigern, außerdem noch einmal den Mund aufzumachen, die Genfer Konvention über alle Kriegsgefangenen anrufen ...

Aber nein. Zu Hause auf dem Land wächst mir zum Trotz ein großer Nußbaum und bedroht mit seinen Wurzeln die Mauern des nahen Hauses. Vor einiger Zeit habe ich ihn mit Beton einfassen lassen, ihn in eine tief hinunterreichende, weite Zwangsjacke gesteckt, den alten Stamm isoliert, damit er sich ruhig verhält. Heute früh sagte mir eine Haube im Beton, ein verdächtiger Riß, die Wurzel hat sich noch nicht ergeben, hat noch nicht aufgehört zu wandern ...

Also dann, *trallallà trallallera*, Papageno, frisch hinauf!

VII
Die Vereine des Wilden Südens.
Ein Nachmittag und ein Abend mit Sasà Trubia.

Ich hatte mit Venera schon den Tag vereinbart, aber der Ausflug nach Catania war nicht mehr nötig. Eine Stunde vor unserer Abreise, als Maria Venera anstelle von Anita den Treppenabsatz fegte (schrecklich zu sagen!), purzelte sie mehr oder weniger absichtlich über alle siebenundzwanzig Stufen hinunter und war dann ohne das Zutun einer Zange entbunden und heilfroh. Das teilte sie mir, auf der Ottomane liegend, mit, wo sie von den Prellungen und von allem übrigen zu genesen gedachte. Ein gesegneter Sturz, sagte sie mir im Vertrauen, auch wenn sie zwei Wochen lang hinken müsse, sei er gerade noch rechtzeitig gekommen, um auf dem natürlichen Weg ein gefährliches Unterfangen zu verhüten. Ich war ebenso froh, nicht zuletzt, weil ich Geld sparte, hatte ich doch beschlossen, den Engelmacher aus meinem kargen Beutel zu bezahlen. Weniger froh war ich über die plötzliche Kälte des Mädchens, nachdem sie mich nicht mehr brauchte. Sie erklärte ihren Widerwillen, nun noch weiterzulernen; meine Gelegenheit, sie erlaubterweise und täglich zu treffen, geriet dadurch in Gefahr; außerdem ließ sie, sei es aus Zerstreutheit oder aus Bosheit, ab und zu ein Sie einfließen in die vielen Du, ohne sich zu verbessern. Sie nannte mich zwar weiter bei meinem Vornamen, aber als wäre sie angewidert von den drei Silben in ihrem Mund. Soll ich alles erzählen? Eines Nachmittags empfing sie mich im Morgenrock und mit Lockenwicklern im Haar.
Abgesehen davon, schien mir ihr gesamtes Verhalten verändert, so plötzlich und so ungeniert, das heißt ohne jegliches Vorzeichen für diese Wende, daß ich Iaccarino recht geben mußte: sie sei eben ein ganz gewöhnliches Schlauchen, ein Hohlkopf, unfähig, über ihre eigene Nase hinauszublicken, nicht intelligent genug für eine Egoistin mit Stil.

Was sollte ich tun? Ich gab ihr die Frostigkeit zurück, sagte, ich hätte ihr Päckchen eingeworfen, aber ein andermal möge sie ohne mich zurechtkommen; was die Stunden betreffe, das sei mir egal und doch wohl ihre Sache, meinen Mußestunden komme es zugute. Zuletzt ließ ich, als ich die Zigaretten aus meiner Tasche holte, gleichgültig den Brief an den Engel und Erzengel hinunterfallen, und gleich darauf verabschiedete ich mich.

Selbstverständlich ein Pennälertrick. Als könnte ein Mädchen wie Venera auf jemanden eifersüchtig werden, den sie nicht liebte. Doch erweckte der Gedanke, sie würde so viele an mich gerichtete feurige Worte lesen, bei mir eine Art düsterer Eitelkeit. Ganz zu schweigen davon, daß mir der verlorene Brief einen guten Vorwand für einen weiteren Besuch liefern würde …

Nachdem ich unten in der Stadt angekommen war, lenkte die Verdrossenheit meinen Schritt zum Bürgerverein. Es war dies ein Verein für die Honoratioren, zu dem wir Studienräte nur Zutritt hatten aufgrund des Freipasses, den man in derlei Fällen auswärtigen Gästen zu gewähren pflegt. Wir drei, und ich insbesonders, gingen gerne hin, aus Gründen, die ich im folgenden erklären will.

Die Vereine dieser Art haben im Wilden Süden einen schlechten Ruf. Man nennt sie Stätten der Trägheit und des Überdrusses, wo zwischen den Karambolagen der Billardkugeln, dem Geraschel der an Stöcken verbolzten Zeitungen, den meteorologischen Klagereden der Grundbesitzer Hosenböden und Jahre verschlissen werden und Menschenleben in unaufhörlichen Wiederholungen verschimmeln …

Das ist aber nur die halbe Wahrheit. Diese Vereine sind nämlich auch ein Spielraum für Pantomimen und schöpferisches Geschwätz. Sie gleichen darin den Marmorbildern in den Kirchen aus der Zeit der Medici, auf denen so viel erzählt wird, oder den Nachtwachen in den großen Bauernhöfen der Po-ebene, wo sich noch vor einigen Jahren die beiden Flußufer entlang die Reigen mündlicher Komik drehten. Nicht anders war der Bürgerverein in Modica zur immerwährenden städtischen Bühne geworden, es fehlte nur die Kasse am Eingang und die Kassiererin, die den Besuchern das Eintrittsgeld abverlangte. Unzählige Possen improvisierten die Mitglieder der Reihe nach von drei Uhr nachmittags bis neun Uhr abends, angefeuert von einem unsichtbaren Inspizienten: bald laut und vernehmlich im Bakkaratsalon, wo Jahrhunderte alte Vermögen in der Zeit einer Vorhand in den Abgrund stürzten; bald leise hinter den Fensterläden stehend, damit beschäftigt, selbst ungesehen, das abendliche Treiben auf dem Corso zu verfolgen und den unermüdlichen Herzschlag des Daseins zu hören.

Zu diesem Zeitpunkt genau erblühten die Indiskretionen und die Verleumdungen großen Stils, die Grundfesten des phantastischen Schaugerüsts, auf dem die tägliche Komödie der Stadt wuchs und gedieh, ein Stück, das ständig gespielt wurde und in dem jeder zugleich als Zuschauer, Schauspieler, Verfasser und Impresario vorkam ...

Eines nämlich sprang einem in die Augen, wenn man von auswärts kam: mit welcher Leichtigkeit dort drinnen jeglicher noch so ehrenwerte X oder Y aus der geschlossenen Schale seiner städtischen und gesellschaftlichen Identität herausgestoßen wurde, mochte er noch so sicher darin untergebracht sein, um willig in die Rolle eines sprechenden Pinocchio oder eines luftigen Pulcinella seiner selbst zu schlüpfen. Es genügte eine kaum merkliche Eigenheit in den Gebärden oder beim Sprechen, eine noch so belanglose Besonderheit im Wesen, im Verhalten, in der Kleidung; und schon verwandelte sich diese Marotte, hervorgehoben durch die redselige Hellsichtigkeit der anderen, unvermittelt in ein Wappen, in das niederschmetternde Merkmal einer Sucht. Aber nicht nur das: Es war, als ob die Leute, je öfter sie sich in den Vorstellungen der anderen spiegelten, sich auch immer mehr verpflichtet fühlten, sich dem aufgezwungenen lustigen oder traurigen Scheinbild anzupassen, es sich überzustülpen wie eine zweite wahrheitsgetreuere amtliche Identität; was eine komische Angst bewirkte, wie man sich vorstellen kann.

Als ich zum erstenmal diesen Raum der Masken betrat, wurde mir eine ausgehändigt, die meinen Höhenflug ein wenig bremste: die Maske des eifrig lesenden kleinen Studienrats, der zu Fuß ging und stets Papierkram unter dem Arm hatte; vielleicht Sozialist oder gar Anarchist ... aber im Grunde genommen eine schüchterne Vogelscheuche.

Mich in diese Kategorie einzuordnen, hatten sie gewiß nicht ganz unrecht. In der damaligen Zeit wurde ich oft rot, erglühte unversehens von einem Ohr zum andern, verdammt nochmal! Vor ihnen fühlte ich mich wie bei der Musterung, nackt vor einer gekalkten Wand.

Zu meiner Genugtuung jedoch hatte ich durch mein jüngstes Auftreten als Heimholer Maria Veneras ein neues Gesicht bekommen, so schien es jedenfalls, und alle Scheinwerfer der Stadt waren auf mich gerichtet, um unter der Schicht meiner Schminke die trotzige Miene eines Draufgängers zu suchen. Eine Genugtuung war das, und sie ließ einen bescheidenen Stolz und neue Hoffnungen in meinem Herzen erblühen. Vielleicht wartete, ich will nicht sagen Venera, denn mit ihr rechnete ich kaum mehr, aber die andere Schar der tausend ungenannt im Schatten Stehenden, die ich nun bald lieben würde, nur darauf, daß ihr mein junges Kikeriki die Ohren vollkrähte. Oder auch nicht, vielleicht dachte keine daran, aber für mich würde es doch schön sein, den ganzen Sommer daran zu glauben. Denn es ist nicht nur schön, das Leben zu leben. Es ist beinahe ebenso schön, nur so zu tun und sich vorzulügen, man würde es leben.

Auf jeden Fall brauchte ich für die bevorstehenden Sommerfeste eine Art Passierschein. Große Manöver für Juli und August wurden in den Salons der Patrizierhäuser geplant, der Kalender war übervoll. Und Modistinnen, so hieß es, wurden von den Allerheiratsfähigsten drangsaliert, Roben aus feinster

Spitze waren in Paris bestellt, in Familienschatullen versunkene Ohrgehänge aus der Bourbonenzeit kamen wieder ans Licht. Ausgiebig tanzen würde man auf den riesigen Terrassen der Villen von Sorda, in den Châlets von Sampieri, im großen Garten von Chiaramonte, den ein Damenkomitee für das Große Sommerfest, nur für geladene Gäste, bereits beschlagnahmt hatte. Ob ich zu diesem Fest Zutritt bekommen sollte, der ich bis jetzt nur an einigen weihnachtlichen Gesellschaftsabenden in bürgerlichen und wohlhabenden Häusern teilgenommen hatte, war fraglich, es sei denn, mir kam jemand zu Hilfe. Ich fürchtete, fürchtete sehr, Lichter und Musik, Alabasterschimmer von Mond und Brüsten, schwarze Schwanenfedern um kostbar geschmückte Hälse, Liebesgeflüster und Liebestaumel würden unangetastet auf dem Tablett bleiben, vor den hungrigen Lippen eines Habenichts, wie ich einer war.

Jetzt weiß ich, und wußte es wohl auch damals, daß ich einem Phantasiegebilde den Hof machte. Der einheimische Adel war nur der Abklatsch dessen, der mich in den Büchern bezauberte, wie in der Kopie eines Straßenmalers sich ein Hauch Raffael siegreich auf dem Trottoir hält oder ein Schatten Mozart selbst beim schlechtesten Klavierspieler. Wenn ich also Giuliana di Giardinello dem väterlichen Ballila entsteigen sah, den sie mit behandschuhter Hand chauffierte, oder wenn Donna Matilde Tuscano sich in der Proszeniumsloge umwandte und durch ihr Lorgnon einen Blick aufs Parkett warf, dann passierte es, daß ich, will nicht sagen Herzklopfen bekam, aber doch auf eine Weise verwirrt wurde, als hätte ich auf den Champs Élysées oder in der Opéra aus der Ferne die federgeschmückten Hüte der Herzogin von Guermantes und der Baronesse Nucingen auftauchen sehen.

Nun, da ich mit Venera auf so schlechtem Fuß stand und meine Liebe zu ihr wie eine unschlüssige Flamme schwankte, die nicht wußte, ob sie auflodern oder erlöschen sollte, wurde meine Beziehung zur Stadt listenreicher und kriegerischer; die

Stadt wurde gewissermaßen zum Kampfplatz, auf dem ich siegen oder verlieren würde, nicht nur meine Probe mit den Frauen und der Liebe zu bestehen hatte, sondern auch die fundamentalen Kriege mit mir selbst und der Welt austragen würde.

Also sagte ich halb im Ernst: »Modica, nun sind wir beide dran!« und stampfte dabei kräftig mit dem Schuh auf, und nachdem ich Madame Bescheid gegeben, ich würde spät oder nie nach Hause kommen, machte ich mich, kräftig marschierend, auf und überschritt dann die Schwelle des Bürgervereins.

Ich hatte die Absicht, vorerst den bescheidenen diplomatischen Weg einzuschlagen. Nicht alle militärischen Triumphe beginnen mit einer Invasion; mir ging es in erster Linie darum, mir in den mondänen Kreisen Verbündete und Vertraute zu schaffen. Meines Wissens war der Zeremonienmeister für die kommenden Festlichkeiten, der Doge der erlaubten und unerlaubten Vergnügen von Modica, somit derjenige, der nach seinem Gutdünken über die Einladungen verfügte, Don Nitto Barreca, der auf keinem Fest fehlte und ein durchtriebener Spieler war, immer bereit, die Nacht durchzumachen, obwohl er wegen seiner Skoliose einen Gipskragen um den Hals tragen mußte. Ihm, der sich einen Kenner antiker Kunst rühmte und heimlicher Ausgrabungen und noch schlimmerer Dinge bezichtigt wurde, hatte ich einmal den Unterschied zwischen der Keramik mit schwarzen Figuren und der Keramik mit roten Figuren erklärt, und er war mir dafür dankbar gewesen. Daher erhoffte ich mir seine Protektion, suchte ihn aber erfolglos im kleinen Spielsaal, denn das Bakkarat war auf den nächsten Tag verschoben worden. Dagegen grüßte mich Trubia, indem er mit einem seltsamen Lächeln seinen Kopf vom Billardtisch und dem Spiel erhob, das er gerade gegen einen jungen Mann mit ausländischer Kleidung und ausländischem Akzent spielte. Es war ein Franzose namens Michel, der von keinem Geringeren als Jean Renoir zu uns geschickt worden war, um Orte und Szenerie für einen Film zu finden, der nach einer Erzählung von Mérimée gedreht werden sollte. Ich wurde ganz aufgeregt, Mensch. Und Renoir und Anna Magnani, würden die auch wirklich kommen? »Ça dépend, ça dépend«, meinte der Franzose von oben herab, und schon fielen wieder ein paar Kegel um. Schließlich erhob Trubia zum Zeichen der Ergebung seine Hände und lud uns ein, bei ihm, nicht weit von hier, ein Glas zu trinken und seine neuesten Jazzplatten zu hören.

Es wurde ein schöner Abend. Durch die offene Balkontür kam das leise Rauschen des »Salons« herauf und klang wie eine schwache Beifallskulisse zu dem Konzert, das wir hörten. »*Turù, turù, turù, turù*«, erschallte wie ein Refrain Cooties Trompete, und ich hatte einen Kloß unter dem Adamsapfel stecken, der ging weder hinauf noch hinunter.

Dem Franzosen gefiel aus Patriotismus Bechets *Careless Love*, weil Claude Luter spielte, den er, wie er sagte, persönlich kenne, weil sie zusammen dasselbe Mädchen gehabt hätten, aber ich wollte dreimal *Relaxin' at Camarillo*, ein Stück von Parker, hören, das, wie Sasà erzählt hatte, in einem Sanatorium für Neurastheniker entstanden war. Gleich darauf gab mir *St. James Infirmary*, wo man über ärmere Übel weinte, Gelegenheit zu einem Vergleich zwischen Krankenhäusern und Heilanstalten, zwischen dem Elend des Fleisches und den Beschwerden des Geistes, der Pietro Iaccarino gefallen hätte.

Trubia saß neben dem Grammophon und wechselte Platten und Nadeln aus. Geschäftig und gastfreundlich. Ich erhob mich in den Pausen, um mir die Stilmöbel und die hübschen Nippes auf der Kommode, das Biskuitporzellan, das fremd in einer Ecke stehende Spinett genau anzuschauen. Nicht absichtlich, sondern rein zufällig sah ich im Papierkorb unter anderen Papierfetzen Veneras Briefumschlag, leer und mit erbrochenem Siegel; nicht rein zufällig aber geschah es, daß ich, während Sasà und Michel das humorvolle Solo einer Posaune mit geschlossenen Augen genossen, die Hände nach der kürzlich eingegangenen Post ausstreckte und darunter nicht ohne das Pizzicato eines heimlichen Lachens ein Foto Sasàs samt Löckchen und Bart entdeckte, dem eine mir wohlbekannte grüne Tinte zwei Hörner auf die Stirn gemalt hatte. Eine rückblickende Beschimpfung? Eine Drohung? »*Turù, turù, turù, turù*«, lachte ich nur mit den Lippen, indem ich mich losmachte und wieder zu den beiden anderen setzte, bereit, mein Herz noch einmal von der Musik ergreifen zu lassen. So sind die jungen Leute: von unmittelbarem und wechselhaftem Empfinden.

Da Michel aus persönlichem Geschmack etwas von einheimischer Magie und Aberglauben kennenlernen wollte, mußte ich ihn zur Wohngrotte der Zauberin Donna Tònchila begleiten. Das war eine rüstige, lustige alte Frau, der ich sympathisch geworden war, seitdem ich sie hin und wieder aufsuchte, um ihr Leben und ihre Wunder kennenzulernen. Oftmals hatte Donna Tònchila mir angeboten, sie würde mir ein Liebeselixier brauen, für wen ich wollte, geweigert hatte sie sich nur, als ich spöttelnd sagte, ich wollte keine Wesen aus Fleisch und Blut in mich verliebt machen, sondern einen ihrer Geister, irgendeine Satanstochter, die auf dem Glasdach ihrer Wohnung hauste. »Mit den *Herren des Ortes* möchte ich keine Schereien bekommen«, sagte die Tònchila ernst und bekreuzigte sich. Aber Michel, der sie zum Spaß oder gläubig gegen eine widerspenstige Fotografin seiner Truppe um Hilfe gebeten hatte, gab sie ein Pülverchen und verordnete die Worte zur Zähmung der Widerspenstigen zu einem gesalzenen Preis.

Inzwischen war es spät geworden. Der Franzose mußte weggehen. Da lud mich Trubia zum Abendessen in ein Feinschmekkerlokal im Oberen Modica ein. »Soll ich's ihm sagen oder soll ich's ihm nicht sagen?« überlegte ich bei mir. Aber was, das wußte ich eigentlich nicht. Ich wollte nur allgemein die Rede auf Venera bringen und an seiner Reaktion ablesen, wie es wirklich um das Mädchen stand und – warum nicht – auch um mich selber. Ich wollte mir über meine eigenen Gefühle klar werden. In Wirklichkeit machte ich während des ganzen Essens den Mund nicht auf, und auch er hatte offenbar nicht die Absicht zu sprechen, sondern erzählte mir nur von seinem jüngsten Mißgeschick beim Spiel, für das er sich morgen *ganz gewiß* revanchieren wollte. »Da komme ich auch«, versprach ich ihm, denn ich dachte, so würde ich auch Don Nitto treffen, dann ging ich gern noch mit ihm ins Kino, in einen Film über Napoleon zur Verdauung.

Das Lächeln der schönen Adalgisa, die unsere Eintrittskarten abriß, galt nur ihm. Ich ging vor ihm hinein, blieb hinter der letzten Reihe im Schutz des granatroten Vorhangs stehen, während sich meine Augen allmählich an die Dunkelheit im Saal gewöhnten. Als ich mich schließlich auf den ersten frei gewordenen Platz setzte und mein weiches Genick der Samtlehne überlassen konnte, da knatterten auf der Leinwand schon die Gewehre, und die alten Garden erschienen im Rechteck einer glorreichen Staubwolke … Da hielten meine Augen nicht mehr stand, sie fielen mir zu, und ich rechnete wieder einmal die widrigen Zufälle meines Lebens zusammen. Wie viele Mißverständnisse, sage ich mir, und wie viele Unverschämtheiten in der täglichen Chronik und in der Geschichte! Das Ich, das, in meinem Traum, den Feldstecher umgehängt und die Rechte in vorgetäuschter Ruhestellung zwischen dem dritten und vierten Knopfloch des dunkelblauen Waffenrocks, zwischen den zwei Kirchtürmen von Austerlitz die Sonne aufgehen sieht, wie kommt es dazu, mit vollem Magen hier zu sitzen und auf nichts anderes zu achten als auf den Koitus der Soßen mit den Enzymen und Papillen in meinem Bauch, nachdem es so üppig gespeist hatte: ein albernes Orchesterfinale mit dem Generalbaß der von Sasà spendierten, trocken gebeizten Havanna, meine nach nichts schmeckenden Serraglio irgendwo in einer Ecke … Da haben wir's, eine einzige Ruhepause nach Art der Reichen, und schon sind meine Kriege vergessen, vergessen selbst die undankbare Venera!

Das Licht fiel scharf auf meine Augenlider, der erste Teil des Films war zu Ende. In einer der vorderen Reihen konnte ich neben den schwarzen Locken einer Freundin gerade noch Isolinas schwärzere Mähne erkennen, und hinter ihr Licausi, der wie eine Lokomotive rauchte und so tat, als schaute er einem Fliegenschwarm in der Luft nach.

VIII

Worte über das Glück. Vorstellung von Don Nitto.
Kartenspiel im Bürgerverein.

»Licausis Herz ist hartgesotten wie ein hartes Ei: unfähig, extrem zu lieben.« So lautete Iaccarinos Urteil, als ich mit ihm darüber sprach.

Aber trotzdem vervielfältigten sich die Zeichen, die das Gegenteil bezeugten, Licausi ließ sich nun nur noch zu den Mahlzeiten blicken, einmal schweigsam, ein andermal gesprächig, aber immer am Thema vorbei. Wenn man sein Herz als ein Ei betrachten wollte, dann war es eher ein weiches, ein sehr weiches sogar, da kannte ich mich aus. Mariccia gab mir recht, während sie mir ein Briefchen reichte, das Puck gebracht hatte, es war von Maria Venera.

Die Unbesonnene war in sich gegangen, wollte nun ihre Studien doch wieder aufnehmen. Ich war entrüstet, wurde schwach, ging zu ihr. Diesmal meinte sie es ernst und nahm begierig auf, was ich ihr erklärte; obwohl in der Zwischenzeit ihre Feder auf dem Blatt spazierenging, weniger um sich Notizen zu machen, als um grüne geschwänzte und gehörnte Männchen zu zeichnen und SASÀ darunter zu schreiben. Schließlich lachten wir zusammen darüber, nun war ich schon zu ihrem Vertrauten geworden: »Soll ich ihn umbringen? Soll ich mich umbringen? Was rätst zu mir?« »Warum nicht beides, zuerst das eine und dann das andere?« scherzte ich, nicht ohne einen Stich mitten durch die Brust zu spüren, aus Sorge um sie, aus Beschämung über mich, aus Neid auf Trubia. In solchen Augenblicken kam mir das unübersichtliche Layout meiner Zukunft in den Sinn. Ich will glücklich sein, hatte ich am ersten Januar dieses Jahres bei mir beschlossen. Einen Monat lang oder eine Stunde lang. Und was war das überhaupt, das Glück? Früher einmal hatte ich gedacht, wer liebt, ist glücklich. Dann, wer geliebt wird. Jetzt redete ich mir ein, die

Knospe des Glücks würde sich gleich öffnen, sei schon bereit, sich von meinen Fingern pflücken zu lassen wie die erste Mandelblüte unserer Wette, die an dem Morgen von der Hand Saro Licausis gepflückt wurde ... Oder war das Glück denn nicht das Gefühl eines Aufschubs, das Gefühl einer goldenen unbewegten Zeit? Das heißt die Täuschung, die Sonne werde zu Stein an ihrem Platz und der Mond auch; und keine Zelle in unserem Blut werde einen Augenblick älter in dem Augenblick, der zu vergehen scheint und nicht vergeht, nicht zu vergehen scheint und schon vergangen ist. O, die Zeit unterbrechen, die Zeit aufschieben: so daß alles, Steine, Fische, Vögel, Blätter, Früchte, und ich und du, Maria Venera, in einem strahlenden und unverderblichen »Jetzt« vom Blitz des Lichtes getroffen werden: unbewegt, ohne daß uns der Sog unserer vergangenen Tage überspült und bis über unsere Lippen steigt; ohne daß uns die Felsenriffe der kommenden Tage, vor Zacken und Messern starrend, mit Krankheit und Tod drohen; keine Vergangenheit, keine Zukunft, sondern nur Gegenwart, und wir alle glückselig in einem Dornröschenschlaf versunken, der König, die Königin, die Höflinge, die Prinzessin, selbst der Prinz ... in einem unwandelbaren Jetzt, das nichts anderes ist als die goldene Feier dieses Juni einundfünfzig ...

Das Glück also. Und was liegt schon daran, wenn es mir nicht in spanischen Dublonen ausbezahlt wird, sondern in Weimarer Mark? Der Rhein, so habe ich in einem Buch gelesen, versandet, bevor er ins Meer mündet. Aber vorher eilt er, und wie, ein froher Vagabund, durch Felder und Wälder, zwischen Felsen und Bäumen hindurch, alles widerspiegelnd, Wolken, Sterne, Zöpfe frierender und lachender Undinen! ...

In einer stillstehenden Zeit trotzdem fließen, geht das eigentlich? Und wie soll man, umgekehrt, reich nur an Wörtern, nur mit Wörtern bewaffnet die Zeit stunden können? Vielleicht, indem man sie aufschrieb? Wörter brauchte ich also: vielleicht mehr Adjektive als Substantive: Um der Verknöcherung der Welt, den Gegenständen ohne Eigenschaften, den Gesten ohne

Leidenschaften entgegenzuwirken ... Wie schon damals, wenn ich sie als Kind im Wörterbuch suchte und mir jedes wie eine meergeborene Göttin vorkam. Erfundene Wörter und gestundete Zeit: Das ist mein Rezept für das Glücklichsein. Das wußte ich übrigens schon von früher, in meiner Volksschulzeit hatte ich es entdeckt, sah es jeden Montag auf einer Seite des *Corriere dei Piccoli*, den es am Kiosk gegenüber der Schule gab. Da stand ich wie angewurzelt und blickte hinter Mio Mao auf die grünen Wiesen, den blauen Himmel, die roten Dächer, ein ganzes paradiesisches Dorf, in dem die Zeit gestorben war, aber sonst niemand sterben konnte. Seither suche ich mit jeder Silbe ein gemaltes Arkadien, ohne ein Krümchen Menschliches, mit einem Wasserfall, der mitten im Fallen stehengeblieben ist, mit einem Mühlrad, dessen Schaufeln unbewegt sind, mit einer Smaragdeidechse zwischen zwei Felsen, von der Sonne gezähmt: ein Bild des Friedens. Ein Morgen, der nie zum Mittag wird. Wellige Hügel weit hinten, wo der Horizont sich scheu dem Licht ergibt und ein Kirchturm seinen erhobenen Finger in den Himmel reckt und eine Herde schweigend eine Hecke rupft und die Sonneninvasion – längliche schräge Säulen, die sich in die Löcher zwischen dem Laubwerk schieben – reine Farben, eisige und tropfende Farben, Preußischblau, Vermeergelb und Klangschatten und den Duft verliebten Grases weckt ...

Schon gut, schon gut, auf ein solches Glück hoffte ich, einen Monat oder eine Woche lang, und erwartete es mir von einer Venera, einer Vize-Venera, von der Begegnung mit einer Unbekannten auf einem Ball ...

Merkwürdig: Blind sind sie beide, die Liebe und das Glück, aber sie vertragen einander nicht. Liebe ist weder Friede noch taugt sie zum Aufschieben der Zeit, sondern zu deren Verkürzen und Ausdehnen. Außerdem läßt sie einige umfangreiche und redselige Larven in den Kopf ein, so etwas wie einen irreredenden Werbefilm, in dem eine Stimme unentwegt schreit »du, du, du!« und eine andere Schlag auf Schlag antwortet

»ich, ich, ich!« … Mit Glück hat sie nichts zu tun, die Liebe. Außer wenn sie noch nicht da ist und wir hinter den Fensterscheiben auf sie warten und dabei den Liebesgrillen in unserem Kopf nachhängen und schon aus der Ferne ihren Atem wittern wie eine frühlingshafte Unruhe. Was hatte also die Liebe damit zu tun, daß ich glücklich sein wollte? Vielleicht gar nichts, aber vielleicht wollte ich gern mit beiden Blindheiten auf einmal geschlagen werden und weigerte mich, sie voneinander zu trennen, schmuggelte sie unter einem einzigen Namen zusammen. Sehr viel später sollte ich von einem orientalischen Weisen erfahren, daß das Glück auch so sein kann: Nachts dem Gesang eines kleinen Mädchens lauschen, das nach dem Weg gefragt hat und sich dann entfernt. Vorläufig hätten meine jungen Wolfszähne kein Rotkäppchen singend weiterziehen lassen …

Ich füge hinzu, es war Sommer, ein Juni, der schon fast ein Juli war, und am Mittelmeer. Die Sonne knallte auf die Köpfe, und unter den Schuhsohlen hatte man schwarze Büsche wie brandige Stümpfe. Es würde nicht leicht sein, ein so rasendes Orchester der Sinne gebührend zu dirigieren, mit seinen läufigen Violoncelli und den düsteren, todessehnsüchtigen Pauken. Welch trauriges, niederschmetterndes Geschick in Sizilien, soviel Blut zu haben für so träge Adern, und die Kraft eines Zwergs für den Hochmut eines Gottes … Es mag sein, daß das alles nicht hierher gehört, daß ich abgeschweift bin, aber es ist nicht gesagt, ob es nicht vielleicht doch erklärt, warum ich an dem Abend, als ich aus Maria Veneras Haus kam, nur den einen Wunsch hatte: zum Kreis der Auserwählten zu gehören, unter den dreihundert geheimen Namen der Geladenen zu sein, die der Kavalier Don Nitto Barreca handgeschrieben in der Rückentasche seiner Hose verwahrte.

Don Nitto Barreca, genannt Bàzzica, war der einzige noch lebende Sproß einer reichen Familie, die hier in unserer Gegend Ländereien besaß, aber in Palermo gelebt hatte. Gestorben waren Eltern, Onkel, Tanten im Lauf weniger Jahre, nicht immer ohne Blutvergießen, und er war gekommen, in der Absicht, eine Woche hier zu bleiben, um die umfangreiche Erbschaft in Augenschein zu nehmen, hatte sich aber schließlich in der Villa von Sorda häuslich niedergelassen und Wurzeln geschlagen. Dort hielt er in einem strengen halbjährlichen Turnus immer wieder eine Frauensperson aus, Weiber wie Löwinnen, da mußte man sich die Lippen lecken; er ließ sie aus weit entfernten Harems importieren; ins Städtchen kam er nur an den Abenden, die im Verein dem Glücksspiel gewidmet waren, denn das war sein Laster. Ihm wären eigentlich die Spiele lieber gewesen, bei denen es auf die Bravour ankam, aber nach einigen Versuchen in der ersten Zeit hatte er eines Tages seine zwar willigen Bridge-Genossen mit den Worten entlassen, zu viert sei er nur bereit, mit Gottvater, Sohn und Heiligem Geist zu spielen. Daraufhin hatte er sein Interesse dem Bakkarat zugewandt, das hier unten viel üblicher war. Mich machte seine Gegenwart befangen, aber ich bewunderte ihn auch insgeheim, Don Nitto, obwohl es mich befremdete, daß er immer in Begleitung eines ausländischen Leibwächters, einer Art riesigem, mit Cordsamt angezogenem Ochsen, erschien. Und das war nicht der einzige Grund meines Befremdens, an Weihnachten hatte ich nämlich gesehen, wie er mit kränkender Kühle eine Bank voll Millionen hielt, indem er jedem Einsatz nicht aus natürlichem Bedürfnis, sondern aus Großtuerei ein Gähnen wie eine Gewehrsalve folgen ließ, wodurch sein Gesicht voller Muttermale, aus denen großzügig Haarbüschel hervorwuchsen, noch mehr aus der Façon geriet. Die kleine Statur, das formlose Kinn, der Anzug mit den hellen Nadelstreifen, dessen Knopfloch aber hartnäckig ein nach südlicher Manier angenähter Trauerknopf besetzte, das gelegentliche Stottern, das zu Hilfe gerufen wurde, wenn es irgendwelche okkulte Vorhaben zu verheimlichen galt, der unförmige steife Kragen, in dem sein Kopf steckte, das alles hatte sich verschworen, ihm das Aussehen eines finsteren Ehrenmannes zu geben, der um sich selbst eine Krause bildete und dessen Vertrauen zu erringen mehr Geist erforderte, als in die Bank von London einzubrechen. In Wirklichkeit munkelte man unter vier Augen, hinter dem Deckmäntelchen des Spiels würden sich kuriose Geschäfte verbergen: Schmuggel von Altertümern und anderem, aber ich glaubte es nicht, konnte nicht glauben, daß man, ohne genötigt zu sein, Verbrechen begehen könne. Und, muß man annehmen, keiner der Honoratioren glaubte es, denn sie benahmen sich unterwürfig, hofierten ihn, öffneten ihm ihre Häuser, nachdem sie einander optimistisch erklärt hatten, seine Mätresse sei nur ein Gast vom Kontinent. Das war also der Mann, den ich mir günstig zu stimmen hatte, wenn ich in die Gesellschaft aufgenommen werden wollte.

Zum Auftakt ging ich in den Vorraum, wo die Spieler sich, Kaffee trinkend, aufhielten, bis die Gesellschaft vollzählig versammelt war für das Spiel nach dem Abendessen. Das begann gegen neun und zog sich dann bis in die Nacht hinein, den Anfang bildete jedesmal die Versteigerung der Bank, eine reine Formalität, da es immer Don Nitto war, der das meiste bot. Der darauffolgende Akt bestand in der Ernennung eines freiwilligen Buchhalters, der dem Bankhalter half, die Einsätze zu überprüfen, zu kassieren und auszuzahlen. Nun fiel Don Nittos Wahl gewöhnlich auf einen buckligen Rechtsanwalt, einen großen Erfinder gewinnbringender Systeme, der, nachdem er diese im Spielcasino von San Remo ausprobiert hatte, keinen eigenen roten Heller mehr besaß, den er hätte einsetzen können, und sich damit begnügte, platonisch an der Leidenschaft aller teilzunehmen, schon beglückt, wenn er Banknoten und Chips herumschieben und den stinkenden sterblichen Schweiß atmen durfte, der unter dem großen Lüster den grünen Tisch umschwebte und beinahe mit Händen greifbar war.

Da ich seinen Platz einnehmen wollte, mußte ich mich seiner entledigen. Das brachte ich zuwege, indem ich wie zufällig an seinen Arm stieß, mit dem er die Kaffeetasse hielt, und ihm einen doppelten Kaffee aus nächster Nähe über die Jacke goß.

Versengt und wutentbrannt eilte darauf der Jurist zu seiner Frau nach Haus, nicht ohne dem nahenden Don Nitto über den Weg zu laufen. Der mußte nun, da sonst keiner da war, mich bitten. Und ich trieb meine Frechheit so weit, daß ich Widerwillen zeigte und nur zustimmte, um ihm einen Gefallen zu tun.

Nachdem das übliche grüne Tuch über drei aneinandergereihte Tischchen gebreitet war, begann das Spiel. Don Nitto war der Bankhalter, ich der Kassierer, Ciccio Calafiore und Sasà Trubia an den beiden sogenannten »tableaux«. Und viele andere setzten selbstverständlich im Schlepptau der beiden gegen die Bank. Calafiore war ein heimtückischer Rotschopf, scheinheilig und geizig, der die Karten mit einer irritierenden Trägheit hervorzog, dann kurz und bündig das Spiel beendete oder um eine Karte bat. Er war imstande, wenn er einen Gewinn gemacht hatte, sich wegen eines vorgetäuschten Bedürfnisses in der Toilette zu verschanzen und sich darauf heimlich, still und leise aus dem Staub zu machen. Sasà war dagegen ein Spieler von noblerem Rang, er betrachtete die Karten stets verächtlich, verlor lächelnd oder lachend, nur diesmal nicht, und das gab mir zu denken. Mit einer düsteren Zerstörungswut versteifte er sich darauf, falsch zu setzen, wobei er seinen Einsatz verdoppelte oder verdreifachte, wenn alles zum Gegenteil riet. Das Geschick war ihm im übrigen so ausgeklügelt mißgünstig, daß sich die Partner seines »Flügels« mit ihren Chips nach und nach auf die andere Seite des Tisches verzogen, wo Calafiore sich irgendwie durchlavierte. Nachdem Sasà ein weiteres Mal verloren hatte (eine runde Null diesmal, im Spielerjargon »pupa su pupa«, das heißt Bild auf Bild), begann er auf das Wort zu setzen: »Es fallen tausend, tausend sollen fallen« … Zweimal, dreimal, und er runzelte seine Stirn immer mehr. Da sagt Don Nitto: »Ich sehe keinen Zaster«, und Sasà springt ruckartig auf, stellt einen Scheck zur Begleichung seiner Schulden aus, reicht ihn mir, verabschiedet sich dann von allen und geht. In mir hinterläßt er eine Art Stachel: Sollte seine Laune von der üblen Nachricht herrühren, die er von Venera bekommen hatte, oder sogar sein Pech davon abhängen? Der Fall, daß einer es schaffte, sich selbst Unglück zu bringen, war ja nicht selten.

»Eine Kerze ist erloschen«, sagte Don Nitto hinter ihm her, denn er kannte nicht nur alle Spiele, sondern auch die einschlägige mündliche Liturgie. Das Spiel ging noch stundenlang weiter, immer denselben verhexten Gang: Der Bankhalter klopfte Schlag auf Schlag, ich sammelte mechanisch die Gewinne ein. Geistesabwesend fragte ich mich mitten unter den von wilder Ekstase erhitzten Köpfen, welche der papierenen Damen wohl Venera am meisten ähnelte. Und ich merkte erst, daß wir beim Epilog angelangt waren, als Don Nitto »Zerilò!« ausrief und dabei zwischen Daumen und Zeigefinger eine Neun und ein Bild zeigte. Es war zwei Uhr nachts, und ich hatte einen Berg Papiere und Bargeld vor mir liegen, unter denen ich nur mit Mühe den Aschenbecher aufspüren konnte, wenn ich eine Kippe ausdrücken wollte.

Das Wort *Zerilò* war eine uralte Beschwörungsformel, die Don Nitto auszusprechen pflegte, um das Glück anzuspornen, wie ein Jockey seinem Berber die Sporen gibt, um ihn auf der Zielgeraden zum Endspurt anzufeuern, und es hallte in der rauchgeschwängerten Stille wider wie ein De Profundis. Die darauf folgenden anderen Worte, sein »Es geht weiter«, mit dem er den Partner zum Spielen auffordern wollte, war wie eine ironische Unterschrift unter eine Sterbeurkunde. Ein »weiter« war undenkbar, niemandem war etwas geblieben, um noch Holz anzuzünden, das Spiel war aus, und die Nacht begann.

Auf der Schwelle des Vereinshauses blieben wir stehen und schnupperten in die Nacht hinaus. Brandgeruch lag in der Luft, aber er war angenehm wie von brennendem Reisig. Beinahe als hätte das verkohlte Herz der Sonne im Verschwinden eigensinnige Rauchschwaden zum Andenken hinterlassen. Oder auf den Feldern wurde etwas verbrannt. Wir atmeten es

in vollen Zügen ein. Während dann die anderen, ohne sich umzudrehen, die Mauern entlang verschwanden, dankte mir Don
Nitto kurz, zog jedoch die Augenbrauen hoch, als ich bescheiden die Provision von zwei Prozent ablehnte, die der Gewinner
nach einem alten Brauch seinem nicht spielenden Gehilfen an-
zubieten pflegt. »Ich verstehe«, sagte er. »Es war keine böse
Absicht dabei«, fügte er hinzu. Und indem er sich unterhakte,
ließ er sich von mir zu seinem Wagen begleiten. Dann fragte er
mich nach meinem Alter. »Ich hab dich jünger geschätzt«,
sagte er. »Aber besser so. Die unter Dreißig sind, kann ich
nicht gut leiden. Mir gefallen Leute, die schon ein paar Hüh-
neraugen auf dem Herz haben.«

Ich nickte mit dem Kinn, dachte aber bei mir, romantisch, wie
ich zu sein glaubte, jetzt habe er aber wirklich ein Glühwürmchen mit einem Hühnerauge verwechselt.

Als er sich durch das Wagenfenster von mir verabschiedete,
sagte er noch: »Laß dir einen neuen Anzug machen. In ein paar
Tagen brauchst du einen.«

VIII (ZUGABE)
Vorläufiges Wohlbefinden und Variationen
über ein altes Thema.

Was soll ich dir sagen, lieber Leser? Es wird ein Zufall sein, ungern gebe ich es zu, aber dieser Tage geht es mir besser, und der
Schwarm der nächtlichen Heuschrecken, der sonst immer in
meinen Augen herumschwirrt, sowie ich sie schließe, ist weg.
Ich schlafe immer noch wenig, das kennt man schon und tut
nicht gut in diesem mondverlassenen Rom.
Hierher kommt mein Mond nicht, mein bäurischer Mond aus
den Ibla-Bergen. Ich suche ihn ohne Hoffnung barfuß auf dem
Parkett in den Lichtstreifen des Rolladens, während die Brenn-
nesseln der nahenden schlaflosen Nacht in meine Augenlider
stechen. Hypothalamus, o mein Hypothalamus ohne Rast und
Ruh. Und was soll die Belagerung dieser vielen tausend Gestern, ich erleide sie alle, diese riesigen, klobigen Gestern, mein
eigenes Gestern und das der anderen, mein eigenes und das der
Geschichte, jeder Geburt, jedes Todes, jedes Geschicks ...
Ich stelle mir einen Wachposten in der Antike vor, der neben
der Glut seines Lagerfeuers hockt, und angestrengten Auges
und Ohres warte ich auf den Makedonier oder den Thraker,
der mich umbringen wird; gleich darauf, zweitausend Jahre
später, stehe ich als melancholischer Österreicher an einem
Fenster, heiße Hans oder Peter, suche in einer Stube am Flußufer Zuflucht vor dem Schnee, lausche gerührt den Bläsern der
Marschallin, die eine bewußte liebe Weise anstimmen. Das ist
mein mitternächtlicher Karneval, mein Kehraus, mein Kino
von Babel. Aber einige Gramm ... (schreiben wir ab) Dihydro-
nitrophenylbenzodiazepin, Silben eines Gebets, der geheime
Name Gottes, würden ausreichen; ein paar runde Kapseln,
zerdrückt und in Wasser aufgelöst, würden ausreichen, und
ein Briefchen, in dem ich mich bei dir entschuldige, lieber Leser, du bist so freundlich gewesen ...

Aber wunderbarerweise denke ich seit einiger Zeit nicht mehr daran oder nur ein halbes Mal, verstohlen, wenn es dunkel wird und ich ausgehen soll und nicht weiß wohin, in ein Kino in Prati oder mit der langsamsten Ringbahn durch die Stadt. Schlafen, barbitursäuerlich schlafen ... Träumen, sterben vielleicht ... Aber früher war es ein Wachsein ohne Ende. Schrecklich. Jetzt dagegen nützt es mir, so gedrängt voll Gesichte und Gesichter, und meine Hand ist stets bereit, sie zu erhaschen und ans Kopfkissen zu fesseln. Unentwegt mache ich das Licht an und aus, als würde ich ein lustiges Spiel mit der Dunkelheit spielen, ein lustiges Versteckspiel. Und unentwegt erzähle ich mir in der Zwischenzeit mit fetten und mit mageren Farben einige Lügen, die ich als Erinnerungen verkleide, und einige Erinnerungen, die ich mit Träumen verwechsle. Als mein eigener Schreibgehilfe, mein Schreibgehilfe auf Lebenszeit, welch ein Glück. So war's auch heute früh im Vorraum zur Durchleuchtung bei der kurzen Atempause vor dem *Check-up*: als ich mein Blatt zum Schreiben auf die solide Unterlage der *Neuropathic News* legte; während meine Nasenlöcher den Geruch von Früher, den Geruch nach Emulsion und Krypta hinter dem dunklen Vorhang erschnuppern wollten; als ich, ein wenig enttäuscht, statt des Kopfes des »Mageren« einen anderen Bebrillten herauskommen sah und eine andere Stimme sagen hörte: »Machen Sie sich frei!«

Ich schlafe ein, und endlich nach langer Zeit habe ich einen Liebestraum. Ein gesichtloses Fleisch, sie auf mir, ich unterwürfig und von ihr durchströmt, von einer fleischfressenden Pflanze aufgesaugt, von der *drosera rotundifolia* meines Naturkundebuchs aus dem Gymnasium, ich aufgefressen, leergetrunken von den Schließhäutchen ihrer innersten Lippen, der fieberheißen Korolle, die mich umschließend ohne Ende verblüht und wieder erblüht. Nicht ohne weiteres finde ich nach der Lust, tastend, nur mit halbwachen Augen meine frische Wäsche. Aber jetzt ist es so weit, ich werde nicht mehr einschlafen können, wie immer werde ich auf das Morgengrauen

warten, horchend auf die Konzerte der Dunkelheit, auf die Holzwürmer, auf die Schritte von Schatten im Korridor, auf das Blabla des Windes im Trichter des Kamins ... und die klagenden Stimmen der Zeitung, die ich gestern abend seitenweise nach dem Lesen zerknüllt und auf den Boden geworfen habe, bevor ich das Licht ausmachte, und die, einer inneren Bewegung folgend (ob sie ihr Gleichgewicht finden wollen oder das Gegenteil, werde ich nie erfahren), hin und wieder auf unerklärliche Weise durch die Nacht rascheln. Ich denke zurück an Iacca und seine Reden. Er hatte gewählt, oder glaubte es wenigstens, zwischen Musterbeispiel und Abweichung. Aber ich? Manchmal wenn ich morgens aufstehe, bin ich im Bann einer Symmetrie, ordne mich ihr unter, als wäre ich der letzte Ring im Wachstum eines Baumstamms oder das letzte Glied in der Kette eines Moleküls. In solchen Augenblicken zweifle ich nicht daran, daß eine Kinderhand, die mit den Silben eines Wörterbuchs, sie gegeneinander stoßend oder miteinander vermählend, spielt, imstande wäre, eine Ilias zusammenzusetzen, und der Wind zumindest einen sibyllinischen Spruch. Warum also dann gestern im Elektrobus diese düstere Freude, als mir ein Stich in der rechten Rippengegend sagte, daß in der Horde meiner Fasern eine dabei sei, die nicht gehorche? Und warum diese Mißstimmung, beinahe ein Groll, sooft vor meinen Augen ein Mechanismus funktioniert? Die Treue der Schrauben gegenüber dem Gewinde, die Pünktlichkeit der Kometen, das Einmaleins mit zwei, nichts stört mich in solchen Augenblicken mehr als das. Dann denke ich an die Stelle im Ozean, die jeden Kompaß aus der Fassung bringt, und frage mich, ob das Rätsel, das mich betrifft, zu seiner Lösung nicht eher eine Blindheit nötig hat als eine Sehergabe.
Pardon, lieber Leser, ich komme wieder zu dir. Ich muß dir doch Cecilia vorstellen, dir von ihr erzählen ... Dann kommt die Ballszene, dann werde ich es regnen lassen, darauf kann eine neue Jahreszeit beginnen, ich werde fortgehen, Abschied nehmen von dir ...

IX

Epiphanie Cecilias. Mariccia als Barbier.
Ein Junggeselle bekommt mehrere Heiratsanträge.

Es war acht Uhr abends, ein Sommerabend Ende Juni, als auf dem Corso zum erstenmal die schöne Cecilia erschien. Niemand bemerkte sie, denn alle reckten das Kinn nach oben und schauten hinauf zu einem Seilkünstler, der auf seinem Seil zwischen zwei weit auseinander liegenden Palästen hin und her radelte. Ich selbst kam von einer Unterrichtsstunde bei Maria Venera (bei der Alvise werweißwarum todernst Schmiere gestanden hatte) und hatte mich augenblicklich in das neue Schauspiel vergafft. Mehr als der Schrecken eines Falles – den ja ein Netz auffangen konnte – reizte mich dabei die Ahnung einer Himmelfahrt, einer wunderbaren totalen Flucht in die Höhe. Es machte mir daher Spaß, die Augen zu senken und zu warten, in der Hoffnung nachher in der Luft nur mehr ein leeres Seil beben zu sehen, ohne Radfahrer und ohne Rad: beide verschwunden, für immer verschluckt von einer plötzlichen Spalte dort oben.

So geschah es, daß ich bei einer derartigen Erholungspause der Freude, während ich damit beschäftigt war, vorsichtig auf meine Füße zu schauen, neben meinen Schuhen aus ärmlichem Leder zwei Damenschuhe aus weißem Chagrinleder, verliebte Tauben, erblickte. Von ihnen mit den Augen langsam aufsteigend, traf ich auf die schönen Knöchel, von ätherischer Seide umspannt, auf einen schwarzen Rock aus Taft und eine weiße Bluse aus Organza und eine nackte Hand an einer Hüfte und mit einem Schlag dann auf alles zusammen, den hoch angesetzten Busen, den honigsüßen Hals und das stolze Profil mit seinem Pendant, dem schweren rabenschwarzen Knoten am Hinterkopf: Cecilia.

Augenblicklich berührte mich diese Mischung aus Verwegenheit und Sanftmut und bei aller Üppigkeit des Fleisches der dunkle Hauch einer angeborenen Melancholie, einer Melancholie, die, meine ich, nicht von schlimmen Erinnerungen, Büchern und Nervenbeschwerden erzeugt wird, sondern die sich als Erblast wie eine träge schwarze Ader durch den Kreislauf des roten Blutes schlängelt. Cecilia. Und als ihr Foulard auf den Boden fiel und wir uns beide bückten, um es aufzuheben, und ich in dem Moment ihre Finger streifte, wußte ich, es war um mich geschehen, eine Woche lang würde ich sie auf ewig lieben, und mindestens vierzehn Tage fürs ganze Leben!

Ich muß gestehen, es dauerte nicht lange, bis ich sie bei mir Cecilia nannte, und nicht ohne Grund. Schon eine Zeitlang hieß es in der Stadt, daß Don Nitto in seiner von zwei Bluthunden bewachten Villa in Sorda wie gewohnt seine halbjährliche Fremde zu Gast hatte. So schön, sagte der Briefträger als der einzige, der sie zu Gesicht bekommen hatte, wie eine vom Theater, vom Varieté Valdemaros, das Höchste, was es gab. Und ihr Name sei, der Briefträger konnte lesen, Marconi, Cecilia Marconi. Und nun stand sie da, das konnte nur sie sein, und wenn ich meine Hand, die die ihre berührt hatte, zur Nase führte, so roch sie wie die Hand eines Friseurs. Die Menge brachte uns bald auseinander, aber das zählte nun schon nicht mehr. In mein geräumiges Herz war sie bereits eingezogen und hatte sich dort niedergesetzt (neben Maria Venera war noch Platz, noch Platz für hundert) als eine Königin mit weißen Schuhen, die mit dem letzten Zug aus Saba gekommen war und Cecilia Marconi hieß.

Am nächsten Tag schüttete ich Mariccia mein Herz aus, als sie mich vor dem Mittagessen in der Abstellkammer rasierte. Es war nicht zum erstenmal, Mariccia hatte eine zarte Hand und eine Lehrzeit hinter sich, ihre Jahre in der Kolonie, wo ihre »Herberge für Reisende« den bärtigen Unteroffizieren, die von Forte Capuzzo auf Belohnungsurlaub kamen, einen kompletten Bart- und Haarschnitt und einen unvergeßlichen Urlaub verhieß. Mit der Erlaubnis von Don Cesare überließ ich mich gern ihren Händen, auch weil ich, während sie mich einseifte, gern mit ihr redete, von ihrem alten Ischias und von meinen jungen Liebschaften. Aber diesmal war sie gegen mich, empört über den Aufwand meines Herzens wie ein Geizhals über eine überflüssige Ausgabe, auch wenn es nicht die eigene ist. Es behagte ihr nicht, daß ich mich an ein zweites Häkchen gehängt hatte; sie hing nur an Maria Venera und an dem Klageritual meiner unglücklichen Verliebtheit, das mit dem Mädchen zusammenhing. So erschien es ihr als ein doppelter Treuebruch, weil ich mich einerseits nach so vielen Monaten redseliger Tatenlosigkeit entschieden hatte, bei Maria Venera zur Tat überzugehen, gleichzeitig aber sogar daran dachte, sie durch eine neue Flamme zu ersetzen. Ich erschien ihr nun als Wüstling in einem nie geahnten und so ruchlosen Licht, daß ihr das Rasiermesser in der Hand zitterte. Darauf mußte sie, sei es aus Gewissensbiß, sei es einem Impuls ihres zwar ungeschliffenen, aber einfühlsamen Wesens nachgebend, unbedingt ihre Meinung über die beiden Flüchtigen sagen, die ihr auf der Seele lag. Es gebe Dinge, wisperte sie, da müsse man stumm sein wie ein Fisch, selbst mit denen, die man gern möge, aber auf jeden Fall habe der Tänzer nicht den Mangel, den man ihm angehängt habe. »Und ob ich das weiß, das weiß ich!« behauptete sie arglistig, wobei sie die einsilbigen Wörter rasch aufeinanderhäufte. Andererseits, fuhr sie fort, daß Venera ausgerissen sei, sei so überspannt und so verblüffend, da müsse etwas Schlimmes dahinterstecken, vielleicht sei es nur ein Schachzug mit einem Hintergedanken gewesen, wie das Bandenspiel beim Billard, eine kindische Antwort an einen anderen. Außer …

Sie hielt an sich, machte den Mund nicht mehr auf, und ich konnte ihr, den Mund von Seifenschaum umgeben, den zweiten Teil ihrer Vermutung nicht entreißen.

Nachher saß ich abgetrocknet, mit einem Heftpflaster beklebt und teuflisch nach Lavendel duftend, als einziger verfrühter Gast um Viertel nach zwölf am Tisch, während sie, die Hände voll Teller, kam und ging.

Bohnensuppe, Gemüsesuppe … Ich aß, sie kam und ging mit

den Speisen und schwatzte immer noch, nicht mehr von Venera, sondern von mir, wie unbeständig ich sei, auf was ich eigentlich noch warte, um zu heiraten?

»*Ein böses Maultier, eine böse Frau – aber schlechter ist der dran, der, gut oder böse, weder noch hat*«, sagte sie sibyllinisch, aber nicht allzu sehr, denn übergangslos berichtete sie von den üblen Nachreden, die in der Stadt schon über mich in Umlauf seien, daß ich zuviel an die Frauen dächte, laut an sie dächte, vor allem kein Hehl daraus machte. Aber wenn ich mich ein für allemal festlegen würde ... Da begann sie ein Loblied zu singen auf die Besitzungen von Don Cesare, Häuser in Ispica und bewässerte Felder und eine einzige Tochter, vielleicht nicht gerade eine Schönheit, aber sehr intelligent, die ging noch zur Schule, vielleicht sogar in meine Klasse? Als ich verneinte, urteilte sie: »Schade für beide!« und schleppte sich, wegen ihrer Arthritis humpelnd, in Richtung Küche. Ich wartete nicht, bis sie zurückkam, um mir noch andere mehr oder weniger selbsterfundene Sprichwörter aufzutischen, denn Mariccia dachte sich immer das richtige Sprichwort aus, vertraute einem aber im Lauf von vierundzwanzig Stunden entgegengesetzte Wahrheiten an, ich selbst hatte mir vor zwei Tagen noch einige angehört (zum Beispiel: Allein bleiben ist heilig!), die statt zur Heirat zu einem ewigen Zölibat rieten. Deshalb nützte ich es aus, daß sie in der Küche verschwunden war, und huschte hinaus, ohne mich in den Fliegenfäden zu verfangen, und ließ den mir zum Nachtisch servierten Pfirsich einsam und unangeschnitten auf seinem Teller liegen.

Auch meine Freunde zeigten nicht mehr Verständnis für mich. Selbst Iaccarino, von dem ich mir einen Glückwunsch für meinen Kurswechsel erwartete, selbst er, der gegen Maria Venera war, reagierte ungehalten, als er sah, daß mein Liebesstrom im Wachsen war und sich in zwei Flüsse teilte; und er schloß mich für die Zukunft von allen gemeinsamen Spielen und Spaziergängen aus. Es kam so weit, daß er (ausgerechnet er!), da er sich von Licausi und mir verlassen fühlte, für die Treue Partei ergriff: »Ich hasse die Bigamie«, sagte er, »insbesondere wenn sie platonisch ist und nur im Kopf existiert.«

Ich war ihm nicht böse. Bigamie, warum eigentlich nicht? Venera war nämlich, nachdem ihr Licht einen Tag verdunkelt gewesen war, wieder hell in meine Phantasie zurückgekehrt und hatte es sich dort bequem gemacht, obwohl ich sie nun jeden Nachmittag sah, zwischen uns nur eine Grammatik, gespickt mit Aorist und Dualis, und ich somit unter dem abendlichen Balkon aus ihrem Bizet keine Nachrichten mehr herauszuhören brauchte. Sie war immer in meinen Gedanken, Maria Venera, und der süße Wahnwitz ihres Verhaltens, das ununterbrochene Stampfen ihres Schmetterlingsherzens hörte nicht auf, mich zu betören. Ich mochte mich noch so anstrengen, in ihrer Nähe ruhig Blut zu bewahren, mit ihr zu reden, wie wenn ich mit dem Mond reden würde, da ich ja spürte, wie abwesend und eisig sie war. Aber ein Nichts, eine unscheinbare Bewegung ihrer Augen oder ihrer Glieder genügte, und ich nahm aufs neue ihre Gegenwart an meiner Seite wahr wie das Gewicht eines Feuersteins, wie das verborgene Feuer eines an mich gekauerten Fleisches. Das geschah vielleicht in Erinnerung an die Nacht der Entführung und an die Heimfahrt, als ihr Kopf an meiner Schulter lag, eine Wollust, die ich mir nach Strich und Faden immer wieder aufs neue vergegenwärtigte, die ich schlürfte und immer wieder schlürfte mit Augen, Ohren, Fingerspitzen und Nasenlöchern, bis jegliches, was von ihr ausströmte, der Tonfall ihrer Stimme, der Glanz ihrer Wangen, mir ins Blut gespritzt und gänzlich damit verschmolzen war. Auf diese Weise wurde sie wie der Geist eines Verstorbenen bei einer spiritistischen Sitzung, von einem Idol, das nur dem Namen nach existierte, zu einem faßbaren Ektoplasma, zu einem gebieterischen Gefunkel in der Finsternis ...

Merkwürdig ist daran, daß diese ihre verstärkte Herrschaft über mein Herz sich nicht gegen die neu aufgetauchte Cecilia sträubte. Diese erschien ganz im Gegenteil wie ein Ableger oder eine Knospe aus der Rippe ihrer Rivalin, dort entsprossen und festgewachsen, so daß sie ein siamesisches Zwillingspaar bildeten: ein Paar, das sich sogar durch neuen Zuwachs ins Unendliche hätte vermehren können ... Liebe? War das also die Liebe? Eine Hydra mit zwei, drei, mit unzähligen Köpfen? Ich trat ans Fenster, um, die Ellbogen auf die kühle Steinplatte des Fensterbretts gepreßt, über den mitternächtlichen Corso gebeugt, eine Antwort zu erbitten. Ja, das war die Liebe: Venera, Cecilia und mit ihnen jedes andere zartgliedrige Geschöpf, das weich anzufassen, spitzfindig und unerklärlich war wie Musik. Man versteht nicht, was sie meint, aber man läßt sich bis zum Rand vollaufen, wie ein Eimer mit Milch vollaüft. Venera, Cecilia, Isolina ... Ich entdeckte mit einem Schlag, daß sie ein einziges Bild des Verlangens waren, eine einzige Larve rosigen Fleisches, das genau den leeren Raum zwischen meinen Armen ausfüllte.

Isolinas Fenster mir gegenüber war schon dunkel, aber schien in der Dunkelheit nach ihrem Schlaf zu riechen und ihn liebevoll zu umschließen, wie der Zuckerguß eine Hochzeitsmandel überzieht. Bevor ich schlafen ging, wartete ich noch auf die Runde der Barbier-Musikanten, die jetzt bald kommen mußte und die sich keine Fragen stellte, sondern mit professionellem Gleichmut dem Schlaf jeder Schönen dieselbe Serenade mit denselben Seufzern zudachte.
Bigamie, Trigamie, Polygamie, das galt für sie wie für mich. Vielfach und unparteiisch verliebt in alle. Wenn auch nicht genug in die Signora Amalia, der ich nachts immer seltener und immer zerstreuter einen Besuch abstattete, wobei ich es so weit trieb, daß ich ihr bald den, bald jenen Namen ins Haar hauchte, ohne daß sie sich darüber entrüstet gezeigt hätte. Nur eines Morgens hielt sie mir im lila Nachthemd beim Aufwachen folgende Rede:
»Professor, zwischen uns ist eine Erklärung fällig. Ich sehe dich immer mehr abmagern, du bist schon wie eine Sardine, ein Küchenkruzifix. Und ich weiß, daran bin nicht ich schuld, bei den

paar Dingern, die wir drehen. Mein Seliger sagte immer, wer fickt, wird rund, wer nicht fickt, geht zugrund. Und er hatte recht, diese Dinge machen Appetit und vermehren das Blut. Aber du, bei dir rinnt der Topf auf einer anderen Seite. Dein Kopf ist auseinander, deshalb ist es am besten für dich, du heiratest.«

»Du bist die Zweite« sage ich, »die Zugabe im Konzert, nach Mariccia!«

»Ich spreche gegen meine eigenen Interessen«, fängt sie wieder an. »Ich mag dich, aber ich muß an dein Wohl denken. Und dein Wohl ist eine Familie. Du bist gutherzig, jung, hast ein Gehalt. Du trägst eine Brille. Mich persönlich hast du gelegentlich beglückt. Wo sollte ich einen besseren Schwiegersohn finden als dich ...«

Einen Schwiegersohn?! Um Gottes willen! Ich halte ihr mit einer Hand den Mund zu, unterbreche die Verhandlungen, laufe weg in die Schule, zum Abschied des letzten Schultags. Dieser – eine festliche Angelegenheit – verwandelte sich bald in einen kleinen Karneval, so viele Freiheiten, so viele unerlaubte Vertraulichkeiten nahm man sich heraus. Nachdem die Mädchen ihre Schulkittel in die Garderobe gehängt hatten, umschwärmten sie in allen Farben das Katheder und wirbelten und lachten. Nicht ohne einen Stich ins Herz machte ich mich los von ihnen, ging ungern zur Tür: Jetzt ist das Schuljahr vorbei, und noch ein Stück Jugendzeit geht dahin.

Nun stehe ich auf dem Bürgersteig vor dem Café Orientale mit einem endlosen Glas Granita in der Hand, an dem ich nur nippe. Hin und her gerissen zwischen zwei Speisen, Professor Buridan. Maria Venera erwartet mich im Oberen Modica, die *Anabasis* auf dem Tisch unter dem orangefarbenen Lampenschirm; wir müssen heute die Seite übersetzen, wo Klearchos neben einem großen Garten sein Lager aufschlägt, *engýs paradeísu megálu* ...

Aber hier auf dem Gehsteig gegenüber ist gerade Michele, der

Chauffeur des Kavaliers Barreca, vorbeigegangen und sagt, Don Nitto erwartet mich in seiner Villa auf dem Land, um mir einen Korb voll antiker Scherben zu zeigen, die seine Pächter in der Nähe von Monte Tabbuto ausgegraben haben. Sofort denke ich, ich werde Cecilia sehen, sie kennenlernen ... Also was tun, zwischen zwei Paradiesen, zwischen zwei Gärten?

An meiner Seite vorbei und weg huschte in dem Moment, sich von zwei gleichaltrigen Mädchen lösend, erhitzt und kichernd Isolina, und schnell schlüpften ihre Augen unter den schwarzen Haarhelm. Sie schien mich nicht zu sehen, während ich mich an die Mauer drückte, um ihr Platz zu machen; und trotzdem glaubte ich aus ihrem körnigen Lachen, als sie ein paar Meter weiter war, einen kaum merklichen falschen Klang, eine über Gebühr gedehnte Note herauszuhören: als wollte sie die ganze Welt und mich insbesondere wissen lassen, daß sie lebte und daß wir sie alle beneiden sollten.

Soll ich ihr folgen, sie ansprechen? Ich habe den anonymen Brief bei mir, den mir Maria Venera vor zwei Tagen ungerührt zurückgegeben hat, wie man ein Taschentuch oder einen Kamm zurückgibt, der aus einer Tasche gefallen ist. Ohne mit der Wimper zu zucken, als hätte sie ihn nicht gelesen. Und ebenso gleichgültig habe ich ihn wieder an mich genommen.

Diesen Brief habe ich bei mir. Schön wär's, wenn er von Isolina wäre! Vielleicht folge ich ihr doch und rede sie an: »Schülerin, ist der Brief von dir? Ich hab ihn auf dem Boden liegen sehen, nachdem du an mir vorbeigegangen bist, ist er dir hinuntergefallen?« Weißgott welches Erröten, welche Ohnmachten. Nach ihrem Widerspruch könnte ich ohne weiteres zum Rückzug blasen: »Ich hab nur gemeint, ich hab den Umschlag am Boden liegen sehen ... Wenn er dir nicht gehört, dann behalte ich ihn ...« Zu spät, Isolina ist schon um die Ecke, nicht mehr zu sehen. Schade.

Aber Michele sagt: »Also, fahren wir?« Er ist sofort wieder zurückgekommen, die Würfel haben für Cecilia entschieden.

X
Ausflug nach Donnalucata.
Nächtlicher Fischfang mit Lampen und Liebesnacht.

Don Nittos Villa war großzügig angelegt. Die Auffahrt, leicht
und elegant ansteigend, von Pithosphoren und Pinien ge-
säumt, war so breit, daß drei Kutschen nebeneinander Platz
gehabt hätten, und das Wasserbecken zu Füßen der doppelten
Freitreppe mußte dem einsamen Entchen, das darin herum-
schwamm, wie ein Ozean vorkommen. Die Villa war aus dem
vergangenen Jahrhundert, hatte alle einstigen Bequemlichkei-
ten, sogar ein »Zimmer des Südwinds«, einen Pavillon mit zy-
klopischen Mauern, ein Bollwerk gegen die Wucht der Hunds-
tage. Dort erwartete mich Don Nitto, von Kopf bis Fuß in
Weiß gekleidet, in ländlicher Pose auf einer Bank sitzend, einen
Haufen Scherben vor sich, teils mit Lehm teils von der Zeit
beschmutzt, sichtlich nichts Beachtenswertes. Auf dem Bauch
einer Amphore jedoch war eine Stelle mit dem Finger abgerie-
ben, und ein Profil schimmerte durch den Staub: der Halb-
mond eines weiblichen Gesichts, schwarz auf rotbraunem
Grund, eine Göttin vielleicht.

Ich blickte auf und sagte wagemutig: »Persephone«, um nur irgend etwas vorzubringen und meine Beratung als solche zu
rechtfertigen. Aber Don Nitto sagte »Schönen guten Morgen«
zu einer Person, die hinter mir stand. Ich drehte mich um, Cecilia kam langsam auf uns zu und trug nichts anderes als ein
spärliches Seidentuch auf ihrer Haut. Er stellte mich vor, als
wären wir in einem Salon. Wir musterten einander: sie mich
mit friedlicher Neugier, wie man am Strand einen Herrn mit
Krawatte mustert; und ich sie, da ich nichts zu verlieren hatte,
mit Unverfrorenheit.

Sie war allerdings die schönste Frau, die ich je gesehen hatte.
Jeder Teil ihres Körpers stimmte so genau, daß man hätte denken können, die Natur habe nicht alles allein gemacht, son-

dern ein hervorragender Bildhauer habe hier etwas wegge-
nommen; dort ein Milligramm Fleisch hinzugefügt, habe den
Busen mit Bimsstein geschliffen und die Beine nach unten ver-
jüngt, dem Blick das träumerische traurige Leuchten gegeben
und mitten ins Kinn die unmerkliche Tücke eines Grübchens
gesetzt ... Alles an ihr war erlesen, von städtischer Qualität.
Selbst das braune Muttermal auf der Schulter, dessen Zeichen
im Kupfer der gebräunten Haut kaum zu sehen war, erschien
nicht wie ein Fleck, sondern eher wie eine königliche Lilie.
Trotzdem sah ich, sie mit Veneras unverbrauchteren Reizen
vergleichend, eines genau: Das war eine reife Schönheit auf ihrem Höhepunkt, in einem Jahr oder in einem Tag würde der
Abstieg beginnen. Davon zeugten drohend zu beiden Seiten
der Augen winzige Fältchen, welche die Sonne, die unter dem
Schwung des Haaransatzes auf die Stirn fiel, noch verstärkte;
ebenso der Gang, der bei jedem Schritt der Stütze eines lächerlich leichten Rucks im Gesäß bedurfte; und der ironische er-
wachsene Groll, der ihren halb geöffneten Mund umspielte,
als sie ihn dem Kavalier, sich hinunter beugend, zum Kuß
bot.
Als sie sprach, klang ihre Stimme veilchenfarben.

Sie habe sich so angezogen, weil sie ans Meer hinunter wollte,
sagte sie resolut, um vor der bevorstehenden Abreise noch einmal zu baden. Plötzlich fiel mir ein, was man von Don Nitto
und seinen Halbjahresmätressen erzählte, daß nämlich der
Turnuswechsel im Juli und Januar stattfand. Da betrachtete
ich die Frau mit Erbarmen, denn ich dachte, sie müsse wohl allerhand Unglück in ihrem Leben angehäuft haben, wenn sie
sich entschlossen hatte, sich durch einen so widerwärtigen
Vertrag zu binden. Mit vortrefflichem Gewinn vielleicht, aber
doch widerwärtig. Die Abgeschiedenheit, in der die jeweilige
Frau leben mußte, ging so weit, daß sie nicht einmal außer
Haus gehen durfte, nur an den letzten Tagen, wenn Don Nittos
eifersüchtige Strenge auf einmal nachließ, vielleicht weil er

Atem schöpfen mußte, bevor er sich mit derselben eifersüchtigen Strenge auf die nächste Untermieterin stürzte. Bizarr war Don Nitto! Während er nämlich von seinen Gefangenen strengste Abgeschiedenheit verlangte, war er selbst stets dabei, zu Gesellschaften einzuladen, nicht so sehr, um sie persönlich zu genießen, sondern um sich an seiner Allmacht der Auswahl zu erfreuen, die diese mit sich brachten und so zusammen mit dem Zeitvertreib durch die Frauen und durch das Spiel das eigentümliche Vergnügen seines Lebens ausmachten.

»Warum gehen wir nicht alle ans Meer?« warf ich ein, unvermittelt beherzt, wobei ich aber so purpurrot wurde wie nie und gleich darauf erbleichte wie ein Schüler; aber Don Nitto sagte: »Geht doch ihr beide«, und nur zu mir: »Die kannst du haben, Professor, die gehört jetzt dir.« Als ich darauf protestierte und Cecilia erstarrte, sagte er, beinahe wie zu sich selbst: »Das kann mir egal sein. Eine, die ich bezahle, kann mich eigentlich nicht betrügen. Und ich habe immer bezahlt, ich schon. Aus Liebe hat mich nie eine genommen«, seufzte er. Dann sagte er noch und fixierte dabei einen Punkt, wo niemand war: »Es war eine schöne Zeit, als ich noch mit dem Fahrrad ins Puff fuhr, vom Land in die Stadt, im Mondschein auf die Pedale trat. Nachher aß ich am Straßenrand meine Melonen und pinkelte an die Mauer des Straßenwärterhäuschens. Schön war die Jugendzeit!«

Michele, eine Art athletischer Analphabet, setzte sich gehorsam ans Steuer. Es ging nach Donnalucata, ans Meer. Und wir, Cecilia und ich, saßen nebeneinander, aber schweigsam hinten. Sie schienen die Worte Don Nittos nicht allzu sehr berührt zu haben, auf ihren Lippen lag kaum noch ein oberflächlicher Mißmut: Gekränkt war sie wohl, aber ohne daß ich mir hätte einbilden können, sie fühle sich von mir oder meinetwegen gekränkt. Was mich betraf, so war ich zur Hälfte unangenehm berührt, aber zur anderen Hälfte in Gedanken unverschämt.

Mir kam nämlich der Verdacht, jener Mißmut könnte vorgetäuscht sein, denn wenn sie, mit anderen Worten, für Geld mit einem Reichen zusammenlebte, dann konnte sie bedenkenlos mit einem jungen Armen gratis einen freien Tag am Meer feiern.

Für die Fahrt hatte sie sich kaum umgezogen, sie trug nur noch Holzsandalen und weiter nichts als ein winziges Kleidchen, das sie sich wie einen Bademantel umgebunden hatte, außerdem hatte sie ein Säckchen voll Badesachen und Kosmetikkram bei sich, das sie wie einen Grenzstein zwischen ihre Glieder und meine legte und das, da es an meinen Hüftknochen drückte, uns als Vorwand diente, um miteinander bekannt zu werden. Ich sagte zu ihr, wir könnten es doch auf den Boden stellen, ich würde mir trotz der Nähe keine Freiheiten herausnehmen. Und aus der Aufforderung Don Nittos schloß ich, daß sie einen so schlüpfrigen Satz verdiente.

Sie erwiderte, wenn auch in sanfterem Ton: »Das kannst du deinen Schülern erzählen, Professor«, und blieb mißtrauisch, wollte etwas wissen über mich, mein Leben und was ich von ihr hielte. Ich war ehrlich, sie sagte nichts mehr. Nach einer Weile aber doch: »Das Leben ist ein schwieriges Fach, Professor«, und schließlich leise: »Ich werde bald vierzig«, und dabei erschien sie verstört.

Einen Augenblick später lachte sie: »Ich will ein hygienisches Bad nehmen. Ich will mir Don Nitto wegwaschen. Don Nitto und Modica und dich und euch und ihn.« Dabei deutete sie mit dem Finger auf Micheles Rücken. Michele, der alles im Rückspiegel beobachtete, brummte etwas in seinen Bart, während ich sagte: »Ist gut«, und ihre Hand nahm und ihr das eigentümliche und prunkvolle Amulett, das sie am Handgelenk trug, abstreifte, um es mir genauer anzusehen. Auf meine Frage antwortete sie mit einer Lüge, an die ich mich nicht mehr erinnere.

Am Strand blieb sie nur kurz, sie verzog sich sofort ins Wasser. Ich wartete unter einem verlassenen Sonnenschirm auf sie, denn ich hatte keine Lust, mich mit einer Salzschicht zu überziehen, und wollte ihr mit meiner bleichen Haut auch nicht in den Tumult der Körper und des Geplätschers folgen. Die sinkende Sonne hüllte sie in eine goldene Wolke; einen Augenblick lang, während sie aus dem Wasser kam, sah sie aus wie eine Gottheit aus früheren Zeiten, von einem Strahlenkranz umschienen.

»Persephone, ich bin hier«, rief ich mit lauter Stimme, worauf sich vor Neugierde zehn Damenbademützen umwandten. Aber sie achtete nicht auf mich, in schöner Gelassenheit hatte sie sich vorgebeugt und besah auf ihrem großen Zeh einen Blutstropfen, den ihr ein spitzer Stein beschert hatte.

Als uns Michele zur Rückfahrt antrieb, wurde ich mit einem Schlag kühn und sagte ihm, er solle ruhig fahren, wir würden die Nacht mit den Fischern hinausfahren und beim Fischen mit den Lampen zuschauen: er solle uns dann morgen abend wieder abholen, Don Nitto habe nichts dagegen.

So sagte ich, der Billigung Don Nittos sicher, denn er hatte ja etwas übrig für Betrug, wenn er ihn vorher als wohlgesättigter Minotaurus absegnen konnte.

Mich begeisterte diese Fahrt als solche, ich hatte sie schon mehrmals gemacht, dabei dem Bootsmann nicht mehr bezahlt als ein Trinkgeld in Form von Zigaretten und ein paar Flaschen. Ein milder Abend kündigte sich an, wir würden bei Windstärke Null unter dem günstigsten Himmel auf dem Meer sein, ohne den geringsten Lichtschein; das Gegenteil von dem, was sich ein Tourist wünscht, aber die beste Konstellation für einen erfolgreichen Fischfang.

Es wurde eine unvergeßliche Nacht: Wir lagen auf Deck in der Dunkelheit, wobei wir vor uns auf die Wasseroberfläche spähten, wo unser Satellitenboot fuhr – labyrinthische Spuren des Kielwassers im Wirrwarr der ausgeworfenen Netze –, oder uns seine Route von dem kleinen Azetylenmond verraten ließen, der an der Bootsflanke hing und in seinem Korb gelben Lichtes unsere Herzen aufzufangen schien.

Sie fror und hatte sich in eine dicke Seemannsdecke eingewik-
kelt. Bald fror ich auch und bat sie, die Decke mit mir zu teilen.
Der Bootsmann kam und ging, achtete nicht auf uns. Sie
schwieg und rauchte, sah den heraufkommenden Fischen zu:
einer brodelnden Zusammenkunft von Makrelen, Sprotten,
Brassen und Sardellen. Sie beschnupperten das Licht und das
Boot, tauchten wieder unter, tauchten wieder auf.

Nun begann das Wasser leise zu atmen, wie leise atmet doch
das unermeßliche Meer: mit seinem schweren dunklen Blut
rings um unser Holzstöckchen, um unseren Geheimbund ge-
schäftiger Homunkuli, um unser anmaßendes Denken. Das
Meer aber, dachte ich, denkt nicht, flutet nur grenzenlos auf
und ab, der Schaukel seiner Lüste folgend, o dunkles abschüs-
siges Meer unter dem bauchigen Gondeldach des Himmels!

Das flüsterte ich Cecilia zu, um Eindruck zu schinden mit meinem Mundwerk, während meine Lippen zitternd zwischen
den Haarsträhnen ihr Ohr suchten. Und in der Zwischenzeit
entblätterte die Nacht über uns ihre schwarzen Blütenblätter,
eins nach dem anderen, eine unendliche Blume. Bald mischte
sich der starke Geruch der Fische, die noch zwischen unseren
Füßen zappelten, mit dem Duft der gebratenen Fische, denn
die Fischer bereiteten ein Abendessen zu, das sie aus ihrer
Fahrt und ihrer Arbeit gewannen wie einst die Pilger der Ein-
samkeiten aus Wald und Wüstenei. Wir aßen und tranken mit
ihnen, ich fühlte mich erschöpft und zufrieden wie ein Rekon-
valeszent.

Da begann ich ihr die Geschichte von der Insel Julia oder auch
Ferdinandea zu erzählen, die vor mehr als einem Jahrhundert
aus diesen Gewässern hier zwischen Sciacca und Pantelleria
aufgetaucht war. Schwarzer feiner Sand mit einem kleinen
Berg in der Mitte und einem Tümpel siedenden Wassers im
Flachland. Das Meer um sie herum war hellblau, aber fettig
wie Öl. Die Insel lebte eine Zeitlang, dann holte sie das Meer
wieder zurück. Eines Tages wird sie wieder auftauchen. »Wir
werden sie dieser Tage in unseren Netzen finden«, lachte der

Bootsmann, der zugehört hatte, »zusammen mit den Sprotten und den Dorschen.« Und er ordnete eine halbe Stunde Rast an. Die Männer legten sich alle ans Heck und schlossen die Augen. Nur das Schiffchen bewegte sich noch leuchtend die Strömungen zwischen den Netzen entlang ... Und ich wandte mich Cecilia zu: »Julia« rief ich sie. »Oder auch Ferdinandea!« Und sie lächelte, drückte meine Hand.

Als sie einschlief, merkte ich nichts, ich redete weiter zu ihr, sang weiter mein professionelles Wiegenlied. Dann kamen mir ihre geschlossenen Augen verdächtig vor, und ich beugte mich über ihren Schlaf in der Gestalt eines liebenden Wächters.

Da lag sie. Eingeschlafen. In eine Decke gewickelt auf den Planken. Ihre Brust hob und senkte sich nach einem fehlerhaften Versmaß, bei dem Hebungen und Senkungen zunächst einander überstürzen, aber dann eine lange Stille eintritt, eine Art Tod, war sie etwa gestorben? Nein, ihr Atem kehrt sofort zurück, voll Frieden, eine tiefe anhaltende Musik, zärtlich wie der Wind über dem jungen Gras. Lebendig, also, lebendig. Unbezwingbar im geheimen Kreis ihres Blutes, sich selbst eigen und lebendig in ihrem Körper, vom schwarzen, im Nacken zusammengesteckten Netz ihres Haars bis zu den rosa lackierten Zehennägeln. Lebendig wohl, aber wo ist sie jetzt, wohin trägt sie ihr Schlaf? Vom Profil gleicht sie der Göttin auf der ausgegrabenen Vase, Persephone oder wie sie sonst heißt. Auch sie läuft wie jene durch die Welt, ein springendes Wild, während das Dröhnen unter der Erde ihre Knie ermattet, die Lippe eines Gottes ihren Nacken ergreift. Persephone, aber natürlich. Sie, die Arme aus Lodi auf fremdem Terrain, angeknackste Vierzig, aber so schön, ihr Duft einer verlorenen Seele. Derselbe Knoten bestürzter Lust wächst in ihrem Inneren und dasselbe perverse Entzücken zu unterliegen und sich aufzuopfern ... O, wo sind die Gürtel, die Blumengewinde, die ins Unterholz gefallen sind? Auf dem Boden die Kämme, die ihr Haar bändigten. Nur ein Blumenstiel ist noch in der geschlossenen Hand, der Stiel einer Asphodele. Schon kreischt der Bussard, Unglück verheißend, über den Mägden. Sie entfliehen nach allen Seiten, das Fräulein, ihre Herrin, kommt nicht mehr zurück. Fräulein Persephone, wo läufst du hin? Welch uralte Furten betreten deine eisigen Fersen; welche Strömung reißt dich hinweg? Im Dunkel, das aufsteigt aus dem Brunnen des Meeres, erglänzt mir nun dein schlafendes Antlitz zwischen den Armen und dem Bart des Gottes: goldene Hekate, lichtbringendes Bild …

Gut, meine Barkarole hatte ich gespielt, aber sie hörte mich nicht in ihrem bäurischen Schlaf. Anderes hörte sie widerhallen, Jagdhörner vom Ufer der Adda und der Olona aus einer fernen Kindheit, zwischen freudigem Hahnenschrei und Platanengrün in einer Ebene, die weniger dunkle Fluten netzten …

Da näherte ich mich ihrem Körper, schmiegte mich an ihn, zwischen ihr und mir waren nur noch die nachgiebigen Schichten ihres winzigen Kleidchens. Liebevoll wickelte ich sie aus ihren Hüllen, es war mitten in der Nacht, alle schliefen. Schliefen sie? Taten sie nur so? »Schläfst du?« fragte ich sie. »Schlafe!« befahl ich ihr und schlüpfte wie ein heißes Schlänglein in sie hinein, stöhnte vor Liebe und regnete Liebe in sie hinein. Sie ließ die Augen zu, rührte sich nicht, sie wollte mich mit einem Traum verwechseln, und es glückte ihr.

Beim Morgengrauen, als die Mannschaft lärmend die Netze entwirrte, war ihre erste Bewegung, daß sie die Arme ausstreckte, um mit den Händen ihre Augen abzuschirmen. Beinahe als wollte sie ihre nächtliche Beute vor den Schauern des Lichtes retten. Als sie mich ansah, erschien sie mir wirklich wie eine Fremde, gekommen oder wiedergekommen aus der Unterwelt, aus dunklen Gruben, betroffen über ihr eigenes Lebendigsein. Eine Abgesandte von werweißwoher, die noch auf fremde Klänge von werweißwoher zu hören schien. Persephone oder die Insel Julia: So und mit keinem anderen Namen würde ich Cecilia von nun an in meinen Gedanken nennen.

Sie erfuhr nichts davon, der Schwindel galt für mich allein. Sie hatte sich mit Meerwasser gewaschen und ging nun zwischen den aufgehängten Netzen hin und her, griff mitten in die Fische und prüfte ihr Gewicht mit den Händen wie die Frau eines Fischers, dazu sang sie ganz falsch einige moderne Schlager, *Arriverderci dunque, Amado mio*. Ich spürte in meinen Händen die Unbeholfenheit eines linkischen Gottes, sagte »Gutentag« zum Tag und billigte lächelnd meine Fehler.

Schließlich tauchte die Sonne über der Linie des Meeres auf, die Wellen kräuselnd, Schaum und goldene Späne aufsetzend. Niedrige Wolken liefen ihr entgegen, hüllten sie ein in flüchtigen Dunst, große durchlöcherte weiße Binden, durch die das Blut sickerte. Da war es allen klar, daß wir, sie und ich, uns lieben wollten, daß wir blind und stumm waren vor Verlangen, nicht wußten, was wir tun sollten. Die Fischer fingen an zu lachen, zuerst schüchtern, dann lauter, ohne Arg. Zu guter Letzt hängte der Bootsmann ein Segel zwischen zwei Pfähle und verbarg uns lachend. »Ein Blinder sieht nicht, ein Tauber hört nicht«, sagte er, drehte uns den Rücken zu und füllte weiter seine Fische in die Kisten.

XI

Müßiggang in der Stadt und am Meer.
Mütterliche Gefühle einer Kindsmörderin.
Cecilias Abreise und nächtlicher Nahkampf Iacca–Madame.

Nachdem die Ablösung in Gestalt einer Kalabresin aus Longo-
bucco in Sorda eingetroffen war, blieb Cecilia auf meinen
Wunsch noch eine Woche in Modica im Hotel, um ein wenig
mit mir Ferien zu machen. Diese Ferien genoß sie mit der Gier
eines Kindes, konnte es sich jedoch nicht verkneifen, wenn sie
abends im Bürgerverein Don Nitto begegnete, ihm seelenruhig
den Rauch ihrer Zigarette ins Gesicht zu blasen. Dadurch fiel
sie zwar einige Stufen von ihrem hoheitsvollen Thron herunter,
erschien mir aber, wenn überhaupt möglich, noch menschlicher und wurde mir noch lieber.

Liebe Cecilia! Wie liebenswert waren die Nächte, die wir zusammen verbrachten! Nachmittage müßte ich eigentlich sagen, die aber wie Nächte waren, wegen der heruntergelassenen
Rolläden und des stillen Lichts der zwei Nachttischlämpchen
in deinem Zimmer im »Trinacria«, wohin ich dich vom Meer
aus begleitete.

Ein sanfter Mensch war Cecilia, und die Prügel der Jahre hatten es nicht vermocht, ihr die dünne Haut der Unschuld abzu-
ziehen, die sie beschützte, wie die Schale eine Frucht be-
schirmt, und sich bei ihren Handlungen mit einem Hauch
freundlicher Melancholie vermischte. Gefügigen Wesens war
sie außerdem: so daß sie die Aura der himmlischen Mythen,
mit denen ich von Anfang an ihre Schläfen bekränzt hatte, eif-
rigst verdichtete und sich, so gut sie konnte, darauf verwandte,
diese Aura noch zu verdichten, indem sie mich bald bat, ja, so
war es, ihr von Nausikaa und Circe und den anderen zu erzählen, bald bat, ich solle ihr meine Verse vorlesen.

Natürlicher war sie in der Lust, in den einzelnen kleinen
Geschicklichkeiten, die dazugehören. Da engagierte sie sich

furchtsam, lehrreich und leicht, mit bewegender Anmut. Ich muß gestehen, daß ich eitel mit ihr prunkte, jeden Tag ging ich mit ihr ans Meer. Dabei unterließ ich es nicht, allabendlich zu Veneras Palast hochzusteigen und ihr in blitzschnellen Zusammenfassungen meine persönliche Kenntnis der italienischen Literatur vorzusetzen. Vor dem großen Balkon, der wegen der Hitze offenblieb, neben dem zuhörenden Mädchen, dessen nackten, schneeweißen kühlen Arm mein nackter, brauner, noch von der Sonne fiebernder Arm streifte, rüttelte ich einen nach dem anderen die verstorbenen Dichter aus ihrer Lethargie und sang ihre Lieder an die Nacht, als wären's Romanzen von Vincenzo Bellini; oder zitierte sie, wenn ich Eindruck zu schinden hoffte, langsam und mit einer distance, die mir sublim erschien ...

Meine Schülerin biß nicht an, ich mochte noch so schöne Soli singen. Beinahe schon zu zurückhaltend, nichts als falsche Zuvorkommenheit; imstande, wenn ich zu spät kam und die Wallungen der Lust mir noch ins Gesicht gemalt standen, mit Höflichkeit zu sticheln, ich könne ruhig ihre Stunde ausfallen lassen, da es mir nun gewiß an Zeit fehle, ich hätte ja etwas anderes im Kopf. »Was sollte ich im Kopf haben?« protestierte ich, obwohl mich in Modica und am Meer alle in Cecilias Gesellschaft gesehen hatten. »Wovon redest du da und von was für einer Zeit? Zeit habe ich jede Menge!« entrüstete ich mich schwach, wobei ich mir rachevoll wünschte, sie möge es nicht glauben.

In Wirklichkeit hatte ich ziemlich wenig Zeit. Die Vormittage zerflossen mir wie nichts, wurden im Nu zu Mittagen. Und dazu die Hitze. Modica roch nach versengtem Fleisch, nach brennenden Autoreifen, Schwärme geflügelter Schaben waren in die Stadt eingefallen und wirbelten zwischen den Palästen, die der Wind wie mit Glaspapier abgeraspelt hatte. Um ihnen zu entkommen, gab es nur eins: so schnell wie möglich ans Meer. Wir brauchten uns nur dem Strand zu nähern, und schon spürten wir, noch bevor hinter der Schilfhecke der Horizont auftauchte, wie die Luft um uns zu Wasser wurde, ein Zuber voll durchsichtiges Wasser, eine wogende Hängematte aus Licht und Wasser, lapislazulifarben. Unterwegs begegneten wir Autos und Fuhrwerken, die in die Stadt zurückfuhren. Die Fahrer gaben uns mit den Fingern ein allen vertrautes Zeichen, das »freie Fahrt« bedeutete, das heißt, hinter der Kurve war keine Verkehrspolizei postiert. Cecilia waren solche Verschwörungen von Unbekannten gegen das Gesetz völlig fremd. »Ihr seid verrückt, ihr Sizilianer«, sagte sie, und ich gab ihr recht. »Das ist wahr«, sagte ich zu ihr, »aber unsere Verrücktheit hat Methode. Später einmal sag ich dir, was für eine ...«

Aber da sind sie schon, die dunkelblauen Wellen, wo zwischen Korkeichen und Bojen sich das schäbigste Boot mit dem Dünkel einer venezianischen Dogengondel tummelt; da drängt sich auf dem wassersaugenden gelben Sand die entkleidete Urlaubermenge, ein Teppich aus roten und grünen Badeanzügen. Das einzige hervorstechende Schwarz ist der Esel, der mit den Erfrischungen von Kabine zu Kabine wandert; auf dem Wagen, den er zieht, liegen weiß die Eisbarren aus der Fabrik, mit Stroh umwickelt, Feuchtigkeit schwitzend wie große Käselaibe ...

Wir, Cecilia und ich, kamen sehr früh ans Meer, besichtigten gern mehrere Orte. Mit Iaccas Auto, ungern an uns ausgeliehen, aber öfter mit dem Fahrrad, staubgepudert vom Scheitel bis zur Sohle, fuhren wir nach Lust und Laune die Küste entlang wie Sommerfrischler, von Mazzarelli nach Aguglie, ließen uns immer dort nieder, wo es am vollsten und am lautesten war, so sehr fühlten wir uns beide zu anderen Körpern hingezogen, um mit ihnen Zeremonie und Schauplatz unserer Seligkeit zu teilen.

Aufs Meer hatten wir uns seit der Nacht mit dem Lampenboot nicht mehr hinausgewagt. Es war ein Krieg entbrannt (in Brucoli war es zu Schlägereien gekommen) zwischen den rechtmäßigen Fischern und den Wilderern, die mit Stablampen und

Sprengkörpern ausgerüstet waren. Es wäre unvorsichtig gewesen, das Abenteuer zu wiederholen. War es doch nicht minder schön, unser Badeleben wie im Bilderbuch: einen Sonnenschirm ausleihen und jeden Tag wieder an derselben Stelle anbringen, wo noch das Loch von gestern war; Trommelball spielen; bis zu der fernen Klippe um die Wette schwimmen; mit sandigen Lippen heimlich Küsse tauschen, in den blinden Sinnen ein Aufruhr ohne Ende. Auf dem Rückweg schließlich erschöpft, das letzte Fünkchen Fleischeslust erloschen, aber glücklich und satt vom Tag: den wir aufgegessen und ausgetrunken hatten bis auf den letzten Brösel und bis auf den letzten Tropfen.

Am ersten Sonntag im Juli kamen auch die Mädchen aus meiner Klasse ans Meer, um sich während der Prüfungen zu erholen. Bedenkenlos scharten sie sich um mich, schnatternd, entrüstet, sich brüstend, verliebt. Cecilia an meiner Seite, dorische Beine und korinthischer Kopf, bot ihren Blicken gutmütig das Aufsehen ihres nackten Fleisches und hißte ihr Königsbanner: Sie besaß mich, und sie gehörte mir. So stand es dort zu lesen. Da fühlte ich mich wie ein Fasanenhahn mit goldenem Gefieder und goldenem Kamm, der sich selbst vergötterte. Und so mußte ich auch allen erscheinen, wenn Iaccarino, der Madame ans Meer begleitet hatte, eigens kam, um das Schauspiel aus der Nähe zu genießen und mir mit seinem unverschämten Gelächter meine Apotheose zu verderben, unter seinem kleinen Zelt einem Karawanentreiber ähnlich. Madame war leicht pikiert in einiger Entfernung unter dem Sonnendach ihrer Freundinnen geblieben, mit mir sprach sie seit vielen Tagen nicht mehr; während sie sich mit dem Philosophen darauf beschränkte, meine Abwesenheit zu bedauern, fühlten sie sich doch beide von mir im Stich gelassen und grollten mir. Vergeblich winkte ich ihr aus der Ferne zu, aber mein Gruß kreuzte sich mit einem anderen, mir bestimmten, von seiten eines kleinen, unappetitlich weißen Tritonen, der plötzlich in meiner Nähe auftauchte und in dem ich mit knapper Not den Abgeordneten Scillieri erkannte. »Herr Professor, auf bald!« grüßte er mich geheimnisvoll und verschwand, wobei er mich mit einem Regen salziger Tropfen vollspritzte und seine Freundlichkeit als Wink zu verstehen gab, aber wozu?

Später in der Kabine liebte ich Cecilia im Stehen wie von Sinnen, fest schlang ich meine Arme um ihre Melodie, ihr Gefängnis aus Knochen, Muskeln und Blut, in dem ihre Musik, ihre selige Zahl sich bildete. Ein Dom aus Fleisch, aber auch eine Hyazinthe, ein dunkler Smaragd. Ein geschwollener Spinnenbiß am Schenkelansatz, der nächtliche Stich einer goldenen Tarantel …

Fünfter Juli, sechster Juli, siebter Juli … Ich suche noch einmal nach jenen Tagen in einer Sammlung alter Zeitungen, streiche liebevoll über das verwelkte Papier. Die Titel berichten von Pisciotta in Viterbo, von Mister Kinley, dem Feuerzauberer, der in Ragusa die Ölquelle Nummer neun löscht und sich als Salamander verkleidet fotografieren läßt. Schon gut, aber die Glut in meinem Herzen, wer verschafft der Kühlung, wer löscht die? Die Zeitungen berichten von Kriegen, Friedensschlüssen, Geburten und Todesfällen. Sie sprechen nicht von Cecilia und mir, aber, solange ich lebe, werde ich es nicht vergessen: ihren großen Leib an meinem, die ergreifende Kraft ihres Körpers auf meinem vergesse ich nicht …

Solange ich lebe, sage ich noch einmal: als einziger verdatterter Aufseher über sie und mich und über unsere Minuten, die nun nichts mehr sind. Immer verdattert mich, wenn ich daran denke, der Friedhof der unzählbaren Minuten: jede einer Wellenbewegung ähnlich, einem Kräuseln auf den Wellen im Meer. Das stirbt, kehrt wieder, hinterläßt keine Spur der Erinnerung. Da kommt mir mein Vater in den Sinn. »Mein Herz ist finster«, sagte er manchmal am Morgen. Und ich: »Weswegen?« »Wegen nichts«, antwortete er mir. Aber dann verbesserte er sich: »Wegen der Erinnerungen, ich war im Kino heute nacht.« Und er meinte im Kino der Erinnerungen, er hatte im Schlaf die ganze Nacht mit ihnen gekämpft. Genau dieses Wort sagte er, »kämpfen«, das in unserem Dialekt nicht nur für Personen verwendet wird, sondern auch für die Dinge, die Ereignisse, die Dringlichkeiten des Tageslaufs und der Geschichte. Das geht so weit, daß für uns hier in Sizilien jede einzelne kleine Handlung im Leben ein schwieriger Nahkampf, ein Wagnis, ein Kampf auf Leben und Tod ist. Was soll ich also sagen als Sohn meines Vaters? Wenn ich gegen die Erinnerungen mit ihren Lügen, Tücken und Mißverständnissen kämpfe und seit eh und je verliere, blute und verliere, blute und kämpfe? ... Ein Gespenst irrt über die Straßen Siziliens, und das ist meine Jugend. Man möge mir vergeben, wenn ich ihm auflauere, beinahe immer umsonst, wie es sich gehört für einen Wolkenfischer und Sprüchemacher ...

Achter Juli, neunter Juli, zehnter Juli ... Statt der fliegenden Schaben brachte der Südwind die blauen Hornissen, die gegen alle Fensterscheiben stießen. Das Städtchen schien in der Sonne zu glühen wie der Stier von Phalaris, da mußte man schon viele eisige »Granite« schlürfen, um dem Sommer, seiner bronzenen Härte, seinen rot leuchtenden Feuerlanzen ein Erbarmen abzuringen. Cecilia, die sich weigerte, Coca Cola zu trinken, machte immer bei der Konditorei Rizza halt, bevor wir ans Meer fuhren, und zog durch den Strohhalm das eisige Elixier in den Mund, wobei sich auf ihrem Gesicht ein beinahe schamloses Entzücken ausbreitete.
Ich wartete draußen auf sie, auf dem Slargo Mercedari, wo inzwischen die ersten Rolläden vor den Geschäften hochgezogen wurden, und blickte auf den weißen Knochen des Monserrato, der in seiner entrückten Höhe der nachdenklichen Stirn eines Menschen ähnlich sah. Und einen Augenblick lang fühlte ich mich von der Gemeinheit gereinigt, die der Grund meines Wesens ist, fühlte mich säuberlich eingebettet in meinen Kubikmeter Luft, eins und gleich mit dem Städtchen, das ich liebte, hatte dieselben Kanten und dieselben Rundungen wie es, war

eins mit dem Brausen des Lavinario zwischen den schroffen Felswänden, wenn er Hochwasser führte, und durch mein Haar schwirrten dieselben Schwalben.

So erklärte ich eines Abends Venera, wie reich an Liebe sich mein Herz fühle, für sie, für Modica, für die ganze Welt; ich sagte ihr, daß ich ihr Heimatstädtchen selbst unter den Fingernägeln spürte, und wie ähnlich ich mich ihm fühlte und wie sehr ich sie liebte wegen ihres Städtchens und das Städtchen ihretwegen, denn sie seien einunddasselbe.

»Und Cecilia?« lachte sie, während sie das Buch zuklappte, in dem wir gerade lasen. »Ist sie auch ein Städtchen? Du liebst ja ganz schön viele Städtchen! Einen ganzen Atlas voll!«

So sagte sie und dachte dabei an etwas anderes, es lag auf der Hand, daß meine Liebschaften sie amüsierten, aber sie waren ihr vollkommen gleichgültig.

Trotzdem zeigte sie mir an demselben Abend ein Geheimnis. Und im ersten Moment erschien es mir fast schamlos, aber dann wurde mir klar, es war ein pietätvoller Ritus. »Schau«, sagte sie und holte aus der Tiefe einer Schublade ein eingewickeltes Päckchen hervor. Sie wickelte es aus, es enthielt ein Tuch mit getrockneten Blutklümpchen. »Mein Kind«, sagte sie feierlich, wobei sie nur mit Mühe ihre Tränen zurückhielt und ich fassungslos war über so späte Gewissensbisse. Eine einsame Ratte, die ihr unvermittelt zwischen den Füßen durchlief, lenkte sie ab, ohne sie zu erstaunen, daran war sie gewöhnt, da sie ja immer in dem alten Gemäuer lebte. Vergeblich versuchte ich, das Tier mit der Feuerzange zu treffen, es rettete sich unter die wuchtigen Klötze der Nußbaummöbel.

Elfter Juli. Cecilia mußte abreisen, mußte zurück in den Norden. Ich ließ mir zum letztenmal das Auto leihen, denn ich wollte sie bis nach Catania begleiten. Am Bahnhof verschwand ihr Gesicht hinter den Rauchschwaden wie in einem Film mit russischen Geschichten. Ich rief ihr durch die Rauchschwaden nach: »Lebwohl, Göttin, Persephone, Fee! Lebwohl, Insel Julia!«

Aus der Ferne hörte ich wie ein Echo ihre veilchenfarbene Stimme: »Oder auch Ferdinandea!«

Zu Iacca hatte ich gesagt, ich würde erst am nächsten Tag wiederkommen, denn ich hatte mir vorgestellt, Cecilia zu überreden, mir noch eine Nacht zu schenken und ihre Abreise um vierundzwanzig Stunden zu verschieben. Es war nicht möglich gewesen, und so fuhr ich langsam zurück auf derselben Straße, wobei ich ab und zu hupte, um mir Gesellschaft zu leisten. Ich kam nur langsam vom Fleck, weil ich an meine Liebschaften dachte, wobei ich mir sagte, eigentlich würde ich in erster Linie nicht eine Frau lieben, sondern mich in mich selbst verknallen! Und ich konnte viele zur gleichen Zeit lieben, weil ich eben in jeder mich selber liebte. Man muß sich eben erst in sich selber verlieben, dachte ich, um sich dann in jemand anderes verlieben zu können. So würde ich jetzt ohne weiteres zu Venera zurückkehren und mich wieder in ihr lieben. Wie ein Dompteur würde ich mit einem Pfiff mein Herz aus dem Urlaub zurückholen und wieder im gewohnten Käfig bei Venera und in ihrer Stadt unterbringen …

Inzwischen fuhr ich durch Dörfer und über Land, vor mir schwankten Laternen und Sterne. Wenn es nicht der Mond mit seinem Morphium war, der meinen Blick trübte, dann sicher der Schleier des Schlafes … Aber ich fühlte mich wohl, freute mich auf mein gewohntes liebes Bett, hatte aber keine Lust, zu Hause noch mit jemandem zu sprechen, und wünschte mir daher, Madame und Iacca möchten in ihren angestammten Betten sein, sie im Schlaf redend und er gewaltig schnarchend. Als ich angekommen war, zog ich mir vorsichtshalber an der Tür die Schuhe aus und ging auf leisen Sohlen hinauf in die Beletage. Aber diese Vorsicht war überflüssig, wie ich sofort sah: denn auf die Geräusche meiner Rückkehr hätte keiner von beiden geachtet. Als ich nämlich an Madames Tür vorbeiging, überraschte mich ein Miauen, das nicht von Quo vadis? stammte, dessen wollüstige Oktaven ich aber in- und auswendig kannte. An Iaccarinos Tür zu klopfen wäre sinnlos gewesen, ich wußte schon, daß sein Bett unberührt war und daß ich in kurzer Zeit, ich brauchte nur zu warten, sehen würde, wie er in seiner behaarten Nacktheit die Korridorwand entlangstrich ...

Ich nähere mich Amalias Zimmertür, die nach ihrer Angewohnheit aus Nachlässigkeit und Vertrauen einen Spalt offensteht. Ich lehne mich an, und sie gibt nach, als wäre sie aus Stoff. Ich gehe hinein, mache mit einem Schlag Licht und Teufel ... Das Schauspiel, das meine Augen sehen, hält sich an die Norm, wenngleich mit einer Variante. Der Philosoph verfährt sozusagen nicht nach der alltäglichen Routine (das nehmen wir für ihn einmal an), sondern keucht rittlings wie ein Bock auf seiner Märtyrerin und Komplizin und mit so großem akrobatischem Einsatz, daß er zunächst meine Anwesenheit gar nicht bemerkt. Einen Moment bin ich unschlüssig, ob ich husten soll, eine Szene machen, mich auf leisen Sohlen davonschleichen oder eigenhändig den Bock aus dem Sattel heben ... Die beiden kommen zu sich, kreischen, und zuletzt stoßen wir uns alle drei hysterisch mit den Ellbogen, und zugleich platzt ein Lachen wie ein Wiehern aus uns heraus und weitet sich zu einem langen befreienden Gelächter, das ohne einen Tropfen Bitternis aus unseren Eingeweiden hervorbricht und durch die offene Tür die entferntesten Alkoven des ganzen Mietshauses erreicht und deren ehelichen Schlummer stört, und von der Portiersloge bis zum Dachgarten des Diplomingenieurs knallt die Deflagration in alle eben erwachten Trommelfelle, nicht anders als am 24. Mai auf dem Kaiserforum in Rom die Fanfare der Bersaglieri.

XI (ZUGABE)
Intermezzo mit Lachen und Gähnen.

Welch grober Ausrutscher im Ton, welch frigides Crescendo, hast du's gesehen, lieber Leser? Ich glaube gern, daß dir so was nicht gefällt, mir gefällt es auch nicht. Aber, siehst du, lieber Leser, ich strenge mich kein bißchen an, um dir oder mir zu gefallen, und du mußt mich verstehen: Die Passion, die mich verzehrt, ist die Langeweile; nie amüsiere ich mich besser, als wenn ich jemandem auf die Nerven falle, lästig bin und wenn ich vor Langeweile sterbe. Wollen wir die Karten aufdecken? Allzu lange war mein Herz mit Stacheldraht umwickelt gewesen, vulkanisiert und umweltunschädlich gemacht; allzu lange hatte ich meine Vergangenheit mit der Radiokarbonmethode, meine Zukunft aus dem Kaffeesatz und meine Gegenwart aus dem Rorschachtest gelesen ... Aber jedesmal bekam ich von Unbekannten einen Urteilsspruch auf den Leib gestempelt, ich Joseph K. der Zweite, wurde k.o. geschlagen von einem Gerichtshof, dessen Beamte Ku-Klux-Klan-Kapuzen übergestülpt hatten, wurde verhört und zum Martyrium verurteilt von einem Gericht mit blinden Geschworenen ...
Ich schweife ab? Versteht sich. Ich rede wirr? Wer sagt denn etwas anderes? Die Franzosen nennen die Ohnmacht nach der Liebe den »kleinen Tod« ... Ich schreibe im Zustand eines immerwährenden »kleinen Todes«, ab und zu bekomme ich einen Schub hysterischer Heiterkeit. Und ich weiß genau, daß ich von Anfang an alles falsch gemacht habe und daß das richtige *Incipit* ein anderes gewesen wäre: mir selbst nachspionieren und heimlich eine Selbstbezichtigung einwerfen in die Sammelbüchse der Anzeigen wie in jener Klage aus dem Untergrund vor etwa einem Jahrhundert: »Ich bin ein einsamer Mann, ich bin ein kranker Mann ...« Es ist mir jemand zuvorgekommen, mir kommt immer jemand zuvor. Trotzdem bin ich mit größerem Recht ein Kranker zu nennen, vom Scheitel

bis zur Sohle eine einzige Metastase; untauglich zu einer tragischen Gestalt, zu einem Menschen heranzuwachsen. Warum dann, wenn es so ist, warum sollte ich dann mein Heil nicht in der Fröhlichkeit suchen? Eine Kur, so versprach man mir, würde man mir beibringen, ich weiß nicht genau, was es ist, aber der Name gefällt mir: *autogenes Training*. Schon gut, ich glaube, das ist so ähnlich wie das, was ich schon mache: Etwas schreiben, das eher komisch ist als ernst, als lügnerischer Zwischenträger, alle Scheinwerfer auf mein Gesicht gerichtet, und als Held und Sieger daraus hervorgehen. Auf dieselbe Weise stellte ich mir vor vielen Jahren, immer wenn mir eine schlaflose Nacht drohte, auf der rechten Seite liegend, ein Science-fiction-Radrennen vor: die vortrefflichsten Bergfahrer aller Zeiten, Trueba, Bottecchia, Gaul, Bartali, Binda, Coppi, Robic, Vietto und Bahamontes auf der Etappe Pau-Luchon und mit ihnen ich, der sie alle im Endspurt überholte, bergauf durch den Schlamm.

Eine kindliche Rache, das gebe ich zu, aber wirksam genug, um mir gegen mich recht zu geben und mir jede Nacht eine Krone aufzusetzen.

Also schau mich an, mein therapeutischer Leser, mein einsamer Sozius und Feind. Mach nicht schlapp, sondern sag mit mir: »Wie langweilig, wie lustig, zum Gähnen, zum Totlachen!«

XII

Der Juli und seine Vergnügen.
Spaziergang durch den antiken Steinbruch.

So verging der Juli. Jeder Tag ein feuriger Funke, alle zusammen ein brennender Dornbusch. Flüssige Zungen zuckten, krochen meine Adern entlang. Wenn ich aus dem Haus ging, wankte ich wie ein Betrunkener; ich brannte, von der Sonne angefacht, und hielt mich für unsterblich.

Aus meinem Heimatdorf kam ein Brief der Eltern. Warum ich nicht heimkäme. Ich antwortete, ich würde noch ein wenig hierbleiben, um meinen Schülerinnen bei den Prüfungen zur Seite zu stehen. So lautete jedenfalls meine Ausrede. In Wahrheit hatte ich mir die neue Stadt schon unter die Haut genäht, schwamm im Wasser ihrer Pupillen, entschlummerte in der Wiege ihrer Hände. Was soll ich noch sagen? Jede Straße war mein, wenn an den schwülen Nachmittagen außer mir und Iaccarino niemand auf den blonden Steinen der Gehsteige unterwegs war; jeder Streifen Himmel über den Dächern gehörte mir, ich hatte ihn mir ersessen.

Die Tage eilten. Am Vormittag schaute ich in der Schule vorbei, mischte mich unter die Grüppchen der wartenden Kandidatinnen, um ihnen mit Rat und Aufmunterung beizustehen. Sie zitterten, rissen angstvoll die Augen auf vor dem Glücksspiel der Fragen: »Wie? Die dritte Romantik?!«

Einmal kam Isolina in meine Nähe, sie roch nach Kuchen, ein Muttermal aus Schokoladencreme war an ihrer Oberlippe hängen geblieben und bebte bei jedem Wort. »Wie ist denn der Präsident, dieser Cataudella?« fragte sie unpersönlich ins Blaue, obwohl ich der einzige war, der sie hörte. Aber mir erschien sie wie ein kleines Mädchen mit ihren Straßohrringen und der roten Schleife, die sie sich ins Haar gebunden hatte, und den Fransen, die sie sich eine neben die andere sorgfältig in die Stirn gekämmt hatte; sie war so verborgen, so verkrochen in die verstecktesten Winkel ihres Körpers, daß ich ihr nicht einmal antwortete, sondern ihr nur ganz aus der Nähe einen Hauch meines Atems auf den Mund blies, damit der Torten- krümel abfiel. Sie schaute mich wütend an, ihre Pupillen waren so scharf wie mit Knoblauch abgeriebene Messer, sie schien mir etwas zurufen zu wollen, aber die Stimme blieb ihr im Hals stecken. Licausi stand plötzlich neben ihr, wie durch Zauber aus dem Boden gewachsen, und nahm sie mit, sie entfernten sich miteinander ...

Dann kam Alvise mit Maria Venera. Sie war noch nicht per- sönlich dran bei diesem Prüfungstermin, aber sie wollte sehen, wie es zuging, damit sie dann beim nächsten im Oktober Be- scheid wüßte. Es war wohl zum erstenmal, seit der Entfüh- rungsnacht daß sie wieder aus dem Haus ging, und sie sah so weiß aus mitten unter all dem entblößten Sonnenbraun. Die jungen Professoren umschwirrten sie wie eine Schar Freier, be- gannen um ihre Blüte zu tanzen wie ein Bienenschwarm. Und sie bedrängten sie mit ihren Fragen, ob sie wenigstens an Ferr- agosto zum Tanzen kommen würde.

Sie schwieg, gab mit den Augen die Frage an den Großvater weiter, der aber zögerte, diese Art Fragen behagten ihm nicht. Schließlich brummte er: »Wir werden sehen, wir werden se- hen«, verwirrt vom Gedränge der Weiblichkeit dort unten – Gewackel, Geschnatter, Gelächter, Gewoge lieber Gliedma- ßen –, dessen Tumult sich bis in den Schulhof fortpflanzte und seinen Sinnen schmeichelte wie zu seiner Zeit hinter den Kulis- sen eines *Cabarets* jenseits der Alpen die rauschenden Röcke der Chansonetten.

Als sie weggingen, begleitete ich sie ein Stück, der Alte ging in der Mitte, ich östlich, sie westlich von ihm, und ich spähte nach ihr, so gut ich konnte, begnügte mich mit dem einzigen sichtbaren Vorsprung, der Fülle ihrer Brust in dem schwarzen Futteral, von dem sie zurückgedrängt wurde. Aber instinktiv nahm ich eine normale Haltung ein, als ich bei der Salve des Zwölfuhrläutens den Kopf hob und es mir schien, als würde

uns die schmale Gestalt des Liborio Galfo von seinem kleinen
Balkon aus bespitzeln …

Abends plauderte man genießerisch über Sport und Verschie-
denes unter den vier Palmen des »Stretto«, diskutierte über So-
zialismus in den Hinterzimmern der Cafés und der halb geschlossenen Apotheken. Die Masse des Himmels hing über
dem Tal wie ein unermeßliches Leintuch, und die Risse der leeren Stunden füllten sich mit Worten. Ich schrie genauso wie die
anderen, wozu ich mit der Faust auf den Tisch schlug, und
schied Gut und Böse mit einer groben Doppelaxt voneinander.
Ich stritt mit Iaccarino, der in seiner Ahnungslosigkeit oder
Weisheit keinerlei Amnestie im irdischen Cayenne für möglich
hielt und sich weigerte, Gespenstern den Hof zu machen, wie
er zu sagen pflegte, indem er auf den nächsten St. Nimmer-
leinstag wartete … Da ich gegen ihn die Sache der Utopie ver-
trat, in die ich auch Venera und meine Absichten auf sie ein-
schloß, schalt er mich: »Eine Sechs in Politik, eine doppelte
Sechs in der Liebe.« Und er fügte hinzu: »Das ist der natürliche
Preis, den die Liebe kostet. Man liebt nicht ungestraft. Wo
denkst du hin?«
»Du mußt reden«, sagte ich, aber ohne besonderen Nach-
druck, aus Angst, er würde mir Madame wieder in mein Bett
zurücklegen …

Es begannen die Bälle in Sorda, nacheinander in allen Villen:
Villa Tasca, Villa de Leva, Villa Salmè … Der Mond nahm
währenddessen zu, zuerst, aus dem grazilen wurde ein dickleib-
biger, und er wechselte dabei auch die Farben: von der feuchten Seelilie zum rotgoldenen Tarì …
Dank Don Nittos Einfluß war ich jedesmal eingeladen. Bevor
er mir die Einladung überreichte, fragte er mich mit Anteil-
nahme nach Cecilia, er wollte wissen, ob ich zufrieden gewesen war, und schenkte mir sogar zur Erinnerung an sie die rot-
schwarze antike Vase, die ich immer noch hätte, wenn nicht

Quo vadis?, angestiftet von einer gewissen Person, eines Morgens damit Katz und Maus gespielt hätte, wobei er die Scherben in alle vier Himmelsrichtungen zerstreute.

Anläßlich der Bälle sah ich Sasà Trubia oft, wir forderten dieselben Damen zum Tanzen auf, stritten um den Vorrang in den begehrtesten *carnets*. Ich erinnere mich an aufgeregte, unnatürliche Nächte mit Kapellen in schummrigem Licht, und wir trotteten, von unserem Tun überzeugt, im Kreis auf den runden Tanzflächen zwischen Brunnenbecken, Blumenbeeten und mit Getränken beladenen Tischen. Wir alle waren überzeugt, Freuden zu erleben, alle auf dem unwiederholbaren Gipfel der Jugend zu sein, wir alle, junge Männer und junge Mädchen, mit unseren gehorsamen Gliedmaßen, unseren glühenden Wangen, im triumphierenden Aufblitzen unserer Augen, wir alle, Götter und Göttinnen, unseren bürgerlichen Popelinanzügen Marke Mazzotto und langen seidenen Abendkleidern und unseren armseligen zeremoniellen Sprüchen zum Trotz: »Darf ich bitten?« – »Wie heißt denn dieser Schlager?« – »Gehen wir zusammen einen Whisky trinken?« ...

Bei Tagesanbruch trafen sich alle beim »Sorcio« wieder und aßen Spaghetti in dem eben aufgemachten Lokal, zum Schlafengehen mußte die Sonne schon da sein ... Venera kam nie, und das war mir recht. Ich ging lieber zum Unterricht zu ihr ins Haus. Nach Cecilias Abreise ließ ich keine Stunde mehr ausfallen; befriedigt, sie mir jeden Tag aus der Nähe anschauen zu können, da ich sonst nichts konnte, wie ein Fanatiker, der jeden Tag dieselbe Schallplatte auflegt. Nach dem halben Gefühlsausbruch beim Vorzeigen des Schweißtuchs war sie vorsichtig geworden, beinahe feindlich; sie schien sich nicht mehr daran zu erinnern, daß ich ihr einziger Komplize war, der einzige, der von ihrer privaten Misere wußte. Mein Fremdgehen mit Cecilia hatte ihr keinen Eindruck gemacht, leider, und jedesmal wenn ich etwas davon sagte, hörte sie mich mit gelinder Gleichgültigkeit an. Sie fragte mich nur nach einem Fest im Garten von Ibla, wie die schönsten Debütantinnen, die Schwestern Mormina, die Scichilone, die D'Angelo ... angezogen gewesen seien und mit welchen Herren sie am häufigsten getanzt hätten ... Ohne mit der Wimper zu zucken, hörte sie den Namen ihres Vetters Sasà fallen.

Ich hatte sehr wohl bemerkt, daß sie in diesem Sommer nicht zu ihren Tanten in Sommerfrische gegangen war, aber es widerstrebte mir zu glauben, das sei geschehen, um ihrem Vetter nicht zu begegnen. Es hätte nicht zu ihr gepaßt, ihm die Genugtuung zu gönnen, man weiche ihm aus und fürchte ihn. Es mußte eher der Stolz sein, der sie im Städtchen zurückhielt, ein tapferer Arme-Leute-Stolz und dazu die Demütigung, den glänzenden Roben ihrer Rivalinnen nur ihre ewigen schwarzen Kleidchen entgegenzusetzen zu haben. Überdies ging es Alvise nicht gut, er wurde jede Nacht mit starkem Herzklopfen wach und rief nach ihr. Sie stand ihm gewissenhaft bei, seit der Flucht war sie mit einem Schlag reifer geworden und härter, sie hatte mehr Einsicht. Sie hatte aufgehört, süße Weisen auf dem Klavier zu spielen, und lernte bis tief in die Nacht hinein. Einmal erstaunte sie mich mit einem Zitat auf französisch, ein andermal sah ich einen schwierigen Landolfi in ihrer Hand, sie wurde eine gute Schülerin. Um so mehr erglühte ich wieder für sie als Professor, der gewöhnlich die guten Schülerinnen schön fand, auch wenn sie nicht schön waren. Ich war also aufs neue für sie entfacht, ohne aber meine empfindliche und gebremste Umgangsart zu ändern. Die kurzen Tage fleischlichen Erfolgs hatten gewiß nicht ausgereicht, um mich schlauer und stolzer zu machen, ich war auf der Stelle zu meinem gewohnten unterwürfigen Gefühl zurückgekehrt: bereit, mich aufzuregen, aber ohne es merken zu lassen; zufrieden und unzufrieden, in ihrer Nähe zu sein; vom Verlangen nach ihr getrieben, aber voll Angst, sie zu besitzen; resigniert, weil sie mich nicht liebte, aber wütend, weil sie einen anderen liebte ... Alles in allem, lieber Leser, wie im ersten Kapitel, dasselbe Auf und Ab der Launen, je nachdem, wie geneigt ich sie fühlte, ihre Rolle in meinem Stück einer unglücklichen Liebe zu spielen: Sie gehörte niemandem, war satt, genießbar das Schauspiel ihrer Gesten, ihre Stimme, ihr Gang, ihr Duft, alles, aus dem sich dieses denkwürdige, unverwechselbare, souveräne Sie zusammensetzte; und ich als Zuschauer in meiner dunklen kleinen Loge, wo ich meine Hände für die Ewigkeit enthäutete.

Als sich Alvise eines Sonntags besser fühlte, wollte er mit uns nach Ispica, um die Cava, den antiken Steinbruch, zu besichtigen; das war ein langgestrecktes Tal, von Höhlen und Heiligtümern durchlöchert. Er hatte sich zuviel zugemutet, ermüdete sofort, blieb auf einem Felsenthron sitzen, ließ uns aber weitergehen und den Ort tiefer drinnen auskundschaften. Wir drangen weiter vor, als Katechumenen eines glücklichen grünen Jenseits. Ohne Kettengerassel, ohne Jammern und Klagen, ohne den schlaffen Flug der Fledermäuse, welche die Reisen in die Unterwelt eines jeglichen Aeneas oder Auserwählten begleiten. Hier aber entfaltete sich die graslosen Mauern entlang ein Netz von Tunneln und Bullaugen, welche die Heiterkeit des Lichts gewähren ließen; und es gab keine Aussicht und keine Figur, die nicht still dem Leben das Wort redete.
Ich suchte Veneras Arm, half ihr beim Herausklettern aus den Schächten, in die sie wohl auf der Suche nach Kühlung – die Sonne war unbarmherzig – geraten war, aber mehr noch aus einem kindlichen Trieb, sich zu verstecken und zu spielen. Auf jeden Fall ist es schwer, lange die Fiktion durchzuhalten, man sei erwachsen.
In der größten Nekropole stand ein dumpfer Geruch wie in einem alten Keller, unsere schwitzenden Körper erschauderten. Wir bewegten uns in kleinen Sprüngen fort, wobei wir den leeren Grabstätten auswichen. Aber eine hatte es ihr angetan, eine kleinere neben einer größeren. »Ein kleines Mädchen mit seinem Vater«, vermutete ich. »Die kindliche Braut eines Königs«, verbesserte sie mich. Wir schauten weiter, verloren uns, fanden uns wieder, indem wir zwischen Säulenreihen gingen, die entweder die Menschen durch ihre Kunst oder die

Natur durch Verwitterung geschaffen hatten. Ein Hundertfüßer versuchte uns zu folgen, schaffte es aber nicht, er zog sich rasch in sein Haus zurück, als er drohend einen Schuh über sich fühlte. Sie wollte entsetzt und mutwillig den Stein wegwälzen.

Stimmenlärm kam näher. Viele Stimmen. Frauen und Männer. Wie bei einem Spiel versteckten wir uns hinter einem Pfeiler aus Tuffstein, warteten, bis sie vorbei waren. Die Gesellschaft suchte keine Gräber, soviel verstanden wir, sondern Kräuter an den Abhängen des Tals. Es waren einfache Leute, was sie redeten, menschlich und im Dialekt. Wir regten uns nicht. Verstekken ist eines der großen Liebesspiele der Welt, wenn man es zu zweit macht: Die beiden allein gegen alle, nackt in einem Bett sind sie nicht so allein und so verliebt wie im Versteck.

Von unserem Versteck aus sahen wir einen sonnenbeschienenen Streifen des Pfades von blendender Helligkeit. Dort tauchten die Umrisse auf, zögerten, gingen weiter. Ich spürte Veneras Atem im Nacken, nun war wieder Ruhe eingetreten, die Kräutersucher mußten schon am Talende sein, man hörte sie nicht mehr. Sie löste sich von mir, vielleicht bewegt, ging aber lächelnd auf den Eingang zu. Dort stand ein kleines Mädchen, mochte wohl fünf Jahre alt sein, und betrachtete uns, an einem Felssplitter lehnend. Ohne Angst, aber ernst. Eine Versprengte, eine Nachzüglerin aus der Gruppe von vorhin, dachten wir. Oder ... Maria Venera schaute auf die winzige leere Grube vor uns und lachte mir mit den Augen zu. Das kleine Mädchen blieb ernst, sie mag uns für die Herren des Ortes gehalten haben. Besonders als Venera sie ansah und ihren Finger auf den Mund legte, wie zum Zeichen eines geheimen Bündnisses. Das Mädchen tat desgleichen und drückte den kleinen Zeigefinger fest auf den Mund, verschwand dann, langsam rückwärtsgehend.

Nun gingen wir Arm in Arm durchs Grüne. Ein Garten der Hesperiden öffnete sich zwischen zwei Latomien. Leben im

Tod, Tod im Leben undsoweiter undsofort. Venera schien nicht daran interessiert, sondern flog federleicht einen Kletterpfad hinauf bis zu einer Höhle, die über der Leere hing, sie zeigte sich lachend von einer Art Balkon, mimte Julia und stieg wieder herunter.

Sie war schwarz angezogen wie immer. Das gewohnte zerschlissene Kleidchen, gewendeter Mousseline. Aber wie gut es ihr stand, sie sah aus wie ein Vogel. Mit ihren feinen schlanken Beinen und einer natürlichen Anlage zum Fliegen. Ein Storch, ein Kranich. Oder eine Lerche, denn sie sang. Sie hatte nämlich jetzt zu singen angefangen, sangesfreudig auch sie wie Cecilia, aber ihr Repertoire waren weniger alltägliche Melodien: »Ja, die Liebe hat bunte Flügel, so einen Vogel fängt man schwer ...« Ja, ja, Maria Venera! Wer wird ihn zähmen, den Vogel?

Als sie sich bückte, um, mit den Bäuerinnen von vorhin wetteifernd, Origano und Kapern zu pflücken, sagte ich plötzlich und unwillkürlich von hinten zu ihr: »Dann magst du also wirklich nicht? Ich möchte dich heiraten.« Überrascht wandte sie sich um, genauso überrascht wie ich selbst über meine eigenen Gedanken und Worte. »Wie?« fragte sie, von dem Schlag aus der Fassung gebracht, sie wollte ganz offensichtlich Zeit gewinnen und rechnete sich in aller Eile etwas aus. »Trotz allem?« – »Ja, trotz allem«, sagte ich.

Aber sie hatte zu laufen angefangen. Wegen einer vorbeihuschenden Eidechse oder Kreuzotter, die sie erschreckt habe, sagte sie aus der Ferne. Ich glaubte ihr natürlich nicht. Sie überlegte sich die Antwort, sie war weggelaufen, um sich eine Antwort zu überlegen. Als sie wieder in meiner Nähe war, sagte sie schroff nein. »Nein, ich heirate dich nicht. Galfo schon, den hätte ich geheiratet, er hätte mir das ganze Leben gedient. Und ich brauche einen Mann oder einen Diener. Aber du bist weder das eine noch das andere ... Außerdem bist du alterslos, weder ein junger Mann noch ein alter, aber auch kein Kind. Aber bald, sehr bald wirst du ganz alt sein.«

Ich antwortete nichts, vielleicht hatte sie recht, vielleicht nicht, wie konnte sie so sicher sein? »Also geh weg von mir«, sagte sie. Und sie zog mit beiden Händen meinen Kopf an ihren heran und küßte mich schnell.

So war sie eben: merkwürdige Bosheiten, Hintergedanken, unschlüssige Hingabe ...

Es war Mittag, wir kamen zurück zu Alvise, der im Schutz einer Hibiskushecke saß. Er hatte eine Blüte in der Hand, zeigte uns die fünf schattigen Keile im Herzen der fünf roten Blütenblätter. »Die wird nicht lange halten«, sagte er zu uns. »In einigen Stunden schließt sie sich, und dann ist sie nur noch eine faltige Kapuze. Die Hibiskusblüte verblüht schnell.« Dann aß er freudig die mitgebrachten Brote mit uns und erzählte uns endlich die Geschichte von Liebe, Urinsäure und Tod, die er im Jahr zweiundzwanzig oder einundzwanzig in Vichy mit einem Dämchen namens Colombe oder Marie-Edvige oder sonstwas Chauvet erlebt hatte.

XII (ZUGABE)

Schon wieder ein »Beiseite« des Verfassers,
der zwischen Hebungen und Senkungen,
zwischen Vorder- und Kehrseite schwankt.

Ich war also jung und glücklich im Sommer einundfünfzig.
Jung und glücklich. Jung und ...
Aber, ist ja gar nicht wahr, ich habe angegeben.
Lieber Leser, ich will dich gewiß nicht im Stich lassen, wäre ja
noch schöner. Ich weiß genau, ich bin hier auf Erden ein Mieter, der mit den Zahlungen im Verzug ist, und ich kann meine
Schulden nur mit meinem Geschwätz begleichen. Ich weiß
ebenso, es springt in die Augen, daß dieses Gestöhne die Ton-
leitern hinauf und hinunter, das ich zwischen mein Geschwätz
einschiebe, mir nicht helfen kann, gesund zu werden. Aber was
soll ich denn sonst tun? Auf einen glücklichen Sommer warten,
um von einem glücklichen Sommer zu schreiben? Und warten,
bis mir diese Herzbeklemmungen, diese Stadt und dieser
Herbst vergehen? In dieser Stadt hätte ich früher einmal an-
kommen mögen mit dem Schritt des Galliers Brennus. Um sie
zu plündern, die Türen mit dem Stiefelabsatz einzuschlagen,
meinen Fuchs in der Barcaccia zu tränken, mitten auf der
Piazza di Spagna. Aber ich komme incognito als zahlender
Bittsteller, um mich mit einem Umschlag voll medizinischer
Bescheide auf den Knien immer wieder in das Wartezimmer eines anderen Spezialisten zu setzen. Noch dazu im Oktober, ist
dir das klar? Man spricht wohl von den Grausamkeiten des
Aprils, aber wohin mit den Grausamkeiten des Oktobers?
Denk dir einen saturnisch schwarzen Oktober, der gemeinsame Sache macht mit den Isothermen, Isobaren und Isosonst-
was eines Tiefdrucks von der schlimmsten Sorte; und der unaufhörlich von den Dachrinnen auf die Wachstücher der
Maronibrater tropft; und in dem die Wetterhähne jammern,
und das Tschaf-Tschaf des Tibers unter der Sixtusbrücke ...

Von all diesem Zeug bekommt man eine Lust, das Wasser läuft einem im Mund zusammen, ich hab nicht den Mut zu sagen, auf was … Mag sein, daß ich ein »Patho« in tausenderlei Hinsicht bin, und somit auch unter Meteoren leide, aber mir tut nicht nur der April weh, sondern jeder der zwölf Monate, ob eiskalt oder heiß oder lau, und ebenso jeder Tag des Jahres, nicht ausgeschlossen der überzählige Tag des Schaltjahres. Offenbar war ich geboren, um in einem Zeitalter ohne Jahreszeiten zu leben. Oder wenn das Wetter schon schlecht sein mußte, wenigstens im Jahrhundert der Lodenmäntel und der Gamaschen. Die kämen mir jetzt gelegen, wo mir die Hosenaufschläge bleischwer und klatschnaß um die Knöchel schlagen und die Nässe im rechten Schuh und im linken Schuh mir was vorweint, während ich in der Nacht nach eins auf die Klingel des Hotels Sole drücke.

Meine Nerven geben plötzlich nach, als ich aufwache im Hotel Sole, in der Gegend des Campo dei Fiori.
Im ersten Moment kenne ich mich nicht aus, vergeblich strecke ich meine Hand aus und taste nach der gewohnten wohltuenden Gegenwart eines lieben Schlafs an meiner Seite. Und schon sitze ich in der Unterhose auf dem Bettrand, mit baumelnden Beinen, während ich spüre, wie ein fadendünner Lichtschein sich zwischen meine zugenähten Lider zwängt, als käme er aus einem Rauchfang hervor, und mir Gutenmorgen sagt. Da: Nun weiß ich, wo ich bin, wer ich bin, weiß, was der mausgraue, schon novemberlich trübsinnige Strich, der vor einer Minute zwischen den Latten des Rolladens erschienen ist, bedeuten soll und was das Geräusch der ersten Omnibusse in der Ferne und der Geruch nach Anis und nassem Stroh der im Regen erwachenden Stadt. Der Tag bricht an, und ich sitze in diesem dürftigen Lichtschein und bemitleide mich, rufe mich leise beim Namen. Wie widerlich mein Herz, Sèvresporzellan, SEHR ZERBRECHLICH NICHT BERÜHREN, schon beim ersten Herbstsignal spüre ich genau wie in meiner Jugend die immer-

währende Niederlage, den heillosen Bankrott, und ich frage mich, was ich hier überhaupt mache, in diesem Doppelzimmer ohne Bad, die Socken von gestern zusammengerollt in den Schuhen, den Nachttopf mit einer Zeitung zugedeckt und auf dem Nachttisch ein Röhrchen Gardenal. Gesualdo, du armer Mann. Denn, sagen wir es ohne Umschweife, ich bin am Ende. Ich könnte in einer Minute umfallen und sterben, ohne etwas begriffen zu haben. Warum ich gelebt habe und warum ich sterbe und warum alles? Ich wüßte nicht einmal, ob ich in diesem apokryphen Tohuwabohu Opfer war oder Henker, ob ich meine Rolle pflichtgemäß gespielt habe, ob meine Darbietung einigermaßen war, so daß ich mich nicht schämen muß. Das wäre das Geringste. Trotzdem frage ich mich weiter, in Gottes Namen, was dann das Größte ist ... Ist es die Hypochondrie meiner sechzig Jahre und die nutzlosen Einwände der Verteidigung bei der vorletzten Verhandlung, Universum *versus* G. B.; ist es das Lebewohl der jungen Mädchen *en fleur*, die mich anschauen, als wäre ich ein Möbelstück, dem man ausweichen muß; oder es ist, weil ich mich wie ein verspäteter *Pied Noir* ohne *képi* und ohne Gewehr fühle, der sich mühsam von Düne zu Düne schleppt, aber allein, ringsum nur Araber, von seiner *bandera* keine Spur mehr ... Aber ist es das? Oder ist es, weil mir mein großer Auftritt gestohlen worden ist, den ich für mich allein gewollt hätte, angetan mit dem Hermelin eines Herrschers statt mit den Lumpen eines Statisten ... Oder ist es die Gesundheit, ist es eine Frage der Gesundheit? Auf jeden Fall erobere ich mir nun zum zweitenmal in zwei Tagen ohne Ankündigung, aber mühelos den schwierigen Orgasmus der Tränen.

XIII

Der große Ball, von zehn Uhr bis ein Uhr nachts.

Es kam der Tag des großen Balls im Freien, ein Dienstagabend, Ferragosto einundfünfzig. In Chiaramonte Gulfi im immergrünen Garten hoch über dem Tal. Der Mond am Himmel, zu Anfang wie im Zirkus, aber bald kamen große Wolken und versteckten ihn.

(Einbalsamiert in meinem Kopf das Fotoalbum jenes Abends, ein Gespenst mit vielen Gesichtern, eins nach dem anderen durch ein Kreuz verunziert ... Wüßte ich doch die Zauberformel, ich würde dich wiedererwecken ... Aber jedesmal taucht wieder ein Mißverständnis auf, ich verfehle dich um einen Atemzug, um anderthalb Atemzüge ...)

(... So geht es mir immer: Die Gnade scheitert im letzten Augenblick, das Wunder mißlingt. Wie wenn uns ein Motiv im Kopf umgeht und wir es in all seinen Windungen kennen, aber die Lippen versagen ...)

Da sitze ich, mit reichlich behaartem Kopf und in leichtes Blau gekleidet, am Tisch mit Sasà Trubia, er beinahe nicht wiederzuerkennen, da er sich den Bart geschoren hat. Ich schlürfe, wie es sich gehört, die Spirituose, zu der er mich eingeladen hat, und huste sofort in mein Taschentuch. Die Nacht um die erleuchtete Tanzfläche ist rauchgrau. Ich überlege mir, wie dieser konkave Kreis aus Licht und Klang, dieser rote Krater mit seinem beherzten Rauschen von der Kabine eines Zeppelins aus erscheinen würde: ein flammender Kreis wohl, von oben her, aber so verschwindend klein und ringsum von soviel Finsternis bedroht! Ich stehe auf und schaue von der Balustrade aus in die Finsternis des Tales hinunter. Alles still! Aber wenn ich mich umdrehe, wirbelt doch der Reigen der ergreifenden Illusionen, drehen sich Damen und Herren, lächeln und lachen die künftigen Verstorbenen, Gott hab sie selig neunzehnhun-

dertneunundneunzig … Sie ahnen nicht, daß eine unsichtbare
Horde Neugeborener beiderlei Geschlechts, vorerst noch in
ihre Lenden und in ihre mit Seide umwickelten Bäuche eingeschlossen, sie bald in die Grube gestoßen haben wird; sie ahnen
nicht, daß die dumme Horde der Zukunft unsichtbar hinter ihnen hergaloppiert, schon mit einer Lanze diese Minute flüchtigen, vergeblichen Glücks bedrängt …

Unter den ersten, die hier angekommen sind, war ich mit meinen zwei gewohnten Freunden. Nachdem wir den kleinen Wagen am Berg in der Nähe des Eingangs geparkt hatten, gingen
wir lässig rauchend zu Fuß weiter, um unsere Eintrittskarten
vorzuweisen, wo mit anderen Hostessen auch Isolina stand.
»Mit Durchschnittsnote Einskommafünf bestanden«, brüstete
sie sich vor Licausi, wobei sie mich anschaute. Und sie versprach, bald zum Tanzen zu kommen. Im Moment hatte sie die
Eintrittskarten abzureißen, sich um die Wettbewerbe und die
Wohltätigkeitslotterie zu kümmern, die im Lauf des Abends
vorgesehen waren. Rosig und fröhlich, die anmutigen nackten
Schultern von einer Chenillestola verhüllt, die Andeutung einer dunkleren Furche am zarten Ansatz der Brüste … Wir gehen hinein, der Kies auf den Wegen knirscht unter unseren
Sohlen, eine Trompete probt einen Akkord. Es ist noch früh,
kein Paar auf der Tanzfläche, an den Tischen wie üblich die
Gesichter der Junggesellen, immer die ersten bei solchen Anlässen, unverfroren, wie wir eben sind. Für die Jungfern ziemt
es sich dagegen nicht, sich ungeduldig zu zeigen.
Da ruft mich Sasà Trubia an seinen Tisch. Mich allein, um allein mit mir zu sprechen. Über Venera, denke ich, und mir steht
das Blut still. Denn auch ich möchte endlich mit ihm über sie
sprechen, mein Herz ausschütten. Er bittet mich dagegen, bei
Don Nitto ein Wort einzulegen, er möge den Scheck vorerst
noch nicht einlösen. Nicht daß er ungedeckt wäre, aber … er
möge ihn zunächst noch nicht einlösen, es sei etwas im Gange,
ein Projekt.

Schon gut, ich würde für ihn plädieren. Dann nehme ich meinen Mut zusammen:

»Sasà, ich bin verliebt, in eine, die mich nicht haben will.«

Er versteht mich kaum wegen der Trompetenklänge hinter seinem Ohr. Als er mich versteht, reagiert er scherzhaft: »Ich lege ein gutes Wort für dich ein, wer ist's denn?«

»Deine Cousine Maria Venera.«

Er ist verstört, die Stimme versagt ihm. Da stößt Iaccarino zu uns, ein Monster an Taktlosigkeit, und er bleibt vor uns stehen, hüpft von einem Fuß auf den anderen, wobei er schmerzlich sein Gesicht verzieht, als würde ihn ein Hühnerauge drücken oder ein dringendes Bedürfnis quälen. Natürlich erstirbt die Unterhaltung.

Inzwischen treten scharenweise die Familien auf, der Ball kommt in Schwung. Das Orchester spielt *Tico Tico*, vor uns tanzt hüpfend der kleine Baron Puleo mit der Notarin Virzì vorbei. Isolina tanzt unentwegt, nachdem sie ihr Amt als Pförtnerin niedergelegt hat, ein Knochen für viele Hunde, fixiert sie jedesmal kritisch die Krawatte des Tanzherrn, der gerade an der Reihe ist. Licausi, auf der Lauer hinter einem Baum, läßt sie keinen Moment aus den Augen und wartet, daß sie sich losmacht und an den Familientisch zurückkehrt. Dann fällt er sie von hinten an, Stühle und Lampen umwerfend; unter den wohlwollenden Blicken von Mama und Papa beruft er sich auf die Klausel des bevorzugten Handelspartners. Sie erscheint geneigt, steht wieder auf, sie tanzen, ohne zu reden.

»Licausi hat Feuer gefangen, der Siebenschläfer«, sagt Iaccarino, den einen Fuß auf die Tanzfläche, den anderen auf den meinen gestützt, während er den Verlauf des Tanzes beobachtet.

»Man kann sich auf nichts mehr verlassen«, stimmt ihm Sasà zerstreut zu und sagt leise zu mir: »Venera will dich nicht haben, sagst du?«

Ich nicke, rede aber nicht weiter. Iaccarino hat zwischen zwei Schnäpsen eine seiner Nummern vom Stapel gelassen. Genau, was ich gefürchtet hatte, ich hatte es ihm so ans Herz gelegt. Er solle nicht trinken, wenig reden, es habe mich schließlich allerhand gekostet, Don Nitto eine Einladung auch für ihn abzuluchsen. Aber schon bei den Geburtswehen der Nacht ist er völlig hinüber. Er versteift sich darauf, das Fest zu beschreiben wie der Herold bei den Turnieren von einst oder ein Rundfunkreporter: »Eins, zwei, drei ... Da naht von rechts Donna Letizia Mistretta und zwei Schritte hinter ihr der Gatte: *Cornu petit ille, caveto!* Von links antwortet ein Geklingel: Das Paar Gangemi-Nicita teilt die Menge wie der Kiel einer Piratenschebecke die Fluten. Wo er hintritt, da wächst kein Gras mehr; sie tut es ihm gleich, ein Monument aus Fleisch wie er. Das gäbe ein Freudenfest für die Hungernden auf dem Floß der Medusa!« ...

»Ich weiß von euch beiden«, sage ich Sasà ins Ohr. »Liebst du sie? Willst du sie auch heiraten?«

Aber da sah mich Iaccarino entrüstet an: »Warum lachst du denn nicht?« Als er dann unter einer Laterne eine einsame Dicke entdeckt hatte, flehte er: »Fräulein Varcadipane, o Wunder, o Geheimnis! O meine schöne Tulpe, o du, die ich lieben würde, o du, die du es erfahren wirst. Ruhig auf deinem Platz sitzend, Madonna, die niemand holt, Iaccarino wird dich holen.«

Wir seufzten ungeduldig, er ließ nicht locker: »Unecht ist sie, sie kann nur ein Traumbild sein, sie ist zu schön, um wahr zu sein. Ich stelle mir schon einen Dialog vor – fünfzig Jahre später: ›Oma, warst du früher schön?‹ ›Einmal war ich schön‹, wird sie antworten, ›an einem Abend im August.‹«

Er stand auf, ging majestätisch auf sie zu, verbeugte sich und redete lange auf ihren großen verwelkten Oberkörper ein, der unter dem blendenden Gelb der Buse auf- und abwallte.

»Zum Teufel mit ihm!« explodierte schließlich Trubia, und zu mir sagte er trocken: »Wieso denn heiraten, Cousinen heiratet man doch nicht. Da gerinnt das Blut nicht, man bekommt blöde Kinder ...«

»Ja, die Kinder ...«, sagte ich nicht ohne Tücke.

Er sah mich aufrichtig erstaunt an, von dem verpfuschten Kind dürfte er nichts erfahren haben, Venera hatte es ihm wohl verschwiegen. Im übrigen verhaspelte er sich sofort, da er sah, daß sich eine Kurzsichtige königlich näherte und auf uns Kurs nahm. Sie war mit Schmuck behangen wie die Begum, ich glaube die Tochter des Juweliers Virgadauro. »Das ist jetzt nicht der richtige Augenblick«, sagte er. »So komm und tanze ein wenig, worauf wartest du denn?« Damit verabschiedete er mich, zog mich mit den Händen hoch und stieß mich auf die Tanzfläche, um mit der Angekommenen allein zu sein.

Tanzen ... ja, im Grunde bin ich deshalb gekommen. Habe ich meinen Vorsatz, gegen die Welt Krieg zu führen, schon so bald vergessen? Mit der Erstbesten ein Paar bilden und der Welt zurufen: »Welt, du bist mein!« Wenn Venera sich nicht herabläßt, bleibt mir dafür das ganze Jagdgehege. Nicht eine, sondern zwei, drei Beuten vermag der gute Jäger, als einziger Horatier gegen die Kuriatier, zu zähmen!

Das Fest belebte sich. Die Tanzfläche war mit einem Mal gedrängt voll. Das mißfiel mir keineswegs. Man brauchte nun nicht mehr dem Tanzschritt zu folgen, sondern sich, nur auf der Stelle tretend, miteinander zu wiegen und dazu fleischlich hingerissen zu schauen. *Besame, besame mucho ... Addormentarmi così ...* Wie viele glänzende Augen und leichtgläubige Gesichter schwammen über dem Wirbel aus Brillantine, Rasierwasser und weiblichen Salben! Eine vielfältige Ambrosia floß durch die Zwischenräume, die zwischen den Körpern noch blieben, und es schien leicht, darin herumzuschwimmen, so leicht wie für Don Cesares Fisch im Wasser seiner Glaskugel.

Nun wurde *Les feuilles mortes* gespielt. Das wollte ich nicht versäumen und forderte Giuliana Martoglio auf. Ich kannte sie vom Sehen, im Gesicht war sie so là-là, aber ihr Körper war appetitlich und geschmeidig wie eine Violine, und zwei Brüste gingen ihr voraus wie zwei äthiopische Bergkuppen. Außerdem reizte sie mich, weil sie, wer auch immer versuchte, mit ihr zu reden, lächelnd und schweigend zuzuhören pflegte.

Ich verteidigte mich im vornhinein: »Sie dürfen ihren letzten Wunsch sagen, bevor Sie mit mir tanzen:« Sie lächelte. Ich begann miserabel, denn ich rempelte ein nachdenklich stillstehendes Wange-an-Wange an. »Das hab ich absichtlich getan«, log ich, um mich zu rechtfertigen. »Ich gebe den zärtlichen Paaren immer einen Tritt, damit sie nicht vergessen, daß es die Zeit gibt.« Sie lächelte immer noch, mit Schrecken stellte ich fest, daß ihr Lächeln ein Deckel über einer Leere war und daß sie, was das Tanzen betraf, noch schlechter war als ich. »Sie sind eine Stradivari«, log ich wieder, »aber ich bin leider kein Paganini.« Als hätte ich nichts gesagt, sie lächelte immer noch. »Der erste Tanz mit einer Frau ist immer aufregend für mich, wie wenn man am Bahnhof einer Stadt ankommt, die man nicht kennt.« Diesmal lächelte sie nicht, sondern sah mich befremdet an. Ohne Zuversicht probierte ich noch einen meiner Reserve-Manierismen aus: »Aber sagen Sie doch etwas: Vorname, Nachname, Lieblingsblume ... Schauen wir mal, ob die Stimme so hübsch ist wie der Rest.« Sie gehorchte: »Martoglio Giuliana.« Ihre Stimme klang nach Polypen in der Nase und Sancta Simplicitas. Da ich ihr wenigstens eine momentane Wärme abgewinnen wollte, sagte ich, aber vergeblich: »Überlassen Sie sich mir wie ein Blatt dem Wind«, aber sie war und blieb zwischen meinen Armen so steif wie ein Telegrafenmast ...

Das Musikstück ging jedoch zu Ende, die Blätter waren alle verwelkt. »Ich bringe Sie auf ihren Zweig zurück, Fräulein Martoglio Giuliana«, sagte ich gottergeben.

Nachher wurde es besser und schlechter, als ich die Ich-weiß-nicht-wie-sie-heißt aufforderte. Das waren Zeiten damals, da tanzte man zu zweit und mit Tuchfühlung und redete viel beim Tanzen. Sie war ironisch, stachelig und schön, bedrohlich schön; einige Abende vorher hatten wir zusammen einen katastrophalen Charleston getanzt. Ob sie sich noch an den erinnere, und ob, wie sollten ihre Füße meine Füße vergessen können.

»Wir haben also ein Stück gemeinsame Vergangenheit«, sagte ich zu ihr. »Eine schmerzhafte, wir müssen nochmal eine erfinden«, entschied sie heiter. Das war Wasser auf meine Mühle. Ich fing an zu erfinden, und sie machte mit, wobei sie sich sehr oft die Nase putzte, mit der Eleganz einer Königin. Verschnupft und königlich schickte sie mir mit ihren Fingerspitzen einen Kuß, als ich zu ihr sagte, eine schönere Nase hätten sich die Bazillen nicht aussuchen können. Dann ging sie plötzlich ganz natürlich zum Du über: »Erinnerst du dich noch an unsere erste Begegnung vor vier Jahren im Zug?« »Und an den Kuß«, sagte ich, sofort in meiner Rolle, »erinnerst du dich noch an den Kuß im vorletzten Tunnel?«

»War das nicht im letzten? Hab ich schon so bald nachgegeben?«

Und so ging es weiter, bis wir es satt hatten. »Spielen wir lieber eine Zukunft erfinden«, meinte ich. Aber da kam Michel, der Kino-Franzose, gab mir einen Klaps auf die Schulter, jetzt sei er dran, sie rannten weg wie zwei Hirsche.

»Vorname, Nachname und Lieblingsblume?« wiederholte ich eine Minute später vor einer Unbekannten mit Löwenmähne. Sie entpuppte sich als Michels Fotografin, und er, der mich zu beschatten schien, raubte sie mir schon nach dem ersten Tanz. Tònchilas Zauber tut seine Wirkung, dachte ich, als ich die Tanzfläche verließ. Nicht ohne Isolina im Vorbeigehen zu sagen, sie komme mir vor wie ein kleiner Alpensee. Sie wurde glühend rot und schien sich an Licausis Brust zu flüchten, der sie an sich drückte. »Was soll das heißen?« protestierte sie. »Daß ich aus Eis bin?«

Sie fühlte sich gekränkt, vergeblich sagte ich noch, daß ich einen Stein in den See hätte werfen mögen ...

Belustigt, aber müde. Ich spürte (und es war eines der ersten Male, später sollte ich mich daran gewöhnen) den bizarren Geschmack des Nichtvorhandenseins in mir, an den anderen, in dem komischen Treiben des Todes im Leben in diesem Augenblick und an diesem Ort. Wie schon in der Cava wuchs auch hier jede Blüte und jede Frucht über dem Nichts. Milliarden, Milliarden und Abermilliarden unserer Zellen gingen auf den Zerfall am Ende, auf die aschige Vollkommenheit des Nichts zu. Der Verdacht dabei war, daß das wahre Spiel hinter dem Vorhang gespielt wurde und jemand zuschaute, ohne sich sehen zu lassen, und geräuschlos nur zum Schein in die Hände klatschte. Oder ich wunderte mich über die Sinnlosigkeit, daß so viele kleine Menschenmaschinen, alle zum Denken ausgerüstet, auf der Welt waren ohne jeglichen Grund dafür, in hohem Maße beliebig, während die Vernunft verlangte, daß an ihrer Stelle nur das grenzenlose Vakuum des Nichtseins herrschen sollte.

Was fehlte nun noch, um zu dem Schluß zu kommen, daß ich selbst, mein eigenes unglaubliches Ich, nur ein verkleidetes Nichtsein sei? »Ich bin nicht da«, sagte ich mir. »Ich befinde mich mit den anderen in einer Gesellschaft des Scheins, in einem Verband gegenseitiger Hilfe, in dem jeder für den anderen ein Bürge ist und wir alle einander arglistig Leben garantieren. *Videor, ergo non sum* ... Oder womöglich: *Sum, ergo non sum* ...«

Um diese Weisheiten mit den geeigneten Grimassen zu begleiten, wäre Professor Iaccarino, der Kenner der Vorsokratiker, vonnöten gewesen. Aber der Kerl hatte am Arm seiner Tulpe angefangen, Lose für die Wahl der Schönsten zu verkaufen, und frech verlangte er, ich solle welche abnehmen.

Da begann das mitternächtliche Feuerwerk. Der Feuerwerker hatte die Maschinerie im tiefergelegenen Teil des Gartens aufgestellt, wo sich die Kieswege in der Dunkelheit verloren. Wir hörten auf zu tanzen, die Kerzen auf den Tischen und die venezianischen Laternen an den Gartenmauern wurden ausgelöscht, nur ein Licht blieb im Laubwerk einer Araukarie hängen, dann wurde auch das ausgeblasen. Die Dunkelheit fiel auf uns wie eine schwere, grobe Bauerndecke. Der Feuerkreis auf der Erde ist verschwunden, wunderte sich einer in der Kabine des Luftschiffs …

Die Kapelle spielte leise schnelle Walzer, die Paare, die sich in der Dunkelheit aneinander drängten, küßten sich noch nicht, sondern dachten daran … Da schoß die erste Rakete in den Himmel, und ihr folgten, sie verfolgend, hundert andere, Fontänen und goldene Wasserstrahlen, die, sich brechend und wieder aufblühend, Note für Note von der Musik bestätigt wurden, so daß es aussah, als würden sie, von ihr dirigiert, die Musik dirigieren.

Isolina und Licausi, die Unzertrennlichen, waren zufällig neben mir gelandet. Jedesmal wenn hoch oben ein Feuerwerkskörper explodierte und seine Krone langsam in Schirme rosigen Lichtes zerstob, mußte ich den Widerschein des Schimmers auf ihrem Hals betrachten: den Nachglanz eines Sonnenuntergangs auf Marmor aus Massa oder Carrara.

»He du, Einskommafünf in Italienisch«, forderte ich sie mit leiser Stimme heraus. »Weißt du, wer sich ein schwebendes Haus vorgestellt hat, das mit einem Seil an zwei Sternen befestigt ist?« Sie wußte es nicht, und ich suchte in einem Anfall von Kühnheit mit meinen Fingern ihre Hand. Einen Millimeter davor hielt ich inne, denn ich gewahrte breit, ausschließlich und behaart Saro Licausis Hand um die ihre geschlungen.

Ich wurde melancholisch. Cecilia, dachte ich. Venera, dachte ich. Wo waren sie jetzt? Welchen Widerhall hörte die eine und welche Jagdhörner an der Adda und an der Olona, an den Furten ihrer Kindheit? Wenn sie nicht, was selbstverständlicher war, gerade im Bett eines dicken Bürgers schlief …

Und die andere, meine Maria Venera, die Klavier spielende Carmencita, von welcher Liebe mit bunten Flügeln ließ sie sich im Schlaf wiegen? Schlief sie, träumte sie gerade? Die Antwort auf meinen Zweifel erfuhr ich, was Cecilia betraf, nie. Bei Maria Venera war es anders. Kaum war die letzte Rakete verglüht und im selben Moment die Musik verhallt, wobei der letzte Funke genau mit dem *smorzato* der letzten Note zusammenfiel; kaum gingen um uns die Laternen wieder an, wodurch sie jegliches wachsame Luftschifferauge hoch oben wieder ermutigten; da stand mitten auf der Tanzfläche am Arm Don Alvises, im weißen Kleid der Mutter aus alter Villarmosaspitze und, à la Ophelia, mit offen auf die Schultern fallendem Haar strahlend Maria Venera.

XIV
Der große Ball, von eins bis drei.

Es war ein Uhr nachts, und das Herz des Festes klopfte und weitete sich. Maria Venera war beim Intermezzo des Feuerwerks ins Dunkel getreten und jetzt, als das Licht wieder da war, schien sie mit einem Schlag die hundert Herzen der anwesenden jungen Männer in ihrer Hand zu haben, wie wenn Don Nitto nach einer Neun für die Bank mit beiden Armen den ganzen Haufen des eingesetzten Geldes zu sich hin schob. Selbst Iaccarino in seinem benebelten Zustand schien bezaubert: »*Mane nobiscum, Domina, quia enim vesperascit*«, deklamierte er von seinem Tisch aus, so daß die Tulpe, alias die Lehrerin Incallina, entrüstet über die Gottlosigkeit, schmollte und schließlich wegging und ihn allein ließ.

Ich aber, mitten in der Schar der jungen Garde, suchte lange einen Blick des Mädchens zu erhaschen, und bekam schließlich den winzigen Obolus eines zerstreuten Lächelns. Dafür wurde ich von Don Alvise erhascht, der neben der Tanzfläche einen Stuhl ergattert hatte, indem er mit seinem Stock schnell mein Bein einfing und sich meine Gesellschaft erzwang. Er schien verklärt, der Alte. Zurückgekehrt zum Brio und zur Laune von früher: sei es, weil der sichtbare Erfolg seiner Enkelin ihm zeigte, daß er nun die Episode der Entführung als vergessen und ihre Ehre als in allen Ehren wieder hergestellt betrachten konnte; sei es, weil ihn die Atmosphäre des Festes ansteckte, der vertraute Geruch nach Puder, nach alkoholischen Getränken und nach dem Staub, den die Absätze der Tanzenden aufwirbelten. Ich mußte mich also neben ihn stellen, wodurch mir zumindest die »Zugtarantella« erspart blieb: eine Art getanzte Prozession zwischen Tischen und Bäumen, bei der jeder seine Arme auf die Schultern des anderen legte. Ein Spiel, aber Maria Venera, die es anführte, gab seinen Verschlingungen einen anmaßenden Ernst, und es gelang ihr sogar, die Eltern und Vizemütter in den verstecktesten Ecken aufzustöbern. Schließlich überflutete sie mit der ganzen Schar das Podium, gebot der Trompete ein Hab-acht-Solo, bemächtigte sich des Mikrophons und rief mit lauter Stimme: »Sasà Trubia!«

Ich schüttelte mich, es gab nichts zu lachen, die Nacht des Letzten Gerichts war da, und ich gebe zu, daß ich gefürchtet hatte, nach jenem Namen würde der meine ertönen. Ich sah mich um. Ein rascher Blick bestätigte mir, daß Sasà Trubia nicht an seinem Platz war. Schon vorher hatte ich ihn, sowie Maria Venera sich gezeigt hatte, am Arm der Virgadauro unter den bewundernden Zuschauern gesehen, wobei er die eben Angekommene mit einer traurig spöttischen Miene ansah und sich seine Lippen zu einem gezwungenen Lächeln verzogen. Als ich nun wieder nach ihm suchte, stand er immer noch bei der Juwelierstochter, aber isoliert, denn die Tanzenden waren furchtsam von ihm weggerückt wie von einem Aussätzigen oder einem Bettler. Ich verglich ihn mit Maria Venera, sie wären ein schönes Paar gewesen. Was sie diesmal vereinte, war eine tragikomische Herausforderung, bei der Gefühle auf dem Spiel standen, Stolz, Vergeltung, Verlangen, Groll, lauter Zutaten eines klassischen Falls, aber hier gemischt mit dem prallen Leben eines Volksfests, das nicht mit den wirklichen Sublimitäten der Liebe zusammenklingen konnte.

»Sasà, Vetter Sasà!«

O weh, warum, Maria Venera? Was willst du denn von ihm, siehst du mich nicht? Von ihm mit seinen zweifelhaften Schecks, von ihm, der bereit ist, seine Seele an die Schmuckbehangene zu verkaufen, siehst du das nicht? Bin ich da nicht besser mit meinen abgetretenen Schuhen, ich, der seinen neuen Anzug mit Schulstunden bei den Kindern des Schneiders abstottert? Ich mit meinen dummen Nerven, die wie Schäferhunde zu jedem Mond bellen, aber mit einem so großen, so poetischen Herzen, einem Herzen wie ein Doppelbett!

Maria Venera dürfte meinen Aufruf überhört haben, stolz erblühte sie aus ihren Spitzen wie aus einem griechischen Gewand, stand vor dem Mikrophon wie eine Künstlerin, die auf ihren Einsatz wartet. Schweigend nun, lachend und Trubia anblickend.

Er kam nach vorne, immer noch Arm in Arm mit der Begum, kam direkt vor das Podium.

»Cousine Venera«, sagte er, »hier bin ich, zu Eurer Verfügung.«

Sie durch das Mikrophon: »Vetter Sasà«, lachte sie immer noch, »Vetter Sasà, Ihr sagt es also nicht einmal den Verwandten? Die guten Nachrichten haltet Ihr geheim?« Und dann: »Söhne und Töchter, Mamas und Papas«, erklärte sie dem Volk im Dialekt, »bald gibt's ein großes Mahl, Sasà Trubia heiratet.«

Alle klatschten darauf in die Hände, während Trubia erbleichte und die Virgadauro puterrot wurde. Michel, der nicht viel verstanden hatte, kam zu mir, mein Gesicht war ihm nun schon vertraut, und fragte: »Qu'est-ce que c'est que ça?« Ich antwortete ihm nicht, wie alle anderen wartete ich ab, gleichermaßen schwankend zwischen Aufregung, Freude und ängstlicher Unruhe. Ich fühlte mich nun nicht mehr zur Rolle eines einfachen Zeugen aufgerufen, sondern zur Pflicht des stillschweigend zustimmenden Chorsängers; ich konnte ja noch nicht ahnen, zu welchem Epilog oder Prolog.

Nach einem Augenblick der Verblüffung, währenddessen alle auf ihn schauten, ging Trubia auf das Podium, allein. Niemand hat je erfahren, ob er die Ankündigung Lügen strafen oder bestätigen wollte oder sonstwas. Denn auf halber Höhe der Treppe begegnete er der herabsteigenden Venera und, als sie vor ihm stand, klatschte sie ihm ihre fünf schönen Finger ins Gesicht mit einem Knall, den der Schlagzeuger, der in extremis eingriff, vergeblich mit dem Getöse der Becken und Trommeln zuzudecken versuchte. Sasà hob die Hand, um zurückzuschlagen, senkte sie zu Veneras Gesicht, einen Augenblick schien er die Rache in eine Liebkosung umwandeln zu wollen. Aber dann muß ihm das Blut in den Kopf gestiegen sein, die Liebkosung wurde doch zur Ohrfeige, worauf ihm zur Antwort ins Gesicht gespuckt wurde, feierlich wie bei einem Verdikt. Das alles dauerte nur eine Sekunde: so daß die Beine der beiden nicht einmal dazukamen, den vorausgehenden Befehlen zuwiderzuhandeln, sondern sie treulich befolgten, die ihren treppab, die seinen treppauf, auch wenn letztere, kaum daß sie oben angelangt waren, sofort zur Ordnung gerufen, eiligst kehrtmachten.

Der Himmel wollte seinen Senf dazu geben, Tropfen fielen aus einer umherirrenden kleinen Wolke, ein einsamer Donner war zu hören. »Gott ist am Telefon«, sagte Iaccarino hinter mir. »Die Verbindung ist unterbrochen«, fügte er hinzu, als es klar war, daß ein zweiter Donner nicht stattfinden würde. Er befand sich im dritten Stadium seiner Trunkenheit, dem metaphysisch-feuchten, und hängte sich an meinen Arm, er wollte getröstet werden.

»Gott«, sagte er zu mir, während Trubia, sich das Gesicht mit einem Taschentuch abwischend, vorbeiging, »haut wieder mal zu sehr auf die Pauke, macht zuviel Reklame für sich. Ein paar Blitze und ein paar Erdbeben weniger würden ihm weiß Gott mehr nützen! Aber Taktgefühl war noch nie seine Stärke …«

Mag sein, aber ich hatte jetzt im allgemeinen Aufruhr etwas anderes zu tun, als ihm mein Ohr zu leihen. Ich wollte Venera finden, als erster mir ihr reden. Es war nicht möglich, alle tanzten schon wieder, und sie mit den anderen, als wäre nichts geschehen und als wäre es genug, dem Fest neuen Schwung zu geben, um jegliche Verlegenheit zu zerstreuen. Von dem Zwischenfall war nicht mehr als der Schatten eines geträumten Widerhalls in der Luft geblieben, der Knall der Ohrfeigen (oder war es ein Vorhang im Wind gewesen?) war schon im Krachen der Musik untergegangen. Das Orchester legte sich mit sämtlichen Muskeln ins Zeug: wie wenn im Kino nach der Schießerei der schwarze Pianist kräftig in die Tasten greift. An den Tischen der Alten dauerte das Gemurmel länger. Ein Furunkel war angestochen worden, und die Haut brauchte ihre Zeit, um zu vernarben. Aber bei den Jungen kein Rest mehr davon, nur wissendes, ruhiges Lächeln von Leuten, die augenblicklich derselben Meinung sind, ohne es sagen zu müssen. So wurde mir klar, daß von Venera und Sasà seit einiger Zeit alle alles wußten, nur ich und Don Alvise hatten keine Ahnung.

Don Alvise, ja, was war mit Don Alvise? Ich äugte zu der Ecke, wo ich ihn gelassen hatte, weil ich ihn trösten wollte. Aber das war gar nicht nötig. Er hatte nämlich nichts gemerkt, die stehende Menge hatte ihm die Sicht versperrt, und die Schwerhörigkeit seiner neunzig Jahre hatte Veneras Worte, obgleich durchs Mikrophon gesprochen, verschluckt oder verzerrt. Er hatte im übrigen zu tun, um den Abgeordneten Scillieri als Geisel bei sich zu halten, er erzählte ihm vom Monokel eines gewissen Guglielmo Giannini, dem Monokel eines *parvenu*, der sich als Herr aufspielen wollte. Das behagte Scillieri selbstverständlich nicht, aber er schaffte es nicht, sich loszumachen, ich ließ ihn in der Patsche, lief weg auf der Suche nach Maria Venera.

Es war nicht leicht, nach dem Zwischenfall hatte sich der Wettstreit der Kavaliere, die sie engagieren wollten, noch verstärkt, ich kam nie an die Reihe. Sie lachte auffällig, zog weiß und hochmütig ihre Kreise zwischen den unbedeutenderen Paaren, ohne bei ihren Drehungen um die Tanzfläche den Tisch zu vermeiden, ihn im Gegenteil eher suchend, wo Sasà finster und unablässig mit seiner mutmaßlichen Verlobten redete. Verstört sah ich sie nur, als Galfo die Szene betrat. Ich hatte nicht gedacht, daß er kommen würde, und er mußte lange gezögert haben, wenn er so spät kam. Er trug Leinen und ein weißes Hemd, wie aus dem Modejournal geschnitten. Sofort stürzte er sich in den Tanz, ein Freiraum bildete sich um ihn herum. Er hatte offenbar seine Tanzschuhe mitgebracht, die mit der klingenden Sohle zum Steppen. Bald standen alle im Kreis um ihn herum, niemand tanzte mehr, und das Orchester spielte für ihn Stücke von vor dem Krieg, *Cappello a cilindro* und *Seguendo la flotta*. Das nützte ich aus, um Venera, die unbeschäftigt war, auf die Schulter zu tippen.

Ich war verwirrt bei dem vielen Glanz und der Musik, bei so vielen ernsten und komischen Bewegungen des Lebens, mein Kopf drehte sich wie ein Karussell. In der letzten Stunde war außerdem sehr viel geschehen: Zweifellos war etwas enthüllt worden, obwohl nicht klar war was. Im Grunde hatte ich nicht viel Neues erfahren. Maria Venera liebte Trubia bis zum Skandal. Wie auch nicht? Sie hatte sogar ein Kind mit ihm gemacht oder etwas, das ein Kind hätte werden sollen. Sie war mit Galfo durchgegangen, schon gut, aber aus wildem Eigensinn, aus einem Bedürfnis nach Verhöhnung, um damit dem schwarzen schweren Herzen Luft zu machen. Und ich? Ich war im rechten Augenblick gekommen, um das Viereck zu schließen als Hilfstruppe, als höriger Troß. Ein Briefträger, den man benutzte und vergaß, ein Hauslehrer, dem man schmeichelte und den man mit ein paar Küssen entlohnte; ein Fremder vor allem, dem man wenig Rücksicht schuldete. Denn obwohl ich durch die zwei Wurzeln meiner Füße mit der Stadt verwachsen war, spürte ich doch immer noch einen Hauch feiner unkörperlicher Fremdheit, der meine Kleider, meinen Wortschatz, meinen Tonfall, mein Benehmen umwehte, so daß ich mit keinem anderen zu vergleichen war, der zu Veneras Gegend und Familie gehörte. Ich war anderswoher gekommen, und diesen unschuldigen Schandflecken hätte nicht einmal die Liebe ausbleichen können. Außerdem liebte Venera mich nicht.

Sie wandte sich um: »Na, Professor. Hast du's gesehen, hast du's gehört?« Sie hakte sich bei mir unter, führte mich an die Stelle, wo der Garten jäh in das schwarze Tal abfiel, und drehte dem Licht den Rücken zu. Nach einer Weile merkte ich, daß sie weinte, dabei beugte sie ihren Oberkörper so weit über die Balustrade hinaus wie einer, der sich über ein Brückengeländer erbricht.

»Was für ein schwieriges Mädchen du bist«, sagte ich hinter ihr. Und sie, ohne sich umzuwenden: »Aber nein, ich bin doch ganz einfach und leicht, du hast dir ein falsches Bild von mir gemacht.« »Leicht? Gut zu wissen«, sagte ich mit Absicht zweideutig. Sie wurde düster, und ich sagte noch einmal: »Heirate mich«, und legte ihr meine Hand auf die Schulter, wo der Träger ein wenig in das rosige Fleisch einschnitt.

Sie schüttelte zweimal den Kopf, dann bat sie mich um eine Zigarette.

Aber schon wurde sie zurückgerufen, es begann der Kerzentanz, und da durfte sie nicht fehlen. Das war ein Spiel, ein Vorwand, auf jemands Kosten zu lachen. Sieben Herren und sechs Damen wurden ausgewählt, der überzählige Herr bekam als lächerliches Zepter eine Kerze in die Hand, die er an einen anderen weiterzugeben hatte, indem er ihm seine Dame raubte, bis schließlich, nachdem die Musik plötzlich abbrach, einer von den sieben übrigblieb, allein ohne Dame mit der erloschenen Kerze in der Hand. Muß eigens gesagt werden, daß ich zum Ziel des Spottes wurde? Hatte ich doch, wie mir schien, beinahe selbst ein unvorteilhaftes Ende für mich erhofft, beinahe absichtlich gezögert, die Stafette loszuwerden ...

Ein Emblem? Meine Niederlage ins Kleine übertragen? Nun geht der August zu Ende, bald kommen September und Oktober ... Vielleicht muß ich an eine andere Schule, in eine andere Stadt, ich werde ein Jahr älter und stehe mit leeren Händen da.

In dem Moment half mir das endlich liebevolle Mitleid Maria Veneras. Sie wollte einen Slow mit mir tanzen, bei dem ich weniger Unheil stiften würde. Galfo führte eine ihm ebenbürtige geschickte Tänzerin, sie zeigten, was sie konnten. Als er in unsere Nähe kam, glaubte ich einen Augenblick, er wolle mir aufs neue seine Sekundanten schicken. Aber er grüßte Venera, und sie grüßte zurück. Dann gingen wir miteinander ans Buffet, um den Friedensvertrag in Gestalt von drei Gläschen zu unterzeichnen, es wurden dann fünf, als Iaccarino zu uns stieß, noch dampfend von seinen philosophischen Dämpfen. »Wenn es ihn gäbe, wüßte man's«, wiederholte er, eher für sich selbst als für uns, weil er es sich einreden wollte, dann verschwand er in der Menge.

Es war, glaube ich, das erste Mal, daß Venera und Galfo sich wiedersahen. Und es war auch eine Revolution für die Sitten in unserer Provinz, daß sie öffentlich wieder miteinander sprachen. Aber trotzdem, ich weiß nicht wie, schienen es alle so richtig zu finden. Offenbar hatte der Krieg uns, uns Inselbewohner, allmählich verändert, wenn eine Flucht, reduziert auf einen unblutigen nächtlichen Ausflug, nun in die Rubrik zu vergessender Seitensprünge einzutragen war ... Wenn auch in Veneras Fall die Umstände ungewöhnlich waren: Sie hatte sich selbst auf ein geräumiges, rechtmäßiges Piedestal erhoben, für sie galten die gewöhnlichen Vorurteile nicht, sie war das stolze Wappen der Stadt, sie war die Angelica aus dem Heldengedicht, die jedesmal, wenn sie den Erdboden betrat, die Zügel ihres Hippogryphen in der Hand hielt.

So gehörten ihre vergangenen Liebschaften (wie ich nachher erfuhr, waren es etliche, mehr als ich vermutet oder gefürchtet hatte) in den Augen aller zu einer Art überzeugenden, einer gebotenen und schon geschriebenen Szenenfolge, der sie sich nicht hätte entziehen können. Da im Schicksal ihrer Schönheit alle Artikel der Freisprechung, sowohl zivil- wie strafrechtliche, enthalten waren, blieb uns nur, sie anzuwenden.

Das wenigstens versuchte mir Liborio Galfo mit naiven Worten zu erklären, sowie Venera mit einem dritten entflog und wir allein zurückblieben. Und da wurde mir klar, nachdem ich ihm zehn Minuten zugehört hatte, aus welch weichem Stoff dieser Mann gemacht war: Dienen war ihm ein Bedürfnis wie einem Blindenstock; und eigentlich war er eher ein Vasall und Anhänger Veneras als in sie verliebt, von der schicksalhaften Minute an, in der sie gemeinsam auf einem Podium standen, um den bei einem Tanzwettbewerb gewonnenen Pokal aus falschem Gold in Empfang zu nehmen ... So folgte er ihr, während sie durch die Menge ging, mit wohlgefälligem Blick, und mit mir war er versöhnt im Zeichen unserer gemeinsamen

Kampfbereitschaft und Unterwürfigkeit. »Wie gut sie tanzt«, flüsterte er mir devot ins Ohr, als wir sie einen Kreuzsprung ausführen und gleich darauf ihrem Kavalier strahlend zulächeln sahen.

Man brauchte ihn nicht allzu sehr zu bemitleiden. War seine Blindheit vielleicht weniger wert als die meine? Auch hätte ich mir damals nie gedacht, daß ich ihn dreißig Jahre später, in einen fettleibigen, nachgiebigen Opa verwandelt, unter der Büste von Carlo Papa wiedersehen sollte, in jeder Hand eine lästige Göre: nicht in der Lage, mich wiederzuerkennen: so daß ich mich nach einer kurzen Zeremonie erleichtert von ihm verabschiedete (dabei bin ich einer, der in Wiedersehen und wilde Erdbeeren sein Herz eintunkt ...). Viel schlanker war er in jener Augustnacht in seinem Leinenanzug, während er großzügig die Fluten seiner Leidenschaft einschenkte. Und das merkte Iaccarino, der schon eine Zeitlang um ihn herumschwirrte, um sich am Buffet noch einmal zu einem Gläschen einladen zu lassen. Ich überraschte sie später in der Nähe des Ausgangs, als sie sich weinend umarmten und, einander gegenseitig stützend, das Fest vor der Zeit verließen.

XV
Schluß des Balls und Trauerquadrille.

Isolina – wie gern hätte ich ein wenig mit ihr geredet. Hin und wieder tauchte im Gewoge der Körper und Gesichter ein Stückchen von ihr, ein Zipfel ihres Kleides, ein vertrauliches Lächeln, der Schimmer ihres fragenden Kindergesichtes flüchtig vor mir auf, wurde aber von Licausis Nacken gleich wieder verdeckt. Einskommafünf in Italienisch, da war nicht zu spaßen. Ich wußte, daß sie ziemlich viel las. Im Ausleihregister der Schulbibliothek hatte ich oft ihre Unterschrift über der meinen entdeckt und ihre Wahl in Augenschein genommen, sie schwankte zwischen hehrster Dichtung und seichter Unterhaltungsprosa. Nun schien es klar, daß der Hang zu letzterer gesiegt hatte: im vorliegenden Fall zu Saro Licausi. Ein sympathischer Mitmensch, seitdem er sich zu menschlichem Glühen entschlossen hatte, aber es war nicht genug, um bei einer Frau jene Mischung aus Erschrecken, Hingabe und Staunen zu entfachen, die ein Anzeichen der Liebe zu sein pflegt. Es berührte mich daher unangenehm, daß die Kleine seinen Bemühungen nachgab, und daraus erwuchs mir eine Art Stachel, bekam ich einen Wespenstich direkt ins Herz, durch den ich erfuhr, daß ich eifersüchtig war. Ein Eifersüchtiger ohne Rechte selbstverständlich, und nicht einmal verliebt. Sagen wir lieber ein Neidischer. Denn meine Jugend hatte ich an dem Abend so fest in der Hand wie ein Schwert, ich fühlte sie mein eigen hier im Kreislauf meines Blutes, in der Masse meiner Gliedmaßen, im Auf und Ab meines Denkens, aber ich wußte nicht, was ich mit ihr anfangen, noch wem ich sie anbieten sollte, sie war eine undienliche Ware, ein heißes Diebesgut. Ich wußte, dieser Abend war die beste und letzte Gelegenheit des Jahres, des Sommers, meines Lebens, um morgen als alter Mann eine Erinnerung zu haben und zu wissen, daß ich einst jung und lebendig gewesen war. Es war mir klar, daß ich das morgen auf jeden Fall sagen und glauben würde, aber ich würde lügen, es stimmte nicht, ich war nicht lebendig, aber er, Licausi, schon …

Ich stand mitten auf der Tanzfläche, hatte mein Aschenbanner, den ausgelöschten Kerzenstummel, noch in der Hand: allein, während die anderen zu zweit waren. Da machte ich mir Mut. Licausi verschlug es die Sprache, als ich Isolina um einen Tanz bat. Es verschlug ihm die Sprache, aber er atmete erleichtert auf, als er sah, daß ich ihm nach meiner gewohnten Spielermanier zuzwinkerte. Damit wollte ich ihm zu verstehen geben, aber ganz ehrlich war ich nicht, dies sei eine loyale Aufforderung zum Tanz, ich wolle ihm beileibe nicht ins Handwerk pfuschen, sondern mich nur über das Wesen des Mädchens ins Bild setzen, um bei dem unvermeidlichen nächsten Rat der Freunde an Mariccias Tafel mitreden zu können.

Also begann ich mit Isolina zu tanzen *Quizas, quizas, quizas*.

Sie war nervös, ich verstand nicht warum. Da stichelte ich: »Gute Noten, ja, Kunststück, bei einer so galanten Kommission!«

Sie schaute von unten nach oben, groß war sie ja nicht, und dabei rundete sich die sanfte Biegung ihres Halses bis zum Vorsprung des Kinns. Dann senkte sie sofort wieder die Stirn, hörte mir zu, ohne mich anzuschauen, und dieses Auf und Nieder ließ ihren Kopf harmonisch schaukeln wie ein kleines Boot, das die Wellen am Ufer eines Sees wiegen.

Ich glaubte einen kleinen Schmetterling aus Schleiern gefangen in meinen Armen zu halten, eher ein Kleid als ein ganzes Mädchen, auch wenn ich nur kräftig mit meiner Hand auf die Hüfte zu drücken brauchte, um unter dem Schutz des Stoffes die Wärme eines schmiegsamen, ganz nahen, doch unerreichbaren Fleisches zu spüren.

Wir tanzten eine Zeitlang schweigend. Ich betrachtete das Inkarnat ihrer Wangen, die Schwärze ihres Haars, die weiten, arglosen dunkelblauen Pupillen und versuchte, in mir jegliche Schleuse abzuriegeln, bevor sie dem übervollen Herzen nach-

geben konnte … Sie war verschlossen, abwehrend, mißtrauisch, zog hin und wieder den rechten Träger hoch, der zum
Hinunterrutschen neigte. Schließlich fragte sie, ohne mich anzusehen: »Dann wäre ich also ein See?« Und darauf das Eben-
gelernte noch im Kopf: »Wie der Iseosee oder wie der Garda-
see?« Worauf sie gleich hinzufügte: »Und Venera, was für ein
See ist die?« »Die? Die ist ein Meer«, wich ich mit gespielter
Gewandtheit aus, indem ich weiter die milde Metapher
melkte, ob sich vielleicht noch ein wenig Saft herauspressen
ließ. Ich hatte keinen Erfolg, schließlich sagte ich aus Verzweiflung: »In deinem Gewässer fehlt es aber nicht an Fischern«,
womit ich auf Licausi anspielte, der uns vom Rand der Tanzfläche her mit wilden Augen verfolgte. Isolina lächelte sparsam, sie schmollte. Ich fragte sie, was und wo sie nun studieren
wolle. Italienisch in Catania. Das hätte ich mir gedacht.
Schade, daß sie nicht in meiner Klasse gewesen sei. Das meinte
sie auch, es hätte ihr gefallen, es heiße nämlich, ich könne die
Dichter so gut erklären. Leopardi? Das sei ihr Lieblingsdichter,
sie finde, er sehe auch gut aus, wenigstens auf dem Porträt im
Lesebuch. Besser als Foscolo, der Halunke, der Weiberheld.
Ihre Stimme klang schuldbewußt, der Tonfall war gedämpft
und fleischlich, das widersprach den verschämten Blicken und
dem unschuldigen Siegel des Körpers, der im Schrein eines Bal-
lonkleides steckte. Freilich, wenn ich keine Bedenken gehabt
hätte, Licausi einen unverschämten Streich zu spielen …
»Ich muß etwas gestehen«, sagte sie auf einmal. Dann leugnete
sie es ängstlich wieder: »Nein, nein!« Und als ich darauf bestand, schloß sie: »Nichts, nichts, nur so ein Geschwätz«, und
brachte das Gespräch auf den Schlager, den ein falscher Spa-
nier gerade sang. Ich hörte hin, die Musik setzte sich mit
Freundlichkeit durch, übertönte das Klopfen der Füße auf den
Steinfliesen. Meine Lippen lagen leicht auf ihrem Haar, zärtlich lockte es mich zu ihr, in meinen Händen schwankte ihr
leichter Körper wie ein junger Baum.

Siempre que te pregunto
que cuando, como y donde,
tú siempre me respondes
quizas, quizas, quizas …

Quizas, vielleicht liebe ich sie doch ein wenig, diese Isolina. Wer weiß, vielleicht liebt sie mich ein wenig. Wer weiß, was das heißt, Liebe. Das fragten wir uns beide, ohne eine Antwort zu bekommen, der junge Alte und die Junge, die beide auf dasselbe X zustrebten, aber getrennt wie zwei Parallelen. Verliebter von Beruf, ich, aber Fachmann für verfehlte Liebe, jedes Wort, jede Geste, jedes Gefühl verwandelt sich bei mir in die Parodie eines Wortes, einer Geste, eines Gefühls; sie, eingeschlossen in ihre unergründlichen achtzehn Jahre, die Lippen ihrer Augen sagen vergeblich ja zu mir … Ach, hätte ich doch einen Hang – aber es ist eher ein Talent – zum Brunnenvergiften! Wie gern würde ich sie überreden zu dem Laster, einander zu begehren, mit welcher Wonne würde ich sie aus ihrem Kleid schälen, welche Silbe würde ich erfinden, um ihren Geist zu entflammen!
O weiche Arsenale der Schönheit, luftige Schilde aus Chiffon, die verwegen ein Finger zerreißt, granatrote Pantoffel, lohfarbene Negligés; Hände, Wangen, sanftmütige Arme; Helme schwarzen Haars auf Stirnen aus warmem Marmor … Professor, wie schaffst du's, da nicht weich zu werden? Oder weißt du vielleicht eine bessere Arznei, um dich abzulenken von dem Stein, der dich zermahlt? Ein Mühlstein ist das Leben: bald säumig, bald sich überstürzend … und er mahlt, wie es kommt, Schicksal und Zufall, Raserei und Frieden des Bluts und der Natur, ein Gewirr aus Tod und üppiger Blüte; Bäume, Gewässer, Meteore … und Menschen. Schuldig alle, alle vom ersten bis zum letzten, warten auf die Hinrichtung. Damit keiner übrigbleibe, weder kleine Negerlein noch große. Und du auch nicht, Professor, der du so ungeduldig ausschlägst. Als wüßtest du nicht, daß die Selbstmörder nichts anderes sind als Ungeduldige …

Estas perdiendo el tiempo
pensando, pensando,
por lo que mas tu quieras
hasta cuando, hasta cuando …

Hasta cuando, Isolina? *Quousque tandem*, Cecilia, Venera?
Frauen, Frauen, ewige Götter, wie lange noch?
Später, Venera, habe ich von deinem Namensfest erfahren, am
25. Juli in Arcireale feiert man das Fest der Heiligen, die deinen
Namen trägt. Hätte ich es rechtzeitig gewußt, so hätte ich sie
um eine Gnade gebeten. Dort tragt man, so heißt es, eine
Sänfte ganz aus zisleiertem und getriebenem Silber durch das
Dorf und darauf dein Bild, das die Gläubigen erhört. O heilige
Venera, tu ein Wunder!
Maria Venera, o pfui, wußte nichts von meinen Gedanken,
und Isolina erriet ebensowenig von ihnen. Venera unterhielt
sich angeregt mit Michel, ich hatte nur den schwachen Trost zu
bemerken, daß es am Rand ihres Kleides, wo es mit dem Weiß
der Haut über der Achselhöhle zusammenstieß, in feuchten
Perlen schimmerte, die heilige Venera schwitzte, vielleicht roch
sie nicht nur nach Zibet und Patschuli …
Vier Meter von mir entfernt, sah sie mich mit Isolina zusammen und nickte zustimmend, als wollte sie mir ein Almosen gewähren oder die Verachtung eines vorläufigen freien Ausgangs
zugestehen. Da ich immer mehr davon überzeugt war, ihr völlig gleichgültig zu sein, versuchte ich auch diesem nutzlosen
Dialog der Augen auszuweichen. Ich bewegte mich mitten unter den Paaren, linkisch wie immer, aber ohne auffallende Stol-
perer, ein unsichtbarer Engel lenkte meine Schritte. Und ich
schwieg, versunken in weitere Klagen über das Dasein, über
mich, darüber, wie und woher ich mich unter die Menschen
eingeschmuggelt hatte, ein Fremder auf Erden mit einer fremden Sprache. Nichts von einem Freibeuter, der vorstürmt gegen die Galeone des Königs, die das Leben sein soll. Ein armer
Uscocco, ein Gauner, den niemand anheuert, angewiesen auf

gelegentliche Küstenfahrten an schatzlosen Inseln entlang. Isolina, ja, das ist eine Insel, *nomina numina*, eine kleine Schatzinsel. Aber ich müßte, wenn ich dort an Land gehen wollte, nicht nur die Flagge dessen usurpieren, der sich dort niedergelassen hat, sondern ich müßte mich auch meiner Lehre des Schmerzes entledigen und wieder spontan und nackt, ein Junge werden. Eine zu schwierige Wäsche für ein Herz mit altem Gewebe. Vielleicht würde es mir gelingen, wenn ich es wagen würde, mit der Hilfe der Phantasie ... Nur daß jetzt der August seinen Gipfel schon erreicht hat, vor kurzem kam von dort unten ein Donnerrollen, das haben alle gehört. Das ist der Gong, wie sollte man daran zweifeln, der das Ende der Ferien ankündigt. Und nicht nur dieser Ferien, nicht nur dieser ...

Ich brachte Isolina zu Licausi zurück. Die Finger, die sie mir zum Abschied reichte, waren dürr, und zwischen ihren Lippen hätte keine Stecknadel Platz gehabt. Den Blick, den sie mir zuwarf, als sie sich wieder mit ihm drehte, vermochte ich nicht zu deuten. Daraus sprach gleichzeitig Trostlosigkeit und Erleichterung und auch eine hochmütige Bitte um Hilfe, ein milder Vorwurf, eine Beschimpfung ...

Wieder war ich allein, stand an einer Hecke. Ich dachte nach und rauchte, schaute den anderen beim Tanzen zu. Da stupste mich auf einmal Don Alvise mit der Faust ins Kreuz. Er verspürte ein dringendes Bedürfnis und wußte nicht, wo das Klo war. »*Comment pissez-vous?*« fragte er mich auf französisch, als er wiederkam. »*Moi, je pisse très mal.*«

Um Punkt vier begann die Quadrille. Das war eine zärtliche und ironische Konzession der Jungen an die Alten, ein Hilfsmittel, um die Stürme der Jahre zu beschwichtigen. Wußten sie, die Jungen, daß die Sambas und die Mambos ihrer Zeit binnen kurzem zu Tänzen der Alten würden, und dann? Gewissenhaft und lächelnd reihten sich also die Paare auf. Die Quadrille ist ein Figurentanz, eine Art Kontertanz, bei dem ein Tanzmeister vonnöten ist: Die Kommandos werden auf französisch gegeben, die Truppe führt sie aus, und die Musiker blasen mit Leidenschaft in ihre Instrumente.

Bald schon lag auf der Hand, daß der Buchhalter Ficichia der Aufgabe nicht gewachsen war, sein Französisch war rein hypothetisch (»oblàs« statt au bras, »turdumè« statt tournoyez), und seine scherzhaften Übersetzungen in den lokalen Dialekt begeisterten niemanden: »Macht kein großes Durcheinander, alle Damen müssen wandern, von dem einen zu dem andern.« Oder: »Sollte sich eure Dame ennuyieren, dann führt sie ein wenig spazieren …«

Nein, da lachte kein Mensch, weder die Söhne noch die Väter, und das Durcheinander, das gebannt werden sollte, entstand erst recht. So groß, daß mir von Berufs wegen Niccolò Machiavelli auf dem Feld von Giovanni de' Medici in den Sinn kam. Licausi trat zu mir, nachdem er das Mädchen schließlich an den Tisch ihrer Familie zurückgebracht hatte, und fragte mich ungeduldig. Was ich von ihr hielte, ob sie mir etwas zum Heiraten scheine. »Auf morgen«, wich ich ihm aus, »bei Mariccia.«. Mitten im Lärm lief ich davon, mit der Ausrede, ich müsse mich um Don Alvise kümmern. Aber der Alte war nicht mehr aufzuhalten. Schon nach den ersten Takten seiner geliebten *Lancieri* hatte er sich erhoben und den Schlummer abgeschüttelt, der ihn in der vergangenen Stunde wie ein Kind in die Wiege seines Stuhls gelegt hatte. Da stand er und sog die Luft mit gierigen, kriegerischen Nasenlöchern ein. Ich konnte ihn nicht zurückhalten, als ein Kommando, das noch verballhornter als die anderen von den Lippen des Buchhalters kam, die Tänzer unentwirrbar durcheinanderbrachte. Da herrschte Alvise den Schuldigen an und ernannte sich selbst zum Stöckchenschwinger des Abends, einen Stock hatte er ja bei sich, und schon mit zwei Zurufen hatte er die Irrenden wieder in den Schoß der Ordnung zurückgeführt. Er war auf ein bescheidenes Podest gestiegen, und von dort aus tönte er wie von einem Thron: »*Tournoyez*«, »*Balancez*«, »*Changez les dames*« … Herren und Damen stürzten sich also wieder ins Spiel, als schnelle und selige Figuren, verliebt in die geometrischen Gebilde, die sie selbst schufen, als könnten sie diese von außen sehen und deren vorübergehende Anmut genießen. Jede Bewegung verging und erneuerte sich wieder, ging in die folgende ein oder aus ihr hervor, war frei und sklavisch zugleich in einem immer wieder neuen Beginnen, dem endlosen Wiederbeginnen des Meeres ähnlich.

»*Chacun à sa place*« … Don Alvises Stimme übertönte die Musik und das Getrappel der Schuhe auf dem Boden. »*Dansez*«: Die Paare tanzten. »*Tournoyez*«: Die Paare schlängelten sich, drehten sich um sich selbst und rings um die Tanzfläche. »*Balancez*«: Sie wiegten sich und wogten. »*Grande scène*«: Sie verknüpften sich, sie lösten sich, jeder mit den Händen am Körper des anderen entlang streifend. »*En avant, en arrière*«: In zwei Reihen geteilt, mimen Männchen und Weibchen das ewige Kommen und Gehen der Liebe.

»*Changez les dames*« … Bei diesem Kommando entließ jeder Herr seine Dame und umschlang mit einer weichen Bewegung die nächste. Aber Don Alvise nützte diesen Augenblick, um der Schlange die erste Dame zu rauben, die in seine Reichweite kam, und sie dem rechtmäßigen Herrn zu entführen und sich selbst ins Getümmel zu stürzen. Er schaffte es nur ein paar Augenblicke, dann erteilte er sofort den Befehl zur »*Promenade*«; um wieder Atem zu schöpfen, blieb er keuchend in der Mitte der Tanzfläche stehen. Im Vorbeigehen ermutigte ihn Maria Venera mit einem Lächeln. Sie trug auf dem Kopf das Blumendiadem der auserwählten Schönsten. Obwohl zur Königin des Festes aus Scherz eine andere, eine Häßliche, gewählt worden war, hatte man Venera das begehrte Blumengewinde überreicht, und so trug sie bescheiden auf der dunklen Mähne eine duftende Wolke.

Aber Don Alvise fand keine Ruhe. Er reckte wieder die Arme gen Himmel, und sie sahen aus wie die Flügel eines Schreckgespenstes; dann gab er dem Orchester ein Zeichen, denn das schien aufhören zu wollen, und der Tanz begann von neuem.

Schritte auf Schritte, Figuren auf Figuren entfalteten sich, und zeichneten ein bewegliches Labyrinth auf den Boden, inzwischen zur Freude aller, man sah erhitzte gute Gesichter, ja, Güte, Verzeihen, Freundschaft, treues Erbarmen …

»*Balancez*«, »*Balancez*«, »*Balancez*« … Don Alvises Stimme schien stehengeblieben zu sein wie eine Grammophonnadel auf einer verkratzten Schallplatte. Sein Gesicht war wachsbleich, wurde erdfarben und überzog sich dann mit dunklem Purpur. Die Tanzenden merkten es nicht, nicht einmal, als das Orchester plötzlich verstummte, sondern sie machten weiter mechanisch ihre Schritte, während sie sahen, wie der Alte mit den Armen ruderte, in die leere Luft vor sich tappend, beinahe als wollte er sich an eine Dame anklammern, die nicht da war, und daß er dann wie ein hoher Baum krachend umfiel.

XVI

Abschied von Don Alvise. Besuch in der Via Carreri.
Unfreiwilliger Besuch bei Don Nitto.

Don Alvise wegzubringen kostete einige Mühe, man mußte den geräumigsten Wagen kommen lassen, um den schiefen, aus den Fugen geratenen Körper unterzubringen. Wir begleiteten ihn zu dritt: Ich, der ich beim Tod schon zu Hause bin, und die zwei verfeindeten Enkel, bei denen die Dringlichkeit des Unfalls jeglichen Zank besänftigt und den Familienpatriotismus neu angefacht zu haben schien. Sasà, am Steuer, zeigte eine zurückgehaltene Ergriffenheit; Venera dagegen schluchzte, ohne sich zurückzuhalten, drückte die Hände des Alten mit ihren Händen, schaute fragend auf seine geschlossenen Augen und verfolgte den dünnen Faden des Atems, der aus seinem halb offenen Mund kam. Den Alten schien es ernstlich erwischt zu haben, und um so schneller eilten wir daher zur nächsten nächtlichen Rettungsstation. Während ich das Mädchen ansah, ging mir durch den Sinn, wie sehr sie die bevorstehende Einsamkeit in dem leeren Palast erschrecken mußte, aber ich argwöhnte noch mehr, daß in ihrem Weinen auch der in den vergangenen Wochen lange versteckte Kummer und die Leidenschaft dieser Nacht Ausdruck fanden. Die Nacht welkte nun sichtlich, rosige Flecken durchzogen sie, die sich, als würden sie vom Wind geschoben, von Osten her zum perlfarbenen Himmel über der Küste bewegten.
Wir überholten einen Jeep, es war der schlaflose Jeep der Pariser, auf der Jagd nach Drehorten für ihren Film. Hinter dem Wagenfenster gingen einen Moment, bevor der Staub sie schluckte, die blauen Augen Michels sperrangelweit auf vor Verwunderung, als er das Bild Muttergottes – Christus sah, das Venera mit Don Alvise bildete ...
Als wir am Eingang des Krankenhauses ankamen, waren keine Menschenhände mehr nötig, Don Alvise war gestorben. Und

es war das beste, wir nahmen ihn wieder mit nach Hause in seinen Palast im Oberen Modica und ließen ihn ein letztes Mal die alte Treppe hinaufsteigen, wobei wir ihn am Kopf und an den Füßen hielten, Sasà und ich, wie ein langes starres Möbelstück. Die Nachbarinnen, die zwei herbeigeeilten Töchter und die anderen Enkel bemächtigten sich seiner schließlich, und er verschwand in seinen Zimmern zur Einkleidung und zur rituellen Aufbahrung.

Inzwischen war es Tag geworden, das Licht der elektrischen Lampen schien, überstrahlt vom Tageslicht, schmutzig und schamlos, und ich löschte es aus. Wir blieben zu dritt im fahlen Schein der Morgendämmerung, ich stand und die beiden saßen, wobei wir an der Wand den Streifen matten Morgenlichts ansahen, der dunkle Voraussagen auszubrüten schien. Ich dachte an den Tod, an mein Herz, das weiterklopfte, eigensinnig wie ein Maultier, obwohl ich mich mit jeder Faser zum Sterben berufen fühlte. Und ich dachte an Don Alvise, an die Massen Erinnerungen, die nun hinter dem harten Gedenkstein seiner Stirn verloren waren.

Venera und Sasà saßen still einander gegenüber und schienen darauf zu warten, daß ich mich verabschiedete. Ich irrte mich: Als ich Anstalten zum Gehen machte, rief mich Venera zurück, sie wollte mich an ihrer Seite. Dann zog sie aus einer mir bekannten Schublade den Lumpen mit dem getrockneten Blut heraus, gab ihn Trubia in die Hand und sagte:
»Das gehört Euch, mein Vetter.«

Es war eine Beerdigung erster Klasse, ganz Modica kam zusammen. Alvise, die Erde möge dir leicht sein!
Venera hatte ihm den weiblichen Firlefanz, die Beute unter dem Glassturz, in den Sarg legen wollen; und seinen Stock aus Nußbaumholz hatte sie ihm in die Hände gelegt, damit er unter der Erde mit seinem Griff die Schatten einfangen konnte. Puck, der ihn gern hatte, folgte an meiner Seite mit der Dienerin Anita dem Zug der Blutsverwandten. Die Enkelin stach

hervor, ein blutleeres wunderschönes Gesicht reckte sich auf aus der Trauerkleidung; zwischen den zwei Tanten schritt sie am Arm Sasàs groß und wie in einem wilden schmerzlichen Triumph, daß man denken konnte, sie gehe in Begleitung ihres Vetters auf einen Altar zu. Niemand in der Menge wagte einen Kommentar. Der Zusammenstoß zwei Abende vorher samt den Ohrfeigen und der Spucke würde morgen hinter den Mauern des Bürgervereins gewiß Anlaß zu einer komischen Legende geben, aber inzwischen trat Venera auf der Bühne des Todes auf, und es gebührte ihr Beifall.

Genau in der Minute, als ich ihr nachschaute und meinen Schritt den traurigen Klängen der Kapelle anpaßte, merkte ich, daß ich alle meine Witze schon gemacht hatte und nun wieder mit allen anderen in der altgewohnten Zuschauergalerie saß. Die Liebe zu Maria Venera war gefallen wie ein Segel; ich fühlte mich aus dem Gefängnis entlassen, von ihr und jeglicher anderen losgemacht, wenn ich überhaupt je eine wirklich geliebt hatte. Bis jetzt, das wurde mir immer klarer, hatte ich nie eine richtig geliebt, sondern nur lieben *wollen*. Und noch dazu hatte ich mir nur gefälschte Bilder ausgesucht: eine Venera Sulamith, und es war immer noch nicht sicher, ob sich hinter ihrem phantastischen Fühlen ein nichtiges oder ein stolzes Geheimnis verbarg; eine Cecilia Persephone, die nur dank ihrer melancholischen und seltenen Worte ihre göttliche Gestalt in meinem Denken hatte bewahren können und von der ich jeden Tag Ansichtskarten bekam, auf denen nicht die Gefilde der Seligen abgebildet waren, sondern mit knapper Not Peschiera, Verona und Custoza, sie mußte sich mit einem Auslieferer für die Lombardei und Venetien oder mit einem Spezialisten für die Geschichte des Risorgimento eingelassen haben ... Und zuletzt Isolina, Verlobte und künftige Mehrfachgebärende, die ich mir schon vorstellte, wie sie sich aufknöpfte und einer zahlreichen brüllenden Brut ihre kindliche Brust reichte. Theater, sonst nichts. Ich hatte die Liebe nur gespielt, die unvermeidliche Liebe in der Vorlage des unvermeidlichen Lebens nur gemimt. Allein dem Gespött der Scheinwerfer ausgesetzt mit meinen tränentriefenden Versen, den erregten Sinnen, der Lust und dem Leid des Herzens. Ich ein Hauptdarsteller als Gast unter so vielen liebevollen Komparsen. Angefangen bei Iaccarino und Madame, ach die Treulosen!, schwarze Pfützen hatten sie unter den Augen und Kußbißstellen am Hals; bis zu der und jener Colombina, Rosaura und Zanetta, Liebe heischende und verliebte Gefährtinnen einer Saison auf meiner ersten, schicksalhaften, mich von allem freisprechenden und letzten Tournee durch die Jugend ...

Nur wenige Jahre nach dem Krieg, stellt euch das vor. Aber er schien schon ein Jahrhundert weit entfernt, lange vergangen zu sein, der schmutzige Krieg mit seinem schmutzigen Tod! Wir wurden neu geboren, konnten in der Sonne genesen; noch mehr: wir wurden unfähig zu sterben, unverwundbar an beiden Fersen. Und auch du, Sizilien, meine liebe Insel, maltest dir rote Lippen und begannst wieder, mit dem Leben zu kokettieren. Unter der Sonne, die nichts gemerkt hat, die von keiner Invasion, keinem Hagel, keiner Mafia weiß, die nur unparteiisch Wespen großzieht über ihrem Korb Feigen und Fliegen surren läßt über dem Ermordeten unter dem schief gewachsenen Ölbaum. In Palermo beginnt man wieder zu beten in den Kirchen, hinter den Türen der Mächtigen: »Unser Vater, der du bist im Himmel«, »Unser Pate, der du bist auf Erden« ... Das sind die Paternoster jetzt und morgen in der Conca d'oro ... Aber woran war ich? Was sollte ich tun, ich, Gingolph der Verlassene; Guerino, genannt der Unglücksrabe? Ich, der Untaugliche, der Fiebrige, der Pleonastische, der Moribundus? Ein Liebesnarr, eine Marionette der Liebe. In den Ankündigungen der sizilianischen Puppenspieler müßte es von mir heißen: »Im ersten Bild seht ihr Gesualdo genannt der Unglücksrabe, der dem Menschenfresser begegnet und ihm die Hand küßt. Der Menschenfresser LIEBE frißt ihn. Er frißt ihn, aber spuckt ihn wieder aus, wie es der Wal mit Jonas macht.« Und dann? ... Was gibt es da zu klatschen? Schert euch zum Teufel.

Gut, wir steigen ja schon hinunter. Ein wenig tiefer. Auf jeden Fall ging ich nach der Beerdigung mutterseelenallein zu den Schatten in der Via Carreri, wo sich das beliebteste Etablissement von Modica befand; die Damen waren erstklassig, sauber gewaschen, parfümiert, lauter Profis. Ich war schon ein paarmal dort gewesen als Begleiter Iaccarinos, der dort regelmäßiger Kunde, wenn nicht Abonnent war; ich hatte aber immer im Empfangszimmer auf ihn gewartet und mich mit Anstand gegen die rituellen Zudringlichkeiten gewehrt: »Wenn du mich willst, ich bin Dolores«, »Wenn du mich willst, ich bin Bologna«, »Machen wir's auf die letzte Manier, die blutige!« ...

Das *Desinit* der *Education sentimentale* wußte ich auswendig, und ich wiederholte es oft vor meinen Freunden, um ihm zu widersprechen: »Es ist nichts Besseres nachgekommen:« Nein, für mich galt das nicht, und es gehörte ein unwiderstehliches Anschwellen der Adern dazu, wenn ich diese Schwelle, immer noch widerwillig, überschreiten sollte.

Auch diesmal ging ich entschlossen hin wie einer, der sich einen Revolver kaufen geht. Ich spürte eine niedrige ruhige Lust in mir ohne jeglichen Gewissensbiß der Nerven.

Das Zimmer war voll duftender Essenzen, halbdunkel, beinahe ganz dunkel, wäre nicht in einer Schale eine gelbe Zitrone mit ihrem wilden ländlichen Licht gewesen. Sie war schlank, noch schön unter der dicken Puderschicht. Aus Portici kam sie. »Man merkt, du bist ein vornehmer Herr, die gewöhnlichen Männer suchen sich eine Dicke aus«, schmeichelte sie mir mit einem Tonfall, aus dem man Neapel und alle nördlichen und südlichen Orte ihres zwanzigjährigen Wanderlebens auf der ganzen Halbinsel heraushörte. Ich erinnere mich an das Aufziehen eines Reißverschlusses und den Anblick eines fallenden Kleidungsstücks, das durch eine einfache, aber gekonnte Bewegung der Knie rasch abgestoßen wurde. Am Ende konnte ich nicht umhin, mich ins Wasserbecken zu übergeben, nicht aus Ekel, es war schön gewesen, sondern nur aufgrund des mechanischen Überlaufens eines allzu sehr gebeutelten Körpers. Trotzdem blieb ich stehen, um den weiblichen Krimskrams auf dem Schränkchen anzuschauen, die sorgfältig aufgebauten Nippes, die dauerhaften vertrauten Besitz vortäuschen sollten. Wie wir, dachte ich, hier auf Erden in unserem eiligen Zweiwochenturnus ...

Als wir die Treppe hinuntergingen, sagte ich, um nicht ganz stumm zu bleiben: »Wir waren im Siebenten Himmel«, und deutete auf die vielen Treppen. Aber sie antwortete, ohne dabei irgend etwas Tragisches aufscheinen zu lassen: »Du willst wohl sagen in der Hölle«, und ging, nachdem sie bei Zoë die Marke abgeliefert hatte, wieder hinauf.

In der Stadt erwischte mich der Regen: wenige dicke warme Tropfen, ein vorübergehendes Unwetter. Ich mußte mich im Café Buonaiuti unterstellen, wo auf der Marmorplatte eines Tischchens eine Zeitung Frieden in Korea und Einaudis und De Gasperis Rückkehr aus den Urlaubsorten versprach, des einen von Ponte San Martino und des anderen aus dem Suganatal. Die hatten gewiß gefroren dort oben, früh am Morgen aufgeweckt von dem diplomatischen Kurier oder wie das sonst heißt. Sie wußten nicht, daß ...

Die Zeit zersetzt nicht nur die Körper, sondern auch die Ereignisse, das Wie und das Warum des menschlichen Handelns! Es reichen wenige Jahre, und jedes Ereignis verliert seinen Zauber und seinen Sinn, es überzieht sich mit dem aussätzigen Salpeter der Trauer, es wird rissig wie die Haut einer Mauer. Und es besteht keine Hoffnung, daß etwas, das in diesem gegenwärtigen Augenblick geschieht, morgen mehr Kraft haben wird als irgend etwas, das gestern geschehen ist: die heiligen Blutbäder im Veltlin, das Vorrücken am Isonzo, der achtzehnte Breitengrad ... gestern Blut, Fieber und Zähneklappern; heute Untertitel in einem Buch ...

Santo, der Ober, stimmte mir zu. Es war nicht das erste Mal, daß ich ihn beim Kaffeetrinken mit meinem Uì-uì unterhielt, gewöhnlich stimmte er mir zu und nahm es als tiefschürfende Überlegungen auf. Dann schenkte er mir wie einem Hund ein Zuckerstückchen mehr und eine liebevolle Bedienung als Gegengabe für die Bildung, die ich ihm vermittelte.

Diesmal aber kam zu dem Zuckerstückchen eine Mitteilung. Don Nitto erwarte mich dringlichst in Sorda. Michele komme jede halbe Stunde vorbei, um nachzusehen, ob ich da sei.

Ich fuhr also zur Villa hinauf, wenn auch ohne Begeisterung. Es war nun an der Zeit, alles zum Schluß zu bringen, der Regen vorhin war ein Hinweis gewesen. Bald würden die Schultage wiederkommen mit dem Geraschel der Buchseiten und den wirbelnden Staubkörnchen in einem schrägen Sonnenstrahl. Und viele schwarze Schulkittel, blaue, braune und schwarze Augen unter den gerunzelten kindlichen Stirnen … Ich würde die alten Verse, die alten schönen Silben wieder lesen, wieder anfangen bei den Provenzalen und ihren unmittelbaren Nachfolgern: *Ai las! tan cuidava saber – d'amor e tan petit en sai!* … Alles wie gehabt, aber ein Jahr älter, das Jahr einundfünfzig würde nicht mehr wiederkehren. Und nicht einmal Modica: Eine Versetzung drohte mir. Und wenn auch nicht, Einladungen und Feste nützten mir nichts mehr, mein kurzer mondäner Ruhm verlangte nach keiner Zukunft, der Ball von Chiaramonte war der letzte meines Lebens gewesen. Von jetzt an würde ich einem bedrohten Glück immer ein ruhiges Unglück vorziehen.

In seinem gewohnten Pavillon, beinahe einer Camera Regis, reichte mir Don Nitto, ohne sich zu erheben, die fünf Farnruten, aus denen seine Hand bestand. Der neben ihm stehende Abgeordnete Scillieri begnügte sich damit, mir zwei lasch hängende Finger vorzuzeigen, und er schaute dabei, als würde er mir die Kostprobe einer Hostie oder eines Fläschchens Manna anbieten. Sie waren nicht allein, an den beiden Eckplätzen einer Bank sah ich die zwei Männer des Kavaliers sitzen, die ich vom Sehen kannte. Sie waren aus Palermo, mit ihm aus der Vicaria hierher gekommen, um mit dem Chauffeur Michele die Villa zu bevölkern. Der eine hatte einen winzigen Kopf, der an einem langen Hals hing wie an einem Gestell und bei jedem Ausatmen zu zittern schien, aber so wie ein Stahldraht zittert; der zweite hatte ein bartloses dunkles Gesicht mit kurzen, frisch abrasierten Koteletten. Und beide schmierten Marmelade auf einen halben Laib Brot, dazu verwendeten sie ein Messer mit breiter Klinge, einen sogenannten »Seifenschlecker«. Im Mittelpunkt der Szene stand ein Tischchen mit einem Stoß weißer Blätter, einem Tintenfaß und einem Stift – einem goldenen Füllfederhalter – und schien auf jemanden zu warten. Ich wußte sofort, es wartete auf mich.

Nitto hielt mir eine belehrende Ansprache, bei der er jedes Wort überdeutlich aussprach wie für eine Klasse Dummköpfe. Der Abgeordnete Scillieri befand sich in großer Verlegenheit: In zwei Wochen müsse er eine wichtige Wahlversammlung abhalten, es kämen ernste Dinge zur Reife, ein Pakt zwischen den Anhängern der Monarchie und den alten Qualunquisten sei im Entstehen, der Italien zu erneuern vermöge, da könne ich keinen Rückzieher machen. Rückzieher wovor denn? Was ich damit zu tun hätte? Was sie eigentlich von mir wollten?

Ich schaute dem Abgeordneten ins Gesicht, er sah heimtückisch und dumm aus mit seinen kleinen, nahe beieinander liegenden Augen. Ich hatte noch nie mit ihm geredet, nur in Gesellschaft von Madame von meiner Höhle aus zwischen zwei Blumenscherben mit Petersilie seinen Liebeshändeln nachspioniert. Allerdings hatte er mir seit einiger Zeit grundlos die Ehre seines Hutlüftens und seines Küßdiehand erwiesen …

Ich fragte ihn mit Blicken, was er von mir wolle, er deutete mit Blicken auf das Blatt, das auf dem Tischchen lag, mit den Lippen brachte er schließlich hervor: »Zwei, drei Ideen, aber substantielle. Über Vaterland, Arbeit, Freiheit. Freiheit vor allem.«

Ich wandte mich an Don Nitto, protestierte, ich könne nicht, ich wisse nichts. Das schien ihn aufrichtig zu betrüben: »Wenn du nicht kannst, wenn du nichts weißt ...« Aber süß und traurig fügte er hinzu: »Das hätte ich nicht gedacht: auch du nicht anders als die meisten: ein Schmarotzer ...« Ich verstand ihn nicht. »Hast du Cecilia schon vergessen?« fragte er, wobei er sich mit der Hand über die Gipsmanschette strich, die seinen Hals umschloß. »Ein gutes Mädchen. Zuverlässig: Tut alles, was der Papa sagt. Wenn du willst, telegrafiere ich, und sie kommt wieder«, sagte er und setzte mir damit einen schlimmen Floh ins Ohr, den ich nicht mehr hinausbringen konnte ...

Die zwei Janitscharen hatten sich inzwischen erhoben und gingen unter den Bäumen spazieren, wobei sie mir hin und wieder gutmütig neugierige Blicke zuwarfen, wie wenn ein Metzger überlegt, wie er auf seinem Marmortisch sein Rind einmal anders zerteilen könnte. Es kam mir vor, als hätte ich keine Wahl, also setzte ich mich hin und schrieb.

Ich mischte einige Bosheiten bei, der Abgeordnete Scillieri verscherzte sich seine Karriere, und ich laufe immer noch davon.

XVII

Die letzten Tage in der Stadt.
Abschiedsmahl und Gespräche über die Liebe.
Hochzeitsmahl mit zweifelhafter Enthüllung.
Iaccarino oben auf dem Pizzo und abschließender Regen.

Ich erfuhr von Liborio Galfo, daß Venera Modica verlassen hatte. Sie hatte die drei Tage Klausur eingehalten, den »consolo«, die Trauerbesuche und alles übrige auf sich genommen. Dann war sie gegangen, ohne jemanden zu verständigen, außer ihn, mit ein paar Zeilen. Ich fühlte mich verletzt: nicht nur in der Liebe, sondern in meinem Vertrauen, wieder hatte sie mir einen anderen vorgezogen. Dabei hätte sie mich ohne weiteres einweihen können, als ich, wie alle anderen, zu ihr gekommen war, um ihr mein Beileid auszusprechen, und Anita mich in den Repräsentationsraum geführt hatte, in dem es nach Quitten roch und den ich noch nie betreten hatte. Von der hohen Decke ließen Putten und Seestücke, von der Feuchtigkeit aufgequollen, ab und zu einige müde gemalte Schuppen auf die auseinanderklaffenden Bodenfliesen fallen. Hier hatte man vor einem Jahrhundert viel getanzt, sogar die kleine Loggia für die damaligen Musikanten war noch da, eine Art mystische Bucht auf ihre ländliche Weise, die nun, in eine Altane umgewandelt, als Speisekammer diente. Auf wackeligen Sitzen saßen zwei oder drei anonyme Trösterinnen; und Venera schmerzerfüllt mitten unter ihnen, eine vorbildliche Trauernde. Unter den Besuchern, die nach mir kamen, verblüffte mich die unerklärliche Gegenwart des Cineasten Michel. Ich hatte ihn schon bei der Beerdigung bemerkt, als er auf einer Terrasse des »Salons« Aufnahmen machte, konnte mir aber nicht zusammenreimen, in welcher Rolle er als Ausländer und Unbekannter hierhergekommen war. Ich verstand es erst später, als Galfo mir eröffnete, Venera sei mit ihm abgereist. Nicht weil sie den Kopf verloren habe, keine zweite Flucht, wo dächte ich denn hin?, nein, in aller Ruhe, mit einem Vertrag in der Tasche, der ihr eine kleine Rolle in dem Film zusicherte, der gedreht werden sollte. Galfo sprach im Brustton der Überzeugung, er schien zufrieden. »Offenbar ist das ihr Schicksal«, sagte er. »Besser auch für mich, ich wäre nicht der richtige Ehemann für sie gewesen. Ein Glück, daß ihr damals in der Nacht gekommen seid!«

Was sollte ich da sagen? Ich hatte zu diesem Thema eine Ansicht, die ich nicht aussprach, wenn ich auch Monate später aus Gewissenhaftigkeit in einem Kino Veneras Namen unter den Komparsen der »Goldenen Kutsche« suchte. Ich fand ihn nicht, wohlgemerkt, wie ich schon vorher gewußt hatte.

Galfo widersprach ich aber nicht. Im Gegenteil, da ich ihm sympathisch geworden war, und sei es nur, um mit mir von Venera zu reden, in die er weiterhin unschuldig verknallt blieb, lud ich ihn eines Sonntags zum Mittagessen ein. Licausi aß seit einiger Zeit bei seinen zukünftigen Schwiegereltern, und wir, Iacca und ich, vermißten ihn, mußten mit dem Fisch vorliebnehmen, um eine Dreierrunde zu spielen. Um so mehr, als ich jetzt gern bei Tisch saß, auch noch zur Siesta, und mich sogar schon vorzeitig hinsetzte, lange bevor Mariccia ihre Gerichte fertiggekocht hatte. Solche Rückzüge auf Freßsucht und Faulheit sind nicht selten, wenn man sonst nichts hat, und mir machte es Spaß, nun da mein Herz in der Brust gemeutert hatte, ruhig sitzen zu bleiben, mich bei Tisch bedienen zu lassen wie ein Papst, ohne Zittern und Tränen im Wind, wobei ich das Monopol der Unterhaltung dem Philosophen überließ, der es weidlich ausnützte. Zu unserer Zufriedenheit fehlte nur ein dritter Mann, und Galfo paßte genau mit seiner zärtlichen Laune und seiner immerwährenden Verwunderung.

Aber an jenem Sonntag lud ich ihn zu einem Abschiedsmahl ein. Ich mußte weg von Modica, die Nachricht hatte schwarz auf weiß im *Staatsanzeiger* gestanden, und der Schuldirektor hatte es mir eiligst mitgeteilt, ich weiß nicht, ob traurig oder froh, einen solchen Wolkenfänger wie mich loszuwerden ...

Prost Modica also! auf den Zipfel der ionischen Insel, der herr-
schaftlich und ländlich zugleich das Städtchen enthält. Auf die
Portale seiner Kirchen, denen sich Fluten von Treppen zu Füßen werfen. Auf die Wärme seiner Innenhöfe, seine anhäng-
lichen Johannisbrotbäume. Auf seine Steinmauern, die glän-
zen wie das Wort Gottes. Auf seinen friedlichen Dialekt. Auf
seine Feste, seine Trauerfälle, sein Getreide, seinen Honig ...
Prost auf die Freunde schließlich, die, wie es der Brauch will,
vereint um einen runden Tisch sitzen ...

Zu diesem Anlaß hatte sich Mariccia mächtig angestrengt,
wenn auch mit spärlichem Erfolg. Dem Reis mit der Tinte des
Tintenfischs hätte vielleicht noch eine Minute Aufmerksamkeit mehr gut getan. Ganz zu schweigen von dem mittelmäßi-
gen Kaffee. Aber das brachte Iaccarino auf Touren, der wie jeder Sokrates einem schlechten Kaffee eine Tasse kräftigen
Schierling vorzog; und dem obendrein schon geträumt hatte,
daß er schlecht essen würde, er träumte die Tagesereignisse
nämlich im voraus.
Galfo schloß sich ihm an, ihm gehe es genauso. Er hätte nichts
Schlimmeres sagen können, um meinen Freund zu empören,
der es nicht duldete, irgendein Privileg mit jemandem zu teilen;
das ging so weit, daß er die Warnträume der anderen der Prah-
lerei bezichtigte: Das seien Kleckse und Larven des Halb-
schlafs, der Müll des Bewußtseins. »Bei mir ist es etwas anderes«, behauptete er. »Ich bin ein halber Zauberer, mir liegt's im
Blut. Mein Großvater ging schon immer auf den Ätna und
pflückte Alraunkräuter.« Undsofort, seine üblichen Verstie-
genheiten.
Endlich hatten wir uns erhoben und gingen in Richtung »Salon«. Aber als wir beim Kriegerdenkmal angelangt waren,
kam die Rede auf Venera, auf die Persönlichkeit Veneras, und
Iacca bedachte sie mit einigen sprachlichen Exzessen, die das
bronzene Gesicht des Unbekannten Soldaten hinnahm, ohne
zu zucken. Ich ebenso, um des lieben Friedens willen, nicht so

Galfo, so sanft er auch sein mochte. Auf seinen Protest erklärte Iaccarino: »Venera ist wie viele Sizilianer eine vulkanische Natur. Wir lieben es, uns unsere Werte selbst zu schaffen und sie an Stelle Gottes zu verehren. Die Werte und ihr Gegenteil. Wenn es mit einem Wert schiefgeht, dann werfen wir uns auf sein Gegenteil, machen aus ihm unser Idol und unsere Ware. So gefällt uns bei keinem Gegensatzpaar das, was in der Mitte liegt, sondern jeder der beiden Gegensätze: die Anhänglichkeit und der Groll, die Treue und der Verdacht, Ausplaudern und Verschweigen, die Norm und der Skandal, die Ehre und die Ehrlosigkeit. Ja, die Ehrlosigkeit. Venera hat sich mit Begeisterung für die Ehrlosigkeit entschieden, aus Stolz und Arroganz. Weil sie sich dafür rächen wollte, daß sie arm ist und nicht fähig zu lieben. Denn eines steht für mich fest: Nicht einmal den Trubia hat sie geliebt . . .«

Galfo war nicht zungenfertig, hatte kein Talent zum Widerspruch, mit knapper Not hatte er das Abitur geschafft und lebte jetzt von seinem Grundbesitz. Trotzdem spürte er, daß die Argumente des anderen an manchen Stellen nicht hieb- und stichfest waren, und er fauchte wie eine Katze.

Ich griff ein, um ihn zu beschwichtigen, und brachte die Rede auf das Gefühl der Liebe. Ich hatte mir in den vergangenen Monaten eine Vorstellung davon gemacht und redete gern darüber, obwohl ich überzeugt war, daß sich jeder, wenn er sich eine Vorstellung von der Liebe macht, von seinen privaten Erfahrungen leiten läßt, so daß er mit dem Gesetz des Universums etwas verwechselt, das als eigenwillige Regel seine eigenen Schritte gelenkt hat; das sich aber von den Erfahrungen der anderen unterscheidet wie eine Nase von der anderen.

Nach dem, was ich erlebt hatte, erschien die Liebe als ein transversales Gefühl, das quer durch alle Hauptwege des menschlichen Herzens geht. Nie ist sie, allem Anschein zuwider, selbst eine Hauptstraße, sondern immer eine Querstraße, die in das Herz des Menschen einschneidet wie ein krummer Säbel und sich einen Weg bahnt durch die Sinne, die Nerven, die Phantasie bis zu ihrem Ziel, der Erzeugung von Eitelkeit und Maske. Ein schiefes Gefühl ist die Liebe, das auf einem Mißverständnis beruht und bei dem die Personen austauschbar sind, und das daher der Verstellung und dem Schwindel der Schauspieler und der Dichter nahesteht. Wenn ich also auf Venera zurückkam und versuchte, sie leidenschaftslos zu beurteilen, so war sie nach meinem Urteil nicht so rasend, wie Iaccarino sie sehen wollte, sondern das Zusammenspiel unvorhersehbarer Launen, die merkwürdigerweise an eine Gier nach Betrug geknüpft waren. Mein Urteil mochte, wie gesagt, parteiisch sein, ließ sich aber auch auf mich anwenden, vor allem auf mich, auf mein unschlüssiges Schwanken zwischen Feigheit und theatralischer Sendung, wodurch ich jede Liebe zu erleiden hatte wie eine Primadonna Pfiffe und Beifall. So ungefähr sagte ich konfus zu Iaccarino, der seinerseits neunmalklug predigte: »Die Liebe ist alles, was du sagst, und noch vieles mehr. Bald ein Vernichtungskrieg, bald ein Bündnis zwischen Opfer und Henker. Denn ihr Gipfel besteht ja in der Invasion des anderen, darin, daß man in das andere überfließt, die drei Sekunden lang, die sie dauert, ähnelt die Liebe tatsächlich der Eucharistie, ist dieselbe barmherzige Ruchlosigkeit ...«

Galfo wollte seinen Senf dazugeben, Iaccarino brachte ihn zum Schweigen, war mit mir einverstanden, daß wir noch einmal darüber sprechen, einen Leitfaden zu vier Händen für das Liebesleben, eine Deontologie der Liebe schreiben müßten, beide waren wir der Ansicht, daß die Liebe mit Leiden verbunden sei, weil sie keinen Kodex anerkannter Gesetze besitze wie zu Zeiten des Andreas Capellanus.

Nun gabe es keinen glaubwürdigen Grund mehr, unsere tägliche Herausforderung am Billardtisch unter den Augen des Obers Santo, Friede seiner Seele, noch länger hinauszuschieben.

Wieder war es Iaccarino, der Monate später beim Hochzeitsmahl von Licausi und Isolina große Reden schwang. Es war in
der Weihnachtszeit, und ich kam aus einer anderen Stadt, einen rauchgrauen Doppelreiher im Kunstlederkoffer und ein
mit Schleifen zugebundenes Päckchen, mein Geschenk, einen
kleinen Silberteller, in der Hand. Vor der kirchlichen Trauung
in Sankt Georg ging ich zu Madame hinauf, um ihr Gutentag
zu sagen und sie um eine halbe Stunde Gastfreundschaft zum
Umziehen zu ersuchen. Sie war nicht da, und Iaccarino, der ihr
einziger Untermieter geblieben war, auch nicht. Geöffnet
wurde mir von einem großen Mädchen mit Brille, in der Mitte
gescheiteltem Haar, bleich wie eine Nonne, mit Quo Vadis? im
Arm, der mich offenbar nicht wiedererkannte.
Ich stellte mich vor, ernst stellte sie sich vor. Es war die Tochter
von Madame, aus dem Internat zurück, sie hatte nun das Zimmer, das früher meines gewesen war. Mit Vornamen hieß sie
Luisa. Der Blick, den sie mir zuwarf, ausgehungert und ruhig,
ihre Hand blieb eine Sekunde länger in meiner, weich, hart,
schmeichelhaft, vielversprechend. Wir werden noch einmal
darüber reden, sagte ich mir und schloß mich mit meinem Koffer ins Bad ein, wo ich mich umzog. Nachdem dann mein
Freund gekommen war, der mir immer düsterer, unglücklicher
und geschwätziger vorkam, stürzten wir uns als Trauzeugen in
die Feierlichkeiten.
Vor mir habe ich nun nach dreißig Jahren die Speisekarte auf
Bütten zum Mahl im Haus der Braut und die Verse, die Iaccarino zu der Gelegenheit geschrieben, in Wirklichkeit aus einem Hochzeitslied des 18. Jahrhunderts von züchtigem Wort-
laut abgeschrieben hatte. Ich finde auch andere, lose Verse
auf einem unüblichen Papyrus wieder, die mir der Philosoph
schenkte, als er aus der Toilette zurückkam, wo er sie mit Bleistift niedergeschrieben hatte, und die er einen nach dem anderen zwischen zwei Gängen heimlich in mein Ohr träufelte,
während ich Isolina anschaute:

Seidenpapier, weich wie Flaum,
von Isolina entrollt und benützt,
wenn sie, kaum erwacht aus goldenem Traum,
dem Bedürfnis gehorchend, friedlich sitzt ...

Isolina – auf dem Gruppenbild jenes Tages, das ich in meinem Gedächtnis aufbewahre, ist nur sie verschwommen, als hätte das Gedächtnis sie absichtlich zensiert, in die Ecke gestellt, mit einem Sanitätskordon umgeben. Vielleicht verfährt das Gedächtnis mit diesen Minuten wie der Körper bei den Invasionen der Mikroben. Sobald die Infektion eintritt, gehen Millionen und Milliarden freundlich gesinnter Blutkörperchen sofort zum Gegenangriff über und kämpfen rund um den wunden Punkt, isolieren ihn, überfluten ihn, verdicken die Gewebe, bis sie ihn mit einer Rinde aus unüberwindlichem Kalk eingeschlossen haben. Ich muß etwas von Lungen gelesen haben, in denen ein Herd eingekapselt weiterbesteht, abstirbt, wieder entsteht, ewig und ohnmächtig, eingeschlossen von der chinesischen Mauer. So geht es auch mit den Erinnerungen, sage ich. Eine Abwehrkraft isoliert die tödlichsten und läßt sie entschärft in uns schlummern. Untätig, aber lebendig. Unsterblich, aber reglos. So ist Isolina in meinen Gedanken ein Kleid ohne Gesicht, eine Stimme ohne Klang zwischen dem Gefunkel der Flaschen und dem Geklapper der Bestecke auf dem Tisch, während Iaccarino mit seinem unverschämten Zettel in der Hand zuerst leise in mein linkes Ohr, dann laut für alle Ohren schamlos deklamiert, wobei er auf meinen Protest mit der Ausrede antwortet, auch bei den glorreichsten Triumphen müsse jemand den Konsul an die Sterblichkeit des Fleisches erinnern:

... da ich nicht hoffe, je den Duft
zu riechen dieser Rosenluft,
sei du mein Liebesbote, und galant
küß mir die Stolze hinter der geheimen Wand ...

Isolina, Isolina … Da begann ich, selbst schon ein wenig ange-
heitert, mit Iaccarino Trinksprüche zu dichten, und er ließ
nicht ab von seinen Couplets, ohne jedoch jemanden aus der
Fassung zu bringen, so wenig kam die fäkale Bedeutung hinter
dem Schleier seiner gesuchten Worte zum Vorschein, die
außerdem im allgemeinen Lärm untergingen:

> Dahinter siehst du dann mit Wonnezittern
> die Hüllen fallen von den schönen Gliedern,
> siehst ringen froh mit Alabasterweiß
> die Negerlöckchen lieblich und mit Fleiß.
> Wenn sie wie eine Biene dann,
> die in die Blüte kriecht und sucht nach Süße,
> ihr rosig Rundes innig drücket an
> der blanken Schüssel zarte Küsse,
> da trillert, Flöten, jubelt, Geigen,
> und führet an des Venushügels aufgeregten Reigen.

Doch schließlich kam der frischgebackene Ehemann, der seinen Pappenheimer kannte und aus der Ferne gehorcht hatte,
und bohrte ihm grausamst die Finger in die Augen …
Und da wollte der Apotheker Fratantonio mit der Apothekerin
die Mazurka von Migliavacca tanzen, und beide machten
plumps mitten im Saal, und der Fotograf Santo Spagnuolo erwischte sie mit seinem Blitz, und alle schrien: »Es leben die
Schwiegereltern, es lebe das Brautpaar«, außer mir.
Und da fragte ich nach Venera, und alle antworteten: »Wer
weiß« … Und da saß Don Nitto am Ehrenplatz und fächelte
sich mit einem Fächer Luft zu, bis sein Chauffeur kam, ihn ab-
holte und er mit einem plötzlich wächsernen Gesicht wegging
und nicht mehr zurückkam, und einer am Fenster sagte, er
habe ihn unten an der Tür zwischen zwei Carabinieri gesehen,
in Fesseln wie der heilige Petrus …
Und da schickten sie uns nach und nach weg, jeden mit »Hoch-
zeitsmandeln«, an der Schwelle stand das Brautpaar, das alle
verabschiedete, und der Pfarrer Pater Ciulla rief jedesmal »Ei-

nen Kuß für die Braut«, und Licausi schob mich in ihre Arme, und Isolina streckte sich vor, näherte ihre weiten, verblüfften blauen Pupillen meinen Augen und ihre nach Torte duftenden Lippen den meinen und küßte mich linkisch, wobei sie in einem Atemzug hauchte, oder so schien es mir: »O Engel, o mein Erzengel« ...

Wie geht es aus? Es geht so aus, daß wir, Iaccarino und ich, später, beinahe schon in der Nacht, zur Esplanade am Pizzo hinauffuhren. Modica lag unter uns, Luken und Lichter, ein Ameisenhaufen mit fernen kleinen Ameisen. Es regnete noch nicht, aber das Glas des Himmels hatte sich beschlagen, eine schlimme Nacht war im Anzug. Selbst für Licausi, vermute ich.

Wir, ohne Hut und vom Wein begeistert, schauten ins Tal hinunter, auf die winzigen Häuser dort unten und auf die winzigen Menschen, jeden mit seinem Krieg, mit seinem Frieden, mit dem Murmeln seines Blutes in Arterien, die mit jedem Augenblick härter wurden ...

Was geschieht dort unten in diesem Augenblick? Sasà Trubia hat zuviel gegessen, er schluckt Quecksilberchlorid und jammert ein wenig, den Kopf am Busen der Frau Trubia, geborene Virgadauro; Mariccia liest buchstabierend *Die Brotbringerin* und weiß nicht, daß in ihrem Schoß ein Fibrom erblüht wie ein unzeitgemäßes Kind oder eine Kürbisblüte; Anita steht wie jeden Abend vor Veneras leerem Zimmer und schaut; der Nachtwächter Miciacio, genannt der *Nachtsänger*, geht von Tür zu Tür, bleibt stehen und zwängt zwischen die zwei Türflügel ein zusammengefaltetes Kärtchen, das von seiner treuen Runde zeugt; Enza Aloini tippt mit einem Finger ihre Doktorarbeit über den *Ricciardetto*; Peppino Papaleo denkt, während er es mit dem letzten Treppenabsatz aufnimmt, daß der kleine Schmerz in seiner Brust, dort, wo das Herz ist, die Wanze, die ihn da zwickt, bestimmt nichts sein wird, nur nervöser Art; Isolina und Licausi ...

Alle, alle waren sie nun dort unten, äußerst beschäftigt damit, ein leicht verderbliches Hier und ein kurz dauerndes Jetzt zu erleben, in einem Dezember einundfünfzig, den es nie gegeben hat, alle voll Vertrauen, es möge der Mühe wert sein, Leben möge etwas bedeuten ... Während ich ... weinerlich wie gewöhnlich, *uì, uì,* noch dazu fast so betrunken wie Iaccarino ... Dem möchte ich jetzt vorwerfen, daß er sich mit dem anonymen Brief zu Unrecht geschmückt hat, während ihn dagegen Isolina ... Isolina, du hast mich also geliebt? Oder ist auch das Scherz gewesen? Aber es ist ja eigentlich egal, mir ganz egal ... Das wollte ich dem Philosophen sagen und begann es ihm zu sagen, unter Betrunkenen geht es ohnehin sehr ernst zu. Er sah mich mit zornigen und spitzbübischen Augen an, wer weiß, was er zu seiner Verteidigung vorgebracht hätte, aber da donnerten über und unter uns alle Glocken los, die hundert, die tausend Glocken Modicas, geläutet von hundert, von tausend Glöcknern, ein Höllenlärm, die Vorboten für das Ende der Welt.

Da sahen wir – und es war kaum zu glauben – zwischen den ersten Streifen des Regens die Vögel von den Dächern auffliegen, die Statuen aus ihren Nischen heruntersteigen und sich auf den Weg machen. Und ein Getöse schien sie zu verfolgen, das von hier oben, von uns beiden ausging und sich immer weiter ausbreitete, wie sich die Kreise eines Wirbels auf dem Wasser erweitern, bis an die äußersten Grenzen der Grafschaft, bis nach Frigintini, Mussmeli, Scornavacche, Pozzallo, und unten auf dem Meer hörten es die Fischerboote, auf der Irminiobrücke hielt ein Fuhrmann unter einer kohlschwarzen Wolke: O weh, Herr, der Sturm ist nahe, was wird mir geschehen?

Als wieder Stille eingetreten war, sah ich, daß Iaccarino in die Knie gegangen war, das passierte jedesmal, wenn er zuviel getrunken hatte. Soviel Demut, sagte er, würde er ohne Wein nie aufbringen. Es regnete nun in Strömen, und er kniete da, eine zusammengebuckelte, verschreckte, kleinlaute Seele, er steckte in seinem Körper wie im schäbigen Mantel eines anderen, und er kehrte mir den Rücken zu, und sein Umriß gegen den erzürnten Hintergrund des Himmels kam mir vor wie Hiobs, wie des jammernden Moses, der kniend Gott abkanzelte.

»Gehen wir«, sagte ich, hinter ihm stehend, wobei ich Madames Regenschirm, den ich vorsichtshalber mitgenommen hatte, schützend über ihn hielt. Er antwortete mir nicht, er redete jetzt mit Gott, und mir war es, als würde ich einem Streit von zwei Bauern vor Gericht beiwohnen, ich hörte, wie er flehte und fluchte und auf seinem schwachen Postillonshorn in alle vier Himmelsrichtungen blies:

»He du, ich hab dich gesehen, willst mich hinters Licht führen und so tun, als würdest du nicht existieren! Gott, existiere, ich bitte dich! Existiere, ich befehle es dir!«

Niemand antwortete ihm, außer man hätte den Morsetelegraphen des Regens auf dem Autodach als Antwort genommen. Ich mußte ihn mit Gewalt wegbringen.

XVII (ZUGABE)
Exit.

Lieber Leser, lieber Sommer, sagen wir uns Lebewohl. Es war einmal ein junger Mann, der glaubte, er sei ein Greis, jetzt sind die Rollen vertauscht, der Greis hat so getan, als wäre er ein junger Mann, und hat, um sich selbst besser zu täuschen, alle Spiegel im Haus mit Tüchern verhängt. Das sind erlaubte, wenn nicht nötige Tricks. Ich habe zu einem geriatrischen Zweck geschrieben, meine Zuneigung galt nur mir selbst. Aber es wird wohl etwas bedeuten, wenn jene alten Tage noch ihren blonden Goldstaub in die Erinnerung rieseln lassen. Es kommt mir manchmal vor, als würde ich, an meine Erinnerung gekettet, alt werden. So werden in den Höhlen die Drachen alt, die einen Schatz bewachen. Und von draußen kommt kein einziger Ritter, um sie zum Kampf herauszufordern. Arme faltige Drachen, ihr Körper ist geschuppt wie der Stamm eines Ölbaums, im Dunkel gefangen, warten sie, daß Durlindan, das Zauberschwert, vor ihnen aufblitzt und ihre Geduld belohnt! Inzwischen vergehen die Jahre, und ein grüner Rost wächst an den Beschlägen der Geldtruhen, und das Tropfen vom felsigen Dach mißt in langen Intervallen die Zeit und die Stille.

Hier auf meiner Stirn ist ein Punkt von einem Milliardstel Millimeter Durchmesser, wo zusammen mit anderen sechzig Sommern dieser Sommer schlummerte und wohin er zurückkehren wird, um weiterzuschlummern. Samt seinen Standarten falschen Ruhms; samt seinem Jubel, der Mißgeburt aus Blumen und Wolken; seinen duftgesalbten Leichen, mit Bändern umwickelt wie junge Pharaonen. Jede ein unbelehrbarer Lazarus, jede alte und jede junge, auch Alvise, der nicht müde wird, mich zu tadeln, absolut gleichgültig der Tatsache gegenüber, daß er auf Seite 168 schon beerdigt wurde. »Du bist doch der Herr und Meister«, sagt er hartnäckig und wischt meine Gründe vom Tisch. »Was kostet es dich schon? Du kannst mich ohne weiteres wiedererwecken.« Wie sollte ich auf eine so hieb- und stichfeste Beschwerde mit nein antworten? »Erfinden wir uns eine Vergangenheit«, schlug ich der Ich-weiß-nicht-wie-sie-heißt in jener Nacht im August vor: »Erfinden wir uns eine Zukunft«, meinte sie. Ist es möglich, jemanden zu verleugnen und ihn im Leugnen zu lieben? Ein Heiliger hat's gemacht, bevor der Hahn schrie ... Aber ich?

»Ein Getriebe, das die Stelle des Lebens vertritt«, sagte ich. Hier ist es: Es funktioniert nicht. Und doch ...

Einige Monate lang hat es funktioniert. Im Grund war es, als wiederholte ich zu meinem Nutzen die berühmte Ausflucht Scheherazades: Erzählen, um nicht zu sterben. Und eine Zeitlang hat es funktioniert. Ich schlief fünf Stunden hintereinander, ein Wunder. Und ich hatte Träume, gedrängt voll Gesichter auf rosa Schaum, wo ich mit leichten langsamen Zügen dahinschwamm. Während ich auf dem Wasser wandelte, kamen mir lächelnd Frauen entgegen. Ich hatte endlich Freunde, Untertanen und Komplizen: eine Heimat. Jede Gestalt, die ich erfand oder meinem Sinn nachzeichnete, schenkte meinem Gesicht einen warmen, feuchten Hauch wie ein kleines, gerade geborenes Tier; dann setzte sie sich an mein Bett und tröstete mich, und ich tröstete sie. Ich begann sogar wieder Selbstgespräche zu führen, was mein höchstes Glück ist.

Mit der pedantischen Umsicht eines Touristen, eines Strategen, eines Verführers, eines Mörders hatte ich mich vorbereitet. Vor allem, indem ich meine Fälschungen in eine Stadt mit wirklichem Namen und wirklicher Lage placierte, die ich eigens für sie gezeichnet hatte, wo jedoch von den zwei einander kreuzenden Straßen nur Sackgassen, verlorene Schritte und Straßen, die nirgends hinführen, abzweigten. Indem ich sie dann mit Wesen bevölkerte, als ein wandelndes Grundbuch. Von jedem ein Steckbrieffoto, ein Inventar seiner Vergangenheit und Gegenwart, Horoskope, künstliche Gebisse, Farben von Krawatten, sprachliche Eigenheiten ...

Für die Story ein Extraheft. Und die entwickelte sich nicht übel, eine Geschichte wie ein Spielzeug, mit Hand und Fuß, natürlich und gezwungen wie das Leben. Tausend vergrabene Minen sollten ein schönes Fest garantieren: Mausefallen, Lerchennetze, Köder für Clownsfische. Was soll ich dir noch sagen? Ein seltsames Mischmasch aus Vaudeville und Großer Oper, aus Scat und Belcanto. Aus meinen Widerstandskräften und meinem Vorrat an Laune schöpfte ich, als Vorbild galt mir insbesondere der Puppenspieler im Sizilianischen Marionettentheater. Das Ganze in einer historisch saftigen Zeit, aber nicht sicherer verbürgt als eine Vision. Die Masken auswechselbar, jede von ihnen ebenso dreist wie verschwebend: wie die nackten Körper der *Folies-Bergère* im wechselnden Licht der Scheinwerfer. Eine Schreibweise mit Falsett, nach der oder jener Manier, mit Morgentau und Nachttau, mit versteckten Zitaten, Studentenwitzen; aber nicht ohne kräftige Noten, Hingabe und womöglich Tränen. Ähnlich meiner jetzigen Verfassung als Sykophant und Falschspieler, als Bibliothekar des Nichts, als entlassener Wärter eines eingeäscherten Alexandria; hier heute nacht, mit sechzig Jahren, in einem vernünftigen Alter zum Sterben, nicht desgleichen zum Schreiben, im Zweibettzimmer eines Hotels liegend, wo ich auf das Morgengrauen warte und einstweilen mit erschöpfter Feder auf der makellos weißen Rückseite eines Stadtplans Wörter zusammenzähle wie ein Geizhals die Münzen. Wörter, und ich müßte auch sagen, Paralipomena meiner Katastrophe, Schleim und Abschaum der Erinnerung, Überbringer schlechter Nachrichten, die sich der Inquisitor morgen anhören wird mit dem einen Ohr voll Ohrenschmalz und dem anderen voll Wachs. Wörter, ja. Ich hatte mir ein Glossar zusammengestellt, beinahe die Stammrollen eines Heeres: verkommene, schüchterne, anmaßende und schmerzhafte Wörter; alle gleichermaßen diszipliniert, daß einem übel davon wurde. An einer Stelle, ich sage dir jetzt mal nicht, auf welcher Seite, habe ich an ihrer Spitze in einer Variante der Schlacht bei Zama gekämpft:

Nachdem ich sie vorher ausgesucht hatte, halb zufällig, halb kalkuliert, und nachdem ich sie im Quadrat, in Testudoform aufgestellt hatte; nachdem ich sie durch Große Manöver ermüdet hatte. Die Tatsachen manipulierte ich dabei, machte sie den Wörtern gefügig, ja, ließ sie aus den Wörtern entspringen. So wenig zählen die Tatsachen. Hatte ich so für den Schluß nicht schon ein Dossier mit Verben, Adverbien, Deverbativen und Sprichwörtern bereit? Ich biete dir, lieber Leser, einen Auszug daraus an, nur so zum Spaß, wer weiß, ob du nicht einen Nutzen daraus ziehen kannst: Aderlaß, Almanach, Alabaster, ausbessern, Belag, Bestätigung, entnebelt, Erinnerung, ex aequo, Flaum, funkelnd, goldener Schnitt, hurtig, Käuzchen, Kreuzweg, Lotung, Makulatur, Maultrommel, ordnen, Rock, Ritzung, Rolladen, Schwindel, schwitzen, Skorpion, Spritze, Stange, Stenographin, Tapete, Tarlatan, Tetanus, Thermosflasche, Tucca, Varius, vergeuden, Vließ, Winter, zappeln, zischen ...

Der Zweck war, auf mich, das Double und den Stuntman meiner selbst, meine Erzählerschulden abzuwälzen und sie spielend loszuwerden. Und eine Zeitlang hat es funktioniert. Als ich mich eines Tages amüsiert hatte, dich, euch in Gedanken als *plauditores* zu verkleiden, bin ich eingeschlafen, mein Kopf ist einfach auf den Tisch gesunken, das war mir seit meiner Kindheit nicht mehr passiert: O ja, Schreiben ist etwas Unschuldiges gewesen, auch eine Höhle, ein Thron in einer Höhle, ich kann mir nicht genug dafür danken, daß ich den Mut aufgebracht habe, es zu tun.
Unschuldig, bis eines Tages sich etliche bizarre Gestalten einschmuggelten: wie unsere Schnauzen, in die Anamorphose eines Spiegels gequetscht. Die redeten durch meinen Mund, sagten aber die Worte eines anderen: eines Feindes, eines Zwerges und Hofnarren, eines kreischenden, bitteren Zeitungsschreibers. Seinen Geifer wirst du überall finden, ich habe nicht einmal versucht, ihn wegzuwischen.

Hinter ihm drängte eine Invasion nach. Und wenn ich ehrlich sein soll, nicht ganz ohne meine Schuld. Ich selbst nämlich, der ich sage »ich«, Ego scriptor, Ego scriba, Ego es, Ego ego, habe in mir eine Rotte Verräter großgezogen, die gegen mich Komplotte schmiedeten, die, sowie ich mich umwandte, mit dem Schlüssel in der Hand dastanden und dem Pferd die Tür öffneten. Um es in aller Klarheit zu sagen, eines Morgens fand ich die Seiten eines neuen Kapitels zur Hälfte schwarz beschrieben (wann geschrieben? im Halbschlaf? und von wem, wenn nicht von ihm, von ihnen?), an einer Stelle, wo sich für den Helden ein schmerzvoller Ausgang zusammenbraute. Schlimmer noch: ein freiwillig tödlicher. Auch ein nobler Epitaph stand schon dabei: aus einer Sammlung von Pietro Giordani ...

Die Alternative war selbstverständlich das Verbrennen des Blattes, und das tat ich. Im übrigen hatte mich schon in meiner Jugend die Vorstellung eines völlig weiß gelassenen Buches bezaubert: Titel *Omissis*, Verfasser N. N. Und wer mich des Mallarméismus zieh, dem erwiderte ich nein, ich würde nicht mit dem Nichts *ne varietur*, volkstümlich ausgedrückt mit der Unbefleckten Empfängnis liebäugeln. Nein, ich wollte mich dadurch auf meine Weise lautlos beklagen, schweigend den Finger heben, um zu sagen, daß mir das Leben wehtat, ich aber nicht die Kraft hatte, mich mit jemandem anzulegen. Wenn es nicht ein Hilferuf, ein nicht vereinbartes Zeichen der Ergebung war ... Wie wenn wir den Krankenwagen mit heulender Sirene vorbeifahren sehen und am Wagenfenster eine Hand flehentlich um freie Bahn bittet oder aus einem Schützengraben ein Gewehr auftaucht, an dessen Lauf ein weißes Taschentuch hängt.

Ich verbrannte also das Blatt. Nicht aber die anderen, die vorausgehenden Wachsfiguren aus meiner Vitrine, obwohl ich mich seit langem nach einer Verbrennung ohne Überreste sehnte, so sauber, wie nur der Tod säubert; obwohl ich glaubte, der Tod sei eben der höchste Buchhalter und Revisor, dem es anstehe, die Zügellosigkeiten des Schicksals und die Stiche seiner Kartenspiele ins Reine zu bringen. Es gibt keine Bürgschaft, die der seinen gleichkäme, um Frieden zu stiften zwischen dir und mir, lieber Leser, zwischen uns beiden allein, den *unhappy few*, den beiden einzigen ich und du ...

Was da passiert ist, weiß ich nicht, aber auf diese Karte habe ich nicht gesetzt. In meinem Manuskript biwackierend wie in einem durchlöcherten Zelt; zu Eis erstarrt in den zahllosen im Freien zugebrachten Nächten; betablockiert von den Medikamenten wie ein Auto von der Handbremse; unfähig, die *erotikà, hypnotikà pathémata* auszustoßen, außer mit einer Mistgabel, machte ich mich daran, im Haß gegen mich selbst jede Seite zehnmal, hundertmal neu zu schreiben, wobei ich mich bemühte, sie jedesmal mit mehr zu füllen, ich, dessen Abendessen heute aus einem Glas Milch bestand. Es gab einen Grund, wenn ich versuchte, es mit den Worten dem Rad eines mit Augenflecken verzierten Pfaus und seinen entfalteten Eitelkeiten gleichzutun, dies war das Bedürfnis, mit bengalischem Feuer die Ströme der Finsternis, den schwarzen Blutsaft zu entzünden, der die Gräben des Styx füllt, über den ich mich schon gebeugt hatte, ohne zu trinken; wo ich im Grau der Lavaströme – wenn überhaupt – meine Sandale nur verloren habe, um ans Licht zurückzukehren, ich ängstlicher Empedokles, ich lächerliches Aschenputtel ...

Rekapitulieren wir. Etwa sechzig Jahre alt, etwa siebzig Kilo schwer, das Alter vor der Tür; nach Kreolin riechende Wäsche. Heute abend außerdem nach Eau de Rochas und Sperma. In meiner Brieftasche eine Kreditkarte, eine Kennkarte, die Platzreservierung für die Ätnabahn mit der Nummer 0034/B. In der Matratze links von mir eine noch warme Mulde, sie ist eben weggegangen. Rechts auf dem Hocker die Päckchen mit den Einkäufen: ein Rasierwasser, *Christ lag in Banden* mit Fischer-Dieskau, ein Röhrchen Gardenal, ohne Rezept bekommen. Ich beschaue mich, taste meinen Körper ab, horche mich ab. Puls

langsam, senil (Maximum und Minimum bedrohlich nahe beieinander, wie ich gestern auf der Quecksilbersäule gerade noch
erspähte); Knorpel wie ein blutloser Kauz; eine Karies da oben,
die mit der großen Pumpe des Herzens im gleichen Takt klopft.
Ich betrachte die Hände: auf jedem Handrücken zwei, drei
braune Flecken, so groß wie Kichererbsen, die neulich noch
nicht da waren. Im Ohr ein Rauschen wie Regen, unaufhörlich, ein Scharren winziger Pfoten, eine Termitenhorde, die mit
Geduld und Gleichgültigkeit den Bau meines Todes errichtet.
Ich schalte probeweise das Licht aus. Zahllose Pünktchen tanzen vor mir im Dunkel. Das andere, das Jenseits-von-mir? Welches Blindenalphabet, wie viele Runen wären da zu deuten!
Wenn sie mir doch meinen Namen sagten, mir beibrächten,
wer ich bin und was dieses Schneckenhaus aus Zeit und Ort
bedeuten soll, in dem ich wohne und das ich mit meinen falschen Meßgeräten nicht zu sondieren vermag. Ich und mein
Bündel harte Arterien, das ruinierte Gebiß, die Pilzflecken am
Hals, die Krampfadern, der Geist, dem Süchte und Kräfte fehlen … Und vor allem Tag und Nacht der Schmerz, der bei-
ßende Fuchs da, wo ich mit der Hand hindrücke.
Das ist er, schaut ihn an, der junge Mann von vor hundert Seiten, jetzt.

Und trotzdem hätte ich mir von den Lebensjahren ein anderes
Geschenk gewünscht: Nach soviel mattem Leiden eine Woche
sublimer Qual, eine Höhe, von der man hätte stürzen können.
Und die *Missa in angustiis* für den sterbenden Dauphin hätte
mich begleiten sollen, nicht dies Gewimmer eines armen Teu-
fels, der aus den Kneipen hinausgeworfen wird. Dagegen war
mein Teil nur immer eine Dreigroschenilias, ein ganzer lächer-
licher Truppenübungsplatz, wo ich heute abend als heimge-
kehrter hinkender Krieger einem falschen, als Wolke verklei-
deten Gott den Besitz eines Leichnams streitig mache.
Die Wörter, sagst du … Sie haben nicht gereicht, sie reichen
nicht, wenn jeder Schrecken, auch der wahrste und der

schwärzeste, glitschige Aale von Koloraturen, infame Dreifaltigkeiten von Adjektiven hervorbringt; wenn mir jeder Brocken Herz, jeder Fetzen Eingeweide, sobald er ans Licht kommt, zum Schrei eines Korybanten gerät. O weh, o weh, mein Leser, einsamer Oberarzt und Zuhörer, du hattest es doch von Anfang an erraten, mein Doppelgänger und mein getreuer Kain, den ich in diesem zerknitterten Pergament anflehe! Warum soll ich es dir also nicht gestehen? Schreiben war für mich nur ein Bild des Lebens, eine Prothese des Lebens. Und jede Metapher wiederholte und wiederholt immer wieder eine Balgerei unter Söldnern, ein Laster, dem man, heimlich im Klo versteckt, nachgeht.

O Lüge, Schmach und Schande ...

Hier, lieber Leser, hast du meinen Kopf, aufgespießt auf einer Pike. *Pourtant j'avais quelque chose là-dedans ...*

XVII (2. ZUGABE)
Gebet. Hinter den Kulissen.

Du dürftiges, geheimnisvolles Leben, was soll ich von dir sagen? Du hast mir ja immer das Gesicht einer geschminkten Puppe gezeigt; du hast ja nie etwas getan, um mich zu überzeugen, daß du wirklich bist ... Du hassenswertes, liebenswertes Leben! Grausam und barmherzig bist du. Du gehst und gehst. Und jetzt habe ich dich in meinen Händen: ein Schwert, eine Orange, eine Rose. Du bist da, du bist nicht mehr da: eine Wolke, ein Windhauch, ein Duft ...

Leben, je mehr dein Feuer verglüht, desto mehr liebe ich es. Honigtropfen, falle nicht. Goldene Minute, geh nicht fort.

9   *Pietro Micca* war ein heroischer piemontesischer Soldat, der ums Leben kam, als er eine Mine sprengte, um die Eroberung Turins durch die Franzosen zu verhindern.

11 *Barbariccia, Calcabrina und Alichino* heißen einige Teufel in Dantes »Göttlicher Komödie«.

14 Anspielung auf *Italo* Balbo, den faschistischen Gouverneur Libyens im 2. Weltkrieg.

18 *Ja, der Mann hatte schon recht*: Gemeint ist der englische Dichter Dylan Thomas.

19 *Flora ... Taide* sind Namen aus der »Ballade des belles d'antan« von François Villon.

–   »*Eheu fugaces ...*« ist ein Vers von Horaz.

–   Mit *Marcel* ist natürlich Proust gemeint.

20 »*Könnt ich ...*«: Die zwei Verse sind von Pier delle Vigne, einem sizilianischen Dichter aus dem 13. Jahrhundert.

24 *Idria* ist ein Stadtteil von Modica.

28 *Cimara* war ein berühmter Theaterschauspieler der dreißiger Jahre.

31 *Tambernicchi*: Gebirge in Dantes »Göttlicher Komödie« (Hölle, XXXII, 28-29).

32 »*Surriente ...*« ist ein bekanntes napoletanisches Lied.

–   *Teano* heißt der Ort der historischen Zusammenkunft zwischen dem italienischen König Vittorio Emanuele II. und dem Rebell und Wegbereiter des vereinten Italien Giuseppe Garibaldi; beinahe sprichwörtlich geworden für entscheidene Treffen, bei der der Rebell die institutionelle Macht anerkennt oder zumindest mit ihr paktiert.

35 *Tusitala* heißt Erzähler schöner Geschichten; so nannten die Bewohner der Samoa-Inseln den englischen Romancier Stevenson.

–   *speculum in aenigmitate*: per speculum aenigmitate ist ein Ausdruck des Apostels Paulus.

–   »*moralische Operette*« ist eine Anspielung auf Leopardis »Operette morali« (auf deutsch »Kleine moralische Werke«, übersetzt von Alice Vollenweider, in: Leopardi, Ich bin ein Seher, Leipzig 1991).

38 Mit dem *Bologneser Meister* ist Giorgio Morandi gemeint, auf dessen Stilleben mit Flaschen B. hier anspielt.

40 In Sizilien wimmelte es damals von chinesischen Hausierern, die Krawatten feilboten.

–   *Schwester Mariana Alcoforado … Abaelard*: Ein absichtliches Wirrwarr von Namen und Werken zum Hohn des »sehr mathematischen« Direktors, die »Lücke«, die fehlende Männlichkeit Abaelards, wird mit den »Briefen der Marianna Alcoforado« und Guido Piovenes »Lettere di una novizia« (Briefe einer Novizin) kurios verquickt.

–   *Errando discitur*: Durch Schaden wird man klug.

–   *»… Norfolk'*: Zitat aus Verdis »Falstaff«.

47 *»Parthenia, parthenia …«* (Jungfräulichkeit, Jungfräulichkeit) ist ein Zitat aus einem Fragment von Sappho.

–   *Bignami* heißen nach ihrem Verfasser Büchlein, die das ganze Schulwissen in Zusammenfassungen enthalten; sehr beliebt zur Vorbereitung auf Klassenarbeiten in den sogenannten Lernfächern.

52 *»ernste«* und *»kluge«*: Wortspiel, das mit der lateinischen und auch italienischen Bedeutung der Namen Severa und Prudenzia zusammenhängt.

53 *»Venera, geh ins Kloster!«* Ähnlich sagt Hamlet zu Ophelia.

56 *»Dies läßt …«*: Der Vers stammt aus einem Gedicht von Cielo d'Alcamo, einem der ersten sizilianischen Dichter; es handelt sich um einen »Contrasto« zwischen einem Verführer und einer Dame.

61 *Wandernüttchen mit Zweiwochenturnus*: Die billigeren Prostituierten taten damals ihren Dienst immer zwei Wochen lang in einer Stadt, dann versorgten sie eine andere, so daß auch die kleineren Städte drankamen.

–   Qualunquistische Partei: eine konservative politische Partei, die es heute nicht mehr gibt.

65 *Mambrinos Schüsselhelm* ist eine Anspielung auf eine bekannte Episode aus dem »Don Quijote«, in der die Schüssel eines Barbiers mit dem Helm des Helden Mambrino verwechselt wird.

67 *»coelo tonantem«*: Zitat aus Horaz.

–   *MANE THEKEL …*: Zitat aus dem Alten Testament.

196

144   *Videor, ergo non sum*: Ich scheine, also bin ich nicht. – *Sum, ergo non sum*: Ich bin, also bin ich nicht.

147   Das lateinische Zitat stammt aus dem Neuen Testament, steht am Ende des Gangs nach Emmaus: »Herr, bleibe bei uns, denn es will Abend werden.« Nur hat Iaccarino statt »domine« die weibliche Form »domina« eingesetzt.

154   *Angelica*, die schönste Frau der Welt, in den Heldengedichten von Boiardo und Ariost.

168   *Guerino* ist ein Held aus den »Reali di Francia«, wie die Rolandsepen in der Version der sizilianischen Puppenspieler heißen: Guerino hat den Beinamen »il meschino«, das bedeutet sizilianisch »der arme Unglückselige«; Bufalino sieht in ihm seinen eigenen Doppelgänger – nicht nur in diesem Buch. Er hat ihm auch eine Art Puppenspiel mit dem Titel »Il guerrin meschino« gewidmet. An dieser Stelle denkt er auch noch an Nervals »El deschidado«, der seinerseits wieder mit Walter Scotts geheimnisvollem schwarzgekleidetem Ritter zu tun hat.

171   *Ai las …*: Das provenzalische Zitat heißt auf deutsch: »O weh, so viel glaubte ich zu wissen/über die Liebe, und so wenig weiß ich.«

172   *»Seifenschlecker«* heißt im Jargon der Mafia das Messer.

  –   Qualunquisten, vgl. Anm. zu S. 61.

174   *»consolo«*: So nennt man das Essen, das Verwandte und Freunde den Trauernden ins Haus bringen, in den ersten Tagen nach dem Tod ihres Angehörigen.

  –   *mystische Bucht*: komische Anspielung auf Bayreuth.

178   Andreas Capellanus schrieb gegen Ende des 12. Jahrhunderts seinen Traktat »De amore«.

182   *»Die Brotbringerin«*: volkstümlicher Roman von Saverio de Montepin.

  –   *»Ricciardetto«*, burleskes Heldengedicht von Nicolò Forteguerri, Ende des 17. Jahrhunderts geschrieben.

185   *Durlindan*: Zauberschwert Rolands.

189   *Pietro Giordani* ist ein italienischer Schriftsteller des 19. Jahrhunderts.

192   *Pourtant …*: Diese Worte soll André Chenier am Fuß des Schafotts gesagt haben.

Inhalt

Bibliothek Suhrkamp

Verzeichnis der letzten Nummern

Bibliothek Suhrkamp

Alphabetisches Verzeichnis